NEW SENSE STORY & FANTASY

# 마도의사

# 마도의사 3

### 최용섭 판타지 장편 소설

초판 1쇄 찍은 날 § 2002년  5월 22일
초판 1쇄 펴낸 날 § 2002년  5월 28일

지은이 § 최용섭
펴낸이 § 서경석

편집장 § 문혜영
편집책임 § 권민정
편집 § 장상수 · 박영주 · 김희정 · 이종민
마케팅 § 정필 · 강양원 · 김규진 · 안진원

펴낸곳 § 도서출판 청어람
등록번호 § 제1081-1-89호
등록일자 § 1999. 5. 31
어람번호 § 제1-0244호

주소 § 경기도 부천시 원미구 심곡1동 350-1 남성B/D 3F (우) 420-011
전화 § 032-656-4452  팩스 § 032-656-4453
http://www.chungeoram.com
E-mail § eoram99@chol.net

ⓒ 최용섭, 2002

값 7,500원

ISBN 89-5505-365-7 (SET)
ISBN 89-5505-368-1 04810

3

그래도 모험은 모험이다

최용섭 판타지 장편 소설

NEW SENSE STORY & FANTASY

# 마도의사

도서출판

청어람

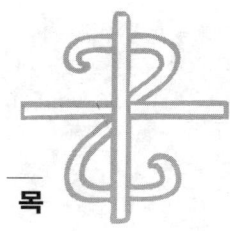

목

차

제1장
악마의 감기

라코나는 메스나 공국의 남쪽에 있는 도시였다. 공국의 제2도시이기도 한 그곳은 관광 사업으로 먹고 산다는 말이 있는 도시였다. 주위가 산으로 둘러싸여 있고, 7개의 호수와 12개의 강이 있는 메스나는 습기가 많아 비와 눈이 많은 나라였다. 여름이야 비가 많아서 볼 것이 없지만 겨울은 그야말로 장관이었다. 특히 앙상한 가지에 핀 눈꽃과 눈꽃이 얼어붙어 생긴 얼음꽃은 음유 시인들이 많이 부르는 주제였다.

"여름엔 볼 것이 없다지만 비가 올 때 넘쳐 나는 계곡은 좋아하는 사람은 또 좋아하는 광경이죠. 특히 그걸 밤에 보면 천군만마가 뛰는 소리와 광경이 연상되는 장관입니다. 대낮의 그저 커다랗게 불어나 이것저것 한데 휩쓸려 가는 물이 흐르는 광경과는 달리 어두운 산골에 이는 하얀 물거품과 거칠게 휘몰아치며 흐르는 검은 물결, 좀 위험하긴 하지만 오는 사람은 매년 구경을 올 정도죠. 그리고 많은 수량으로 호수와 강이 마르지 않고 또 깨끗합니다. 그래서 비 온 뒤의 깨끗해진 산과 들, 그리고 물, 그것도 절경입니다. 그것만이 아니라 산에는 산대로 많은 늪지가 있는 물의 나라라는 별명이 붙은 나라입니다. 특히 늪지의 경우 분위기가 좋아서 연인들이 많이 찾는 장소랍니다. 물론 관광만 따지면 겨울의 눈 관광이 으뜸이지만요."

"대단하군요. 다리온 씨는 가본 적이 있습니까?"

"아닙니다."

다리온은 내 질문에 고개를 저었다.

"하지만 워낙 유명한 곳이라 저같이 한 번도 안 가본 사람도 알 정도죠."

"와~ 저도 그런 곳에서 살고 싶어요!"

예나는 탄성을 질렀다.

"그렇죠? 하지만 그게 다 좋은 건 아닙니다. 세상이란 빛이 강하면 그 그림자는 더욱 진해지는 법이니까요."

"예?"

예나는 이해가 안 가는 표정이었다. 지금까지 다리온의 말로 보면 메스나는 천국이나 다름없는 절경을 가진 나라였기 때문이다.

"메스나는 농사가 어려운 곳입니다. 다행히 기온이 더워서 비가 잠시 뜸한 5, 6월에 농사를 짓지만 그 수확량도 적고 질도 떨어집니다. 가뜩이나 그런 적은 수확량에 물 한번 지나가면 더 수확량이 떨어지죠. 그리고 고온 다습해서 병이 많습니다. 특히 겨울이 따뜻하기 때문에 더욱 심하죠. 감기는 일상생활이라고 생각하는 나라니까요."

"좋아할 만한 건 아니네요."

"예, 맞습니다, 예나 씨. 또 겨울 날씨란 것이 습해서 으슬으슬한 게 은근히 춥다고 하죠. 별로 춥지 않은 날씨임에도 의외로 뼛속까지 시리다고 하죠."

예나는 좀 질린 표정을 지었다. 훗, 다리온도 저런 구석이 있군. 난 새로운 것을 발견한 기분이었지만 우리의 돈줄인 예나를 저렇게 계속 질리게 하면 라코나에서의 즐거운 관광은 날아가는 것이기에 다리온을 말렸다.

"다리온 씨, 그만 겁주시죠. 저기 다임 강이 보이는군요. 저기를 건너면 라코나입니다."

우린 메스나의 변경 마을을 걷고 있었다.

"와아~ 사람들이 정말 많네요?"

"그렇긴 한데… 예나, 좀 이상하지 않아?"

이브린이 주위를 둘러보더니 눈살을 찌푸리며 말했다.

"뭐가요, 언니?"

"몰라. 뭔가 이상해. 저 사람들… 관광객 같지가 않아."

"에이, 라코나 가는 사람이 꼭 관광객이어야 하는 이유가 어디 있어?"

"그런가?"

"아닙니다. 이브린 씨가 잘 보았어요."

다리온이 나섰다.

"저 사람들, 의사 같군요. 저 가방을 보시죠."

우린 다리온이 가리키는 곳을 보았다. 다리온의 말은 사실이었다. 그 사람들이 가지고 있는 가방은 여행용 가방이 아니라 의사들이 의약품 등을 넣고 다니는 가방이었다.

"라코나가 병이 좀 많은 지역이긴 해도 뭔가 이상하지 않나요?"

"그렇군요. 가방도 좀 크고 라코나로 가는 의사 수도 많군요."

나도 다리온이 하는 말을 알 수 있었다. 보통 의사가 가지고 다니는 가방은 작은 것이었다. 귀족들이나 거동이 불편한 사람에게 왕진을 가기 위한 가방이었다. 하지만 지금 그들이 가지고 있는 가방은 그런 휴대용이 아니었다. 그리고 저 정도 수의 의사라니…….

"뭔가 일이 있나?"

내가 중얼거릴 때 다리온이 말했다.

"그런 것 같습니다. 무슨 병이라도 도는 건가 보죠. 그런데 참 재미있군요?"

"……?"

"란셀 씨는 꼭 병을 몰고 다니는 사람 같습니다. 꼭 병이 아니라도 일을 몰고 다니는 그런 사람 말입니다. 란셀 씨가 가는 곳마다 꼭 일이 있지 않습니까?"

응? 생각해 보니까 그렇긴 한데…….

"에이, 설마요."


난 병과 일을 몰고 다니는 사람이었다. 흑.

"저기 환자를 살펴."

"거기 붕대."

"칼을 가져와라, 칼을. 깨끗한 천도, 소독약도."

지금 라코나는 비상 사태였다. 갑작스레 이상한 병이 돌아버린 것이었다. 더욱이 눈의 제전을 바로 며칠 앞둔 상황이어서 관광객이나 상인 등으로 많은 사람이 몰린 상태라 환자도 그만큼 많았다.

"대체……."

"란셸, 그렇게 놀라지만 말고 어떻게 할 것인가를 생각해야죠"

이브린의 말에 우린 의논을 했다. 우리가 생각할 것은 두 가지. 여기서 환자를 살피느냐, 아니면 그냥 가느냐였다. 여러 말이 오고 갔지만 의견은 만장일치로 환자를 살피는 것으로 모아졌다. 왜 의논을 했는지 모르겠다. 아마 밥을 먹으려고 모인 것 같았다. 꺼억, 배부르다.

라코나에 도는 병은 악성 농염이었다. 먼저 환자의 목과 턱에 우툴두툴하게 누런 고름 주머니가 잡힌다. 처음에는 목과 턱이 붉게 부풀었다가 이삼 일 후엔 하얀 좁쌀 같은 것이 잔뜩 나고, 그것이 점점 커지면서 턱과 목을 뒤덮는 고름 주머니가 되는 것이었다. 그 고름 주머니가 약간 누런색으로 되면 조금만 세게 눌러도 고름 주머니는 터지는 것이었다. 그러면 거기서 고약한 냄새의 고름과 검붉은 피가 흘러내리게 된다.

이 병은 치사율이 50%라고 했다. 꽤 높은 치사율을 가진 병이었다. 사람들은 고름이 많아서 죽는다고 고름 주머니가 작을 때 고름을 빼는 것이 어떠냐고 하지만 사람들이 죽는 이유는 고름 자체가 아니었다. 오히려 고름 주머니가 작을 때 고름을 빼면 상처가 더 악화될 수 있었다. 사실 고름이야 더럽다는 인식을 하지만 의학적으로 볼 때 무척 깨끗한 것이다. 몸에 들어온 병균을 몸에서 죽이고 남은 부산물(?)이기 때문에 고름 자체는 병균이 없는 깨끗한(?) 것이다. 하지만 문제는 고름이 나온 후였다. 고름이 나온 후에 당연히 상처가 드러나고 거기에 2차 감염이 되는 것이었다. 사람들이 죽는 대부분의 이유가 바로 그 2차 감염 때문이었다. 상처난 피부와 살로 직접 감염되는 병은 파상풍이 가장 많고 다른 병도 많았다. 그렇게 2차 감염에 쉽게 당하는 이유는 사람들이 그 고름 주머니가 그렇게 커질 때쯤 체력이 무척 약해져 있다는 것이다. 또 그런 것이 아니라도 고름 주머니가 넓게 자리 잡기 때문에 그 큰 상처가 터지면서 고름과 같이 나온 피가 많이 나와 출혈 과다로 죽기도 하는데 그럴 경우 목을 지나는 대동맥이 터져서라고 했다. 그리고 병이 낫는다고 해도 목과 턱에는 보기 흉한 흉터가 남는다고 했다.

우린 우선 이곳의 상황실을 찾아가기로 했다. 그곳에서 의사를 도와 환자를 돌볼 사람들의 지원을 받는다고 했다.

"잘 오셨습니다."

상황실에서 상황 책임자라고 하는 사람은 라호나 브티넬 자작이었는데 그는 우리가 돕기 위해 왔다고 하자마자 반기며 말했다.

"사실 사람이 너무 부족합니다. 의사도 많이 지원받고 봉사하겠다는 지원자도 많지만 일이 고달퍼서인지 이젠 그 사람들도 병에 걸리는 상황입니다."

그는 이곳의 사정을 자세히 말해 주었다. 이곳의 사람은 셋으로 나뉜다. 환자, 의사 및 봉사자, 격리시킨 노약자. 문제는 의사나 봉사자, 격리된 노약자에서도 병자가 나온다는 것이었다.

처음 이 병이 생겼을 때 사람들의 반응은 누가 재수없이 병균이 묻은 물건을 건드리고 목을 만졌다거나 뭔가를 잘못 먹었다고 생각했다. 하지만 일의 진행을 보니 전염병인 것이 확실했고, 이렇게 격리된 사람에게까지 나타나는 것을 보니 공기로 전염된다고 생각하고 있었다. 그리고 메스나 공국에서는 중앙에서 직접 의사를 내려보내는 등의 활동을 하고 라코나는 라코나대로 방법을 찾았지만 병을 치료하는 의사들까지 감염되는 터라 손쓸 방법이 없는 것이다. 더구나 라코나의 인구는 5만 정도지만 관광객과 상인까지 현재의 사람 수는 20만 명을 넘는다고 했다. 그 사람들을 전부 살피기에는 메스나의 능력이 부족했다. 그리고 또 다른 문제점은 여태 치료된 사람이 없다는 것이었다. 병이 나은 사람도 있었지만 그건 자연적인 치유고, 의학의 힘으로 치료된 사람은 없었다. 그리고 자연적으로 나은 사람이 다시 그 병에 걸리기도 했다.

"상황은 대충 이렇습니다. 여러분들이 지금 그냥 가셔도 전 할 말도 없고 잡을 수도 없습니다. 여기까지 오신 것만도 감사할 따름이지요. 사실 이런 상황에서 봉사 지원자를 받는다는 것이 잘못된 것이지만 워낙 사람이 없다 보니 이렇게 문을 열어두는 것입니다."

메스나 정부에서는 사람 하나는 잘 내려보냈다. 브리넬 자작, 사람 일시키는 데는 재주가 있다. 이렇게까지 말하는데 어떻게 그냥 가겠어?

"열심히 하겠습니다."

우린 합창을 했다.


의사는 정말 꼬장꼬장하게 생겼다. 융통성이라고는 전혀 없게 생긴, 원리 원칙대로만 할 것 같은 그런 사람이었다. 이름이 하밀 리스턴이라지? 하밀은 고대 시대 소수족이었다는—까먹었다. 쩝—어느 부족의 말로 대나무를 말하고 리스턴이란 길고 가는 막대—역시 그 이름 까먹은 소수족에게 그런 마법 무기가 있었다고 한다—를 말한다. 한마디로 대꼬챙이. 알고 지었을 리는 없지만 정말 절묘한 우연의 일치였다.

"하밀 선생님, 소독약이 없어요."

봉사자인 듯한 한 사람이 뛰어와서 한 말이었다.

"소독약이 없다고? 하긴 얼마 없어서 요청을 하긴 했는데 그새 다 떨어진 모양이군. 그런데 요청한 소독약이 아직 안 왔나?"

"예."

"좋아, 제프. 그럼 술로 소독해라."

"예?"

"너희들이 즐겨 마시는 그 독한 토르주 말이다. 그걸로 씻어내."

"하지만 그건 아까 다 썼는데요? 이미 선생님이 쓰라고 하셨잖아요."

"그래? 흠, 벌써 썼군. 그럼 소금물로 햇."

"소금도 떨어졌어요."

"소금까지? 이거 왜 약을 안 보내주는 거야?! 할 수 없군. 침 발라라. 침은 살균력이 뛰어나다."

"하, 하지만."

"어엇!"

"예옙."

사람은 겉만 보고는 모른다. 보기엔 꼬장꼬장한 외골수같이 생겼는데 융통성은 꽤 있나 보다.

"저……."

"오, 그래. 브리델 자작께서 연락을 하셨지. 이번에 새로 들어온 봉사자들이라고?"

"예."

"아비규환의 지옥에 잘 왔네. 그럼 먼저 차를 할 텐가. 아니면 환자를 돌볼 텐가? 뭐 술을 해도… 아, 그건 이미 다 썼지?"

"그, 그냥 환자를 돌보죠."

정말 아비규환이었다. 지금 다른 사람들이 어디 있는지는 모른다. 다른 사람은 하밀에 의해 찢겨진(?) 상태였다. 지금 난 하밀과 함께 환자를 보고 있었다.

"호오~ 생각보다 잘하는데?"

당연하죠. 그래도 최소한의 기초는 배웠는데.

"좋아. 그 사람만 살피고 밥 먹자고. 든든히 먹어야 환자 돌볼 힘도 생기지. 자네가 온 기념으로 내가 밥을 사지. 무얼 먹을 텐가? 걸쭉한 옥수수 스프?"

난 지금 한 환자의 고름을 닦아내고 있었다. 우욱!

"아니면 얇은 슬라이드 치즈를 얹은 빵?"

난 지금 고름 주머니를 처리하고 있다. 웨엑!

"흠… 딸기 쨈도 좋겠지."

난 지금 환자의 고름 섞인 피를 닦아내고 있다. 어윽!

"아, 안 먹어요, 그런 건……."

"그래? 허… 그럼 어쩔 수 없지. 내가 좀 사려고 했더니만……."

"곰보 빵 먹을래요."

난 지금 고름 주머니가 옹골차게(?) 잡힌 환자의 턱과 목을 살피며 말했다. 참고로 여기 라코나에서는 라코나를 알릴 덕거리 관광 상품으로 라코나만의 독특한 곰보 빵을 개발했기 때문에 라코나 곰보 빵은 상당히 고급으로 무척 비쌌다.

"…저기 말일세. 속… 괜찮나? 좀 전에 말이야. 흠흠. 그래, 좀 전에… 욕지기하지 않았나?"

"아, 그거요? 오늘따라 트림이 유별나게 나오네요."

"트, 트림?"

"예, 아까 점심을 급하게 먹었더니 배에 공기가 좀 많이 들어간 모양이에요."

핫핫핫, 난 공부할 때도 그렇고 이번에 모험을 다니면서 더한 것도 많이 봤지. 지금 이 고름 주머니가 징그럽긴 해도 랑드르에서 보았던 트란시아릴에 비하면 애교다.

혹부리 할아버지 혹 달고 오셨네.
혹부리 할아버지 혹을 나눠 주시네.
그 혹이 터지면, 그 혹이 터지면,
우리도 터져 간다네. 터져 간다네.

이건 약 6개월 전부터 아이들에게 돌았던 동요였다. 세상이란 참 희한한 것이 별것 아닌 것으로 보여도 큰 것을 담을 때가 많다. 가령 아이들이 아무 생각 없이 부르는 동요에서도 미래가 엿보이는 것처럼 말이다. 이 혹부리 할아버지란 동요는 내용도 짧고 조잡하지만 그 미래 예시만큼은 놀랄 만큼 들어맞고 있었다. 혹부리 할아버지의 혹을 저 고름 주머니로 해석하고, 나눠 준다를 전염으로, 혹이 터진다를 고름 주머니가 터지는 시기로 하면 우리도 터져 간다네는 죽는다는 뜻으로 해석이 가능하다.

"문제는 혹부리 할아버지를 어떻게 잡는가 하는 거야."

하밀은 혹부리 할아버지를 병의 근원으로 보고 있었다. 그건 다른 사람들도 마찬가지였지만 그것이 무슨 병원체인지 아니면 저주를 받은 물건에 의한 것인지, 독인지 감조차도 잡히지 않았다.

"그것 말고 다른 동요는 없었나요?"

내 질문에 하밀은 고개를 저었다.

"몰라. 하지만 없던 걸로 기억되는데."

"그렇군요. 그런데 정말 메스나 정부에서 많은 지원을 해주나 봐요,"

"그렇지? 우리 메스나가 작은 데다 식량도 별로 생산이 안 되지만 살기 좋기로 따지면 다른 나라에 뒤지지 않지. 그게 다 국민을 먼저 생각하는 정부가 있어서야."

"그런 것 같아요."

나도 동의했다. 아닌 게 아니라 정부가 국민이면 껌뻑 죽는다냐? 그러니 잘살지.

"전염병이 돌았다고 마법사에 기사, 신관을 이렇게나 많이 보내주니 말이죠."

"응? 아니야. 그건 아니야. 우린 메스나는 작은 나라라 마법사와 기사가 적어. 그리고 아무리 병이 퍼져도 나라는 지켜야지. 저들 마법사 중 반은 다른 나라에서 왔고, 기사들도 대부분 수련 여행 중인 기사들이야. 신관도 그렇고."

"그런데 저렇게 많아요?"

난 환자들을 돌보고 있는 그들을 보았다. 봉사자 중 반이 넘는 수가 마법사, 기사, 신관이었다.

"그건… 원래 보통 봉사자야 더 많았지. 그런데 그들도 모두 병에 걸리고… 그러고 보니 마법사나 기사, 신관은 단 몇 명만 병에 걸렸군. 기사야 워낙 몸이 튼튼해서 그렇다 쳐도 다른 덩치 큰 사람도 여지없이 걸렸는데 저 약한 마법사나 신관 중에서는 정작 저 무서운 병에 걸린 사람이 거의 없었어. 평범한 사람과는 다른 능력이 있어서인가?"

응? 그런 일이? 난 하밀의 말을 듣고 곰곰이 생각했다. 저들과 이번 병에 무슨 관련이 있을까. 전에도 마나를 가진 마법사나 기사, 신관이 소멸되는 일이 있었으니까. 하지만 그것과는 상관이 없어 보였다. 차라리 소아슴 때와 반대의 상황이라면 그래도 무슨 실마리라도 잡겠지만 그건 또 아니었다. 마법사나 신관은 마나와 관련이 있다고 해도 지금 있는 기사들은 마나와는 무관한 견습 아니면 수련 중인 초보 기사였다. 그래서 내 결론은… 고양이 불러와. 머리에 쥐난다.

다리온이 왔다. 스스로는 날 도우러 왔다고 하는데 쫓겨온 것 다 안다. 하밀이 한숨 쉬며 하는 말이 다리온이 지원 갔던 곳의 의사는 페린이스마란 사람인데 실력은 하나도 없고 거만하기만 한 의사란다. 의사가 된 것도 배경 탓이라나? 그래도 다리온이 지식이 있어 보냈더니 끝내 이쪽으로 쫓아 보낸 것이다. 그날 밤 다리온이 말하기를 그 페린이란 의사, 환자 병은 안 고치고 자신이 만든 약 선전을 했다고 한다. 무슨 만병통치약 겸 정력 증강제에 다이어트제라나? 보다 못해서 몇 마디 했더니 자기를 여기로 돌려보냈단다. 이유야 어떻든 난 다리온에게 이번 병에 대해 하밀과 한 말을 들려주고 의논하기 시작했다.

"우선 병을 잘 아는 것이 중요합니다."

"물론입니다. 하지만 너무 막연하니 문제죠."

"그래요?"

다리온은 잠시 생각하더니 말했다.

"그럼 이번 병에 안 걸린 마법사와 기사, 신관들의 공통점을 찾으면……"

"예. 그래서 더 헷갈립니다. 처음엔 마나와 관련이 있지 않을까 하고 생각했는데 그 기사란 사람들이 소드 마스터가 아닌 견습이나 수련 기사입니다. 그래서 체력이 강한 사람을 생각했는데… 마법사나 신관 중에는 남자인데도 여자보다 더 약한 사람도 있었습니다."

"그럼 체력도 아니군요."

"정말 알 수가 없다니까요. 한번 검사를 해보고 싶을 정도입니다. 왜 그들만 안 걸리는지……."

"잠깐, 검사라고 하셨나요?"

"예, 뭐 신경 쓰지 마세요. 답답해서 한 말이니까……."

"아닙니다."

다리온은 내 말을 끊었다.

"란셀 씨 말을 듣고 문득 든 생각인데요, 그들에게 공통점이 있습니다."

난 잠시 놀랐다. 그들에게도 공통점이 있던가? 아무리 생각해도 없었다.

"분명 있습니다. 그들은 이번 경우 말고도 다른 질병에 잘 걸리지 않는 사람들입니다."

"그게 무슨 소리죠?"

"생각해 보시죠. 큰 병이라면 몰라도 작은 병은 잘 안 걸리는 사람들입니다. 우선 마법사는 작은 병 정도면 그의 몸에 흐르는 마나의 힘으로 금방 치유가 됩니다. 그리고 기사는 원래 강한 체력을 지녔으니 잔병치레가 없는 것은 당연합니다. 신관이야 신들이 그들에게 준 신성력이 있기 때문에 안 걸리는 거고요."

그러고 보니 다리온의 말은 맞았다. 체력이 강한 기사나 신성력이 있는 신관은 물론이고 마법사는 마나를 재배치해 마법을 쓸 때 자신의 몸을 매개로 삼는다. 간단히 비유하자면 마법의 ㅈ팡이와 비슷하다고 할까? 그래서 마법사가 외부의 마나를 이용하면서도 마법을 쓰다 보면 체력이 떨어졌느니 마법력이 떨어졌느니 하는 소리를 하는 것이다. 그리고 그런 이치로 마법사의 몸은 마나가 다른 보통 사람에 비해 많이 흐르고 있고, 그것이 마법사를 약간이나마 병 등에서 지켜주는 것이다. 하지만 그렇다는 말은…….

"그럼 저 병이 작은 병이라고요?"

"그건 아니죠. 하지만 작은 병에서 시작했을 가능성도 없다고는 할 수 없죠. 지금의 상황으로 봐서는요."

"그럼 무슨 병일까요?"

"그, 그건… 우리가 그걸 밝혀야 하는 것이 아닌가요?"

다리온의 말이 아니라도 병의 근원은 알아야 했다. 난 팡을 깨우기로 했다.

"일어나라, 팡."

『…….』

"일어나."

『…….』

"제가 해보죠."

다리온은 팡을 받아 들더니 조용히 속삭였다.

"지금 안 일어나면 화장실에 던져 버린다."

『하암, 아! 다리온 오빠? 오빠가 날 깨웠어요?』

으윽, 이런 깜찍하지도 않은 짓을… 죽겠다… 팡아. 날 좀 살려다오…….


나와 다리온은 지금까지의─얼마 안 되는 기간이지만─기록을 모두 꺼내왔다. 다리온이 제시한 방법인데 환자들의 증세를 살펴 거기서 공통된 증세를 찾고, 다시 그 증세와 가장 유사한 병을 찾는 것이다. 물론 이런 신종 병을 그런 식으로 찾는 것은 말도 안 되는 짓이지만 그래도 기존의 병과 무슨 연관이 있지 않을까 하는 생각에서였다. 물론 나와 다리온이 기록을 모두 살피고 분석하는 것은 너무 힘들고 시간이 많이 소요되기 때문에 팡이에게 맡겨졌지만…….

"그나저나 놀랐습니다. 이 병은 아무리 봐도 지금 시대의 병이 아닌데… 암만 봐도 마도 시대의 병 같단 말입니다. 그런데 란셀 씨도 모르시다니……."

"글쎄요. 저라고 마도 시대의 병을 다 아는 것은 아니죠. 이 시대의 의사가 이 시대의 모든 병을 알지 못하는 것처럼 말입니다. 그리고 알 수가 없는 희한한 병이라고 꼭 마도 시대의 병은 아닙니다. 이 시대의 병이 확실하지만 미지의 병일 수도 있고 미래형 결병일 수도 있으니까요."

다리온도 내 말에 동의하는 눈치였다. 그건 그렇고… 일은 팡이에게 맡겨두었으니…….

"며칠 간 제대로 못 잤는데 팡이가 분석할 동안 잠이나 잘까요?"

난 다리온에게 달콤한 제의를 했고,

"그것 참 좋은 생각입니다."

다리온은 내 유혹에 기꺼이 넘어왔다.

"이런, 이 사람들 환자를 두고 뭐 하는 짓이야?! 빨리 환자 못 돌봐?!"

하밀의 고함 소리가 들려왔다. 으윽! 달콤한 잠이여, 안녕! 나참, 이 봐요, 하밀. 지금은 밤중이란 말입니다.

"쯧쯧, 젊은 사람들이 잠이 저렇게 많아서야, 끌끌. 그것도 봉사하러 온 사람들이 이런 초저녁부터 잠이라니… 하여튼 요즘 젊은 것들이란 그저……."

아, 글쎄 지금은 한밤중이라니까요. 달이 중천인 거 안 보여요?

난 원래 잔병은 없다. 내 심장이 드래곤 하트라 비록 마법도 못 쓰고 치유 마법도 걸리지 않지만 작은 병이나 작은 상처는 다른 사람보다 빨리 치료가 되었다. 아니, 작은 병이야 처음부터 예방이 됐다고나 할까? 내 일행도 마찬가지다. 죠세프와 이브린은 원체 튼튼하고 예나는 엘프의 피가 반이라 잔병이 없었다. 아르티닌은 드래곤이다. 드래곤이 인간의 질병에 걸렸다면 그야말로 우스운 일. 당연히 작은 병은 물론이고 큰 병에도 걸릴 일이 없었다. 그런데 다리온은…….

"다리온 씨는 보기보다 강한 체질이시네요?"

"그래요? 하긴 제가 좀 약해 보인다는 소리를 많이 듣죠. 하지만 옛말에 골골 70이란 소리가 있죠."

아니, 그건 맨날 골골대는 사람이 건강에 신경을 써서 작은 병에도 약을 먹어 몸조심해서 오래 사는 거잖아. 건강하다고 자부하는 사람은 끝까지 버티다 작은 병을 큰 병 만드는 거고. 내 말뜻은 이게 아닌데…….

"좀 비유가 안 맞나요? 어쨌든 결론은 제가 보기보단 튼튼하다는 겁니다."

"……."

"그런데 팡이에게 분석하라고 한 것은 끝났을까요? 벌써 사흘이 지났는데요."

벌써? 와~ 시간 한번 빠르게 지나간다. 솔직히 난 카나이드를 떠난 후 많은(?) 사람의 병을 돌보았지만… 험험… 암튼 돌보았지만 의외로 쉽게 풀렸다. 약이 근처에 있거나 치료가 쉽거나……. 그래서 속으로 내가 운이 강한 사람이라고 생각했는데… 지금은 정말 제대로 된 의사로서의 활동을 하고 있는 것이다.

"아마 끝났겠죠. 이 사람 상처를 소독하고 가보죠."

난 내가 맡은 환자의 목에서 고름을 걷어내고 스독약을 부었다.

"으아아악!"

근데 왜 내가 소독약을 바르면 항상 이런 반응들일까? 다른 사람에게는 별다른 소리 없으면서…….  혹시 나를 환호하는? 아니면 기쁨과 감격의 표현?

"이상한 상상 하시는 모양인데 빨리 가죠."

다리온이 날 잡아끌었다.


"감기?"

팡이는 분석을 다 끝내고―우리가 일을 준 바로 다음날 다 분석했단다. 그런데 우리가 물으러 오지 않았다나? 순간 속이 끓었지만 다음에 하는 팡이의 말. '누구를 닮아서 그래요'였다. 난 성질을 죽여야 했다―잠을 자고 있었다. 그리고 우리가 가서 물어보자 분석의 결과를 말해 주었다. 그런데 팡이 분석한 것은… 이 증상이 감기와 비슷하다나? 그것도 목 감기와 비슷하단다. 그럼 몸살 감기와 비슷하면 온몸이 고름투성이게?

『예.』

"하지만 잘못 안 거 아냐? 그 많은 병 중에서도 감기라니… 어떤 감기가 저렇게 고름이 잡히나?"

"그만 하시죠, 란셀 씨. 아마 증세 자체는 감기와 비슷한 병인가 봅니다."

나도 다리온의 말에는 동감이었다.

"그런데 다른 건 없어?"

『없어요. 그런데 여기 마법의 기운이 느껴져요.』

"마법?"

『예, 정확히는 마나의 기운이 느껴지는데…….』

팡이의 말에 다리온과 난 눈이 마주쳤다.

"혹시……."

"누가 고의로?"

누가 이런 소리를 했다. 마법은 기적의 학문이라고. 하지만 양날의 검이기도 했다.

"이건 우리가 처리할 문제가 아니군요."

다리온의 말처럼 이 정도의 일을 벌인 자라면 큰 계획을 세운 자일 것이다. 그렇다면 국가에서 나서야 하는 일이란 것이다.

열흘 후 공국의 수도에서 감찰관이 왔다. 케론 비스일이란 사람으로 능력이 뛰어난 사람이라고 했다.

"전 케론 비스일이라고 합니다. 이번 병이 누군가 고의에 의한 일이라고 주장하셨다고요?"

케론이 능력이 있다는 말은 사실인 것 같았다. 그는 브리델 자작을 한 번 만나 일의 상황을 듣고는 곧바로 환자들을 둘러보며 우리에게 온 것이었다. 그건 이미 상황 분석이 끝났다는 소리였다.

"아마도요. 저도 틀렸으면 좋겠지만… 저희가 알아본 바에 따르면 이 병에서 마나가 느껴집니다."

"그건 들어서 압니다. 하지만 제가 궁금한 것은 그게 아닙니다. 제가 알기에 마나란 세상에 근원을 이루며 존재하는 것으로 압니다. 그러니 혹시 자연적인 것은 아닐까 하는 겁니다."

내가 케론에게 답하기 전에 다리온이 먼저 나섰다.

"혹시 감찰관님은 사람의 소행이라고 생각하는 것조차 두려운 것이 아닙니까?"

"…맞습니다. 이 정도의 일을 꾸밀 정도의 사람이라면 또 무슨 계획을 세울지 모르니까요. 그리고 그것만이 아닙니다. 자연적인 것이라면 제가 볼 때 이번 병은 매우 희귀한 상황입니다. 따라서 다시 반복될 확률은 적을 것입니다. 하지만 사람이 개입된 것이라면 다음에도 이런 일이 일어날 가능성이 크니까요. 지금도 이 병으로 죽는 사람이 많습니다. 특히 어린이와 노인 등, 노약자를 격리시켰는데도 그들이 병에 걸립니다. 그건 격리가 안 되었다면 더 많은 노약자가 병에 걸렸을 것이라는 소리입니다. 아무리 면역성이 떨어지는 노약자라지만 격리시켰음에도 이렇게 감염될 정도면 정말 두려운 일이 아닙니까?"

케론의 생각은 정확했다. 그건 이미 다리온과 내가 의논을 하면서 우려한 것이었다. 하지만 그걸 또 확인할 이유는 없고… 좀 희망을 주는 말을 해야겠지.

"감찰관님의 말이 틀린 것은 아닙니다."

"……?"

"자연적으로도 이런 일이 가능합니다. 다 말씀드리죠. 제 직업이 이런 희귀한 병을 찾아다니며 해결하는 것입니다. 그런데 제가 본 많은―엘렌디아 여신이시여, 제가 한 거짓말을 용서하옵시고―것들 중 상당수가 마나로 인한 일회성 병이었다는 겁니다. 이런 특이한 병일 경우 그런 경우가 많았죠. 다만 어떤 사악한 생각을 가진 사람이 개입했을 가능성도 배제할 수가 없는 것이 문제입니다."

"그, 그렇습니까? 그럼 희망은 있는 거군요? 그런데… 이런 희귀한 일을 찾아다니신다니……."

케론의 못 믿겠다는 눈초리…….

"흠흠, 세상에는 마나가 있죠. 그것을 잘 배치하면 마법이 되는데 잘못하면 왜곡이 됩니다. 그리고 가끔 자연적으로 왜곡이 되면 이런 일이 생기는 경우가 드물지만 있답니다. 전 그런 경우를 찾아 해결하죠. 그래서 지금 제가 여기 있는 겁니다. 다만 아직 해결책을 못 찾아서 이러지만 말입니다."

케론은 나의 말을 알아듣는 눈치였다. 그런 직업이 있느냐는 의심스런 눈초리도 보였지만 지금의 병을 생각해서인지 곧 거두었다.

"그럼 두 분은 환자를 돌보아주십시오. 그리고 이 병을 해결할 방법이 있으면 저에게나 자작님께 말해 주십시오. 최선을 다해 도와드리겠습니다. 전 혹시나 모를 병을 퍼뜨린 범인을 찾아 수사를 하겠습니다."

케론과 헤어진 우리는 계속 환자를 돌보았다. 케론이 달한 대로 해결 방법을 찾는 일은 계속하면 좋겠지만 우린 환자를 돌보기만도 바빴다. 지금 환자 수가 10만에 육박하고 있다. 사람이 없는 것은 아니지만—말했듯이 라코나의 현재 인구는 20만이다—노약자 빼고, 여자 빼고, 약한 사람 빼고 남은 사람 중 지원자에 한해 환자를 돌보고 있었다. 그런데 그 지원자 중에서도 병자가 나오고 있는 것이다. 다행히 라코나에 출입이 통제되었으니 망정이지 그렇지 않으면 다른 지역으로 펴졌을지도 몰랐다. 가끔 도망치다 잡혀온 사람들이 있는 것을 보면 짐작이 가는 일이다. 그렇게 환자가 늘어가는 도중에 반가운 소식이 들려왔다. 바로 죠세프와 예나가 봉사하는—응? 그런데 왜 둘이 같이 있지—사람들 중에 무려 500여 명의 환자가 완치되었다는 것이다. 여기서 완치란 의학적으로 고쳤다는 것을 말한다.

　참, 그런데 왜 마법으로 치유를 하지 않느냐고? 설명은 늦었지만…
처음엔 치유 마법을 걸었다고 한다. 하지만 전혀, 저언혀어 소용이 없
었다고 한다. 마법사와 신관이 힘을 다해 치유 마법을 걸어도 낫지 않
았다나? 그나마 다행인 것은 이런 종류의 치유 마법이 들지 않는 병은
치유 마법을 걸면 오히려 악화가 되는데 다행히 그런 것은 없었다. 하
지만 치유 마법이 들지 않는 것은 사실 자연 치유로 겨우 병이 나은 사
람도 특히 여자라면 죽기보다 싫은 흉터가 남는데, 그 흉터는 치유가
안 되었다. 그래서 아무리 병이 나았어도 완전히 나은 것으로는 보지
않았는데 이번에 그 흉터도 치유 마법으로 말끔히 해결되었다는 것이
다. 따라서 진정한 완치라고 봐야 했다.

　"그, 그런 경우가……."

　난 죠세프의 말을 듣고는 믿기지 않았다.

　"그게 가능해? 그래, 토르주에 튜튜티 가루를 타서 마시니 효과를
봐?"

　여기서 토르주란 메스나 특산의 술로 불씨라도 대면 불이 붙을 정도
로 독한 술이었고, 튜튜티란 그것도 메스나 특산의 버섯으로 매운맛이
아주 강한 버섯이었다. 이 버섯은 땅속에서 자라는 버섯으로 공처럼
둥글고 표면이 균사로 덮인 버섯이었다. 간단히 말해 털실 뭉치처럼
생긴 버섯이다. 이걸 그대로 쓰거나 말려서 가루로 만들거나 하는데
보통은 양념이나 조미료로 쓰지만 약 재료로 쓰이기도 하는 버섯이었
다. 하지만 겨우 머리를 맑게 하는 약효밖에는 없는데 이런 효과가 있
으리라고는 생각을 못했다. 특히 토르주는 증류주나 양조주가 아니라
발효시킨 토르란 나무 열매를 주정으로 대량 생산한 술에 넣고 끓여

반응을 시켜 만든 술로 약으로는 쓸 수 없었다. 아니, 그 반대로 약 먹을 때 마시면 약의 작용을 방해하는 그런 술이었다. 그 둘이 만나 사실상 치료 포기인 병을 낫게 했다? 이걸 믿어야 할지 말아야 할지…….

"글쎄, 저희도 못 믿겠어요. 하지만 사실인걸요. 그리고 환자 전부가 이 약이 듣는 것은 아니던데요? 처음에 이걸 먹은 몇 사람이 나았길래 다른 여러 사람에게도 마시게 했었거든요. 한… 1만 명쯤? 하지만 병이 나은 사람은 500명 정도지요."

난 가끔 생각해 본다. 누가 처음에 밀을 먹었고, 누가 처음에 그 밀로 빵을 먹었을까. 분명 누군가 버섯을 먹었을 것이고 자연적으로 발효된 술도 마셨을 것이다. 메나란 극독을 가진 벌레가 있다 치자. 그런데 그 벌레를 요요시란 마찬가지로 극독을 가진 열매의 즙에 담그면 서로 독이 중화돼서 요요메란 맛있는 음식이 된다. 그런데 그건 누가 처음 만들고 먹었을까? 다른 것들도 마찬가지다. 냄새가 좋은 것도, 맛이 좋은 것도 있지만 그 반대인 것도 있다. 그런데 그런 것들도 누군가 분명 먹었기 때문에 우리가 지금 먹는 것이다. 내 말의 결론은 이것이다. 대체 누가, 어느 바보 같은 환자가 병에 걸려 골골대고 괴로워하며—당연하게도 목과 턱에 고름이 잡혀서 목과 입 안이 아프고 음식 먹기도 힘들다—그 독한 토르주에 그 매운 튜튜티 가루를 타서 마시냔 말이다. 그렇다고 자살용이기엔 효과가 극히 적다. 그나마 500명 정도가 나았으니 봐주지 아니었으면 내가 먼저 정신병원에 집어넣었을 것이다.

"그래서 결론이 뭔데?"

"그야 모든 사람에게 다 마시게 해야죠. 대충 확률로 따질 때 5천 명 정도는 낫지 않을까 생각하거든요."

죠세프, 난 자라나는 싹을 잘라 버리기 싫었지만······.

"여기 환자 중에 아이들도 많은데 그 아이들에게도 마시란 말얏?"

"당연히 빼야죠. 아니, 그럼 란셀은 미성년자에게 술을 마시게 할 생각이었나요? 어떻게 그런 생각을······."

유구무언. 당했다.

어쨌든 아이 빼고, 술 못하는 사람 빼고—빠진 사람이 없었다. 우째 이런 일이—먹였다. 아니, 마시게 했다.

"흠··· 2천 명이라······."

좀 실망스런 숫자였다. 10만여 명 중에 마신 사람이 7만여 명. 그중에서 2천이라니······.

"하밀 선생님, 그래도 한 가지 안 것이 있잖습니까?"

그렇게 말은 했지만 전혀 기분을 풀 말은 아니었다. 병이 나은 사람이 대부분 초기 증상인 사람들이었으니까. 죠세프의 말을 들어도 초기 증상인 사람들이 병에 나았다고 했다. 다만 죠세프와 예나가 착각한 것이 그중에 몇몇 중증인 사람도 있어서였다. 아무튼 우린 환자들에게 엄청난 항의를 들어야 했다. 그렇잖아도 물도 삼키기 어려운 마당에 그 독한 토르주에 그 매운 튜튜티 가루를 타 마시기 했으니 그 고통이야 말할 수 없었을 것이다. 좋다고 마실 때는 언제그.

"그런데 말이죠. 혹시 이거··· 이런 병이 아닐까요?"

죠세프가 지은 죄(?)가 있어서인지 좀 쭈뼛거리ㅁ 말했다.

"말해 봐."

"저··· 이거 혹시 감기가 아닐까요?"

"감기?"

"예. 팡이가 분석한 것도 그렇고··· 우리 나라에도 보통 감기 걸린 사람이 독한 술에 매운 가루 타서 마시는 민간요법이 있지 않나요?"

그 순간 우린 합창을 했다.

"시끄럿! 말도 안 되는 소리 하지도 맛!"

"이보게."

하밀이 연륜있는 사람답게 조용히 죠세프에게 말했다.

"그건 그저 민간요법일세. 민간요법이라고 무시할 것은 아닌 것이 확실하지. 그 민간요법이 체계를 갖추어 의학이 되는 것이니까. 하지만 때로는 말도 안 되는 무식한 방법도 많지. 약이 아니라 독이 되는 방법도 많고. 그런데 그런 민간요법이 어쩌다 조금 들었다고 섣불리 판단하면 안 되지 않겠나?"

역시 연륜은 다르다. 같은 설득이라도 다른 것이다. 하지만 그래도 죠세프는 주장을 굽히지 않았다.

"그래도 밀져야 본전 아닙니까? 감기약이라도 한번 쓰는 것이 어떨까요?"

"하지만 사람을 상대로 함부로 약을 쓰는 것은 안 될 일일세."

"아니지요. 감기약이 새로 나온 신약도 아니고 기존에 안전성을 검증받은 것 아닙니까? 그리고 어차피 튜튜티 가루 탄 토르주까지 마시게 했는데요."

마지막 말이 결정타였다.

"그, 그런가? 자네들 생각은 어떤가?"

"…한번 해보죠."

환자들에게 감기약이 돌아갔다.

"선생님, 약이 모자랍니다."

"선생님, 여기도요."

문제는 10만 명분의 감기약이 있을 리 없다는 것이었다.

"그래? 안 되겠군."

하밀은 급히 사람들을 불렀다.

"수도로 사람을 보내야겠네."

"그럴 필요가 있을까요?"

아르티닌이 하밀의 말에 반대했다.

"우리가 감기약을 쓰는 것은 혹시나 해서입니다. 어쩌면 부작용이 있을 수도 있어요. 그렇다면 일부의 환자에게만 약을 주고 그 경과를 지켜보는 것이 좋을 것 같습니다."

"그것도 맞는 소리네만……."

"그리고 만일 다른 약이 있으면 그것도 써보는 것도 좋을 겁니다. 솔직히 말하자면 이 병에 걸려 대체 몇 명이나 병이 나았습니까? 차라리 어차피 가망이 없는 환자라면 아무 약이라도 써보는 것이 낫지 않을까요?"

"자넨 의외로 냉정하군."

하밀은 혀를 차면서 말했다.

"이 상황에서 냉정하지 않으면 언제 냉정해야 합니까?"

아르티닌은 드래곤이었다. 드래곤의 입장에서는 이렇게 머뭇거리는 우리가 한심해 보일지도 모르겠다.

"아울 씨의 말도 맞습니다. 그래서 말인데… 제가 중재안을 내놓으면 어떨까요?"

중간에 나선 사람은 다리온이었다.

"대단한 건 아닙니다. 우선 환자의 의견을 듣도록 하지요. 그리고 원하는 사람에게 쓰는 겁니다. 물론 의사의 입장으로 무슨 부작용이 있을지 모르는데 함부로 약을 쓸 수는 없겠지만 아울 씨의 말대로 치료 가망이 부족한 환자들입니다. 그들도 약이라도 한번 써봐야 억울하지 않을 것 아닙니까? 그리고 이미 감기약도 한번 썼으니까요."

하밀은 한참 고민했다. 그리고 우리에게 말했다.

"아울, 그리고 다리온, 두 사람의 말은 잘 들었네. 두 사람의 말, 확실히 맞네. 하지만 난 그럴 수 없네. 지금 있는 약이 무슨 약들인지 아나? 간단하게는 소화제를 비롯해서 위장약, 결핵약, 폐병약, 간장약 등 여러 가지지. 그것들이 환자들에게 무슨 작용을 할지 모르네. 어쩌면 나을 수 있는 사람이 죽을 수도 있어. 난 지금 환자들에게 감기약을 나누어 준 것도 후회한다네. 내가 감기약을 준 것은 그 병이 감기와 비슷한 부분이 많단 자네들의 의견을 믿어서지."

"그럼 어쩌실 생각이죠?"

난 하밀의 생각이 궁금했다. 아마 저 생각은 전부터 했을 것이다. 아무 약이나 써보고 싶은 심정, 나도 가지는데 나보다 오래 환자를 본 하밀이 그런 생각을 하지 않았을 리 없었다. 그렇다면 다른 생각을 했을지도 몰랐다.

"어떻게 할 생각이냐고? 그래, 하긴 그러고 보니 내가 너무 소극적인 치료만 했다는 생각이 드네. 그래서 좀 더 적극적으로 할 생각이야. 우선 비만 같은 병을 제외하면 모든 병은 체력이 튼튼하면 안 걸리지. 이 병도 마찬가지고…… 물론 이건 다리온이 병에 안 걸린 사람들의 공통점을 말해 주어서 나온 것이긴 하지만… 아무튼 그래서 환자들의 체력을 돋우어줄 보양식부터 챙겨야겠네. 자네들도 도와주겠지?"

"옛."

당연히 도와야 했다. 하밀은 곧장 종이를 꺼내고—역시 하밀이 시간이

걸려 생각한 이유가 있었다―필요한 재료를 말했다.

"알겠나?"

"예, 알겠어요."

"저… 그럼 우선 조부터 짤까요?"

"목록을 다시 한 번 정리하고……."

우린 재료 준비를 위한 의논을 하기 시작했다.

"이런, 젊은 사람들이 그렇게 무슨 말이 많은 건가? 의논은 일을 시작하면서 해도 돼. 움직이는 것이 먼저다. 지금 같은 상황에 시간은 곧 생명이다. 빨리 움직엿!"

아… 정말 정정한 노인네다. 우린 서둘러 움직였다.


죠세프와 아르티닌은 지금 수프를 젓고 있었다.

"저… 하밀 선생님, 환자… 안 돌봐도 되나요?"

난 궁금했다. 지금 우린 환자들 먹을 보양식을 준비하고 있는 것이다. 하밀은 그저 미소만 지을 뿐이었다.

"선생님, 저……."

"허헛, 어차피 우리가 할 수 있는 일은 지금 없잖은가. 우리가 환자를 돌본다고 한 일이 고작 고름이나 닦아주고 상처에 약을 발라준 것 외에는 없네. 그나마 대동맥이라도 끊기면… 의사나 있으면 모를까 속수무책이지 않은가? 그러니 오히려 지금 하는 일이 더 나은 일이지. 그리고 쉬기도 하니 좋지 않나?"

하밀의 말에는 동감이었다. 물론 위에서 커다란 솥에―마을의 상징인 큰 종이었다― 큰 숟가락으로―배를 젓던 노였다―수프를 젓는―되게 걸쭉하던데―죠세프와 아르티닌은 제외지만.

"그런데 하밀 선생님, 선생님은 혹시 약을 잘못 써서 사람을 죽인 적 있습니까?"

다리온의 말에 우리 모두, 수프를 젓던 죠세프와 아르티닌도 같이 쳐다보았다. 하밀은 잠시 다리온을 쳐다보더니 한숨을 쉬었다.

"거기, 빨리 수프 젓게. 잘못해서 태우기라도 하면 영양소가 파괴되네."

"그런 일이 있었군요."

"후우… 내가 젊었을 때였지. 의사가 된 지 제법 됐을 때였어. 그때 어떤 환자가 들어왔는데 폐병에 걸린 사람이었어. 폐병만이 아니라 여러 합병증이 겹친 사람이었지. 난 그때 새로운 신약이었던 약을 쓰기로 했어. 부작용이 없고 탁월한 약효를 가졌다는 약이었지."

"노미테놀 말입니까?"

난 조심스럽게 물어보았다. 내가 그런 말을 하는 것은 노미테놀이 매우 유명한 약이어서였다. 좀 비싸서 그렇지 만들어질 당시에는 부작용이 없는 데다 탁월한 효능에 약에 대한 내성과 중독성도 없는 약이었다. 그래서 그 약을 개발한 의사가 백작의 작위를 받기도 했었다.

"그래, 노미테놀. 하지만 아무리 좋은 약이라도 쓰지 말아야 할 곳에 쓰면 독이 되는 법이지. 그 환자가 그런 환자였네. 결국……."

하밀은 말끝을 흐렸다. 우린 아무 말도 할 수가 없었다. 그러다 문득 내 머리에 떠오른 것은…….

"혹시… 노미테놀의 용법을 정리한 무명의 의사가 하밀 선생님이신가요?"

"그렇다네. 내 죄에 대한 보상이랄까……. 우습게도 그 연구 끝에 내 의학 지식이 더 많아졌다네. 당연한 것이 공부도 더 많이 해야 했고,

연구한다고 실험도 함부로 할 수 없으니 더 많이 생각해야 했지. 후…
지금 이 병도 노미테놀을 쓰면 위험해. 무슨 병인지는 모르지만… 내
가 잠시 그 이유를 설명하지. 노미테놀은 외부에서 항생 물질을 넣는
것이 아니라 그 약을 복용하면 몸 내부에서 항생제를 만드는 것이네.
당연히 부작용이 없겠지. 자신의 몸에서 만들어낸 물질이니까. 그런데
이 병은 더 악화가 된다네.”

하밀은 그 말을 끝으로 말을 하지 않았다. 우리 모두 의아하게 생각
한 노미테놀을 쓰지 않은 이유가 바로 그것이었다. 비싸서가 아니라
부작용이 생기기 때문에. 아닌 게 아니라 우리가 오기 전에도 노미테
놀을 쓰자고 했지만 하밀은 반대를 했다고 한다. 그리고 그 반대 이유
를 말하지 않은 것은 자신을 알리고 싶지 않아서였을 것이다. 만약 하
밀이 노미테놀의 용법에 관해 연구한 사람이라는 것이 알려지면 하밀
은 아마 자작의 작위는 받을 것이다.

“아무리 그런 일이 있었어도 지금까지 그 일에 얽매여 있는 것은 옳
지 않다고 봅니다. 아니, 오히려 회피하는 일이 되지 않을까요?”

아르티닌의 말에 하밀은 고개를 끄덕였다.

“회피라… 맞아, 나도 문득 그런 생각이 들더군. 하지만 그래도 함
부로 약을 쓰지는 못했지. 어쩌면 내가 겁이 많을지도. 역시 의학 발전
은 젊은 사람들이 해야 하는데……. 참! 내가 그 무명의 의사란 것은
비밀일세.”

하밀이 장난스레 말을 했을 때 문이 부서질 듯이 뛰어든 사람이 있
었다.

“선생님, 결과가 나왔습니다.”

하밀이 약을 준 환자들을 살피라고 시킨 사람이었다.

"결과?"

말에는 좀 어폐가 있기는 했지만… 실험이긴 실험인가? 결과라니. 어쨌든…….

"어떻게 되었는가?"

"그게… 차도가 없었습니다."

"그, 그게 전부인가?"

"예."

"그러니까… 그것 때문에 문을 박차고 들어온 것인가? 아무 결과도 없다는 결과를 말해 주러?"

"옙."

오늘 우린 하밀의 체력이 얼마나 정정한지 눈으로 보았다. 그리고 절대 맞을 짓은 하지 말아야겠다는 다짐을 하게 되기도 하였다.

"자, 그럼 정리해 볼까?"

그날 밤 우리 일행은 모여서 그 병에 대해 토론을 했다.

"죠세프, 그럼 정리한 것을 말해 봐."

"예, 그러니까… 먼저 안 것은 그 병은 초기에 목과 턱에 발열이 생기고 좁쌀만한 고름이 잡히기 시작해 그 후에 턱과 목 전체에 고름이 잡힙니다. 그 고름이 터지면 출혈이 심하고 대동맥이 터지는 경우도 있습니다. 죽는 이유는 과다 출혈과 합병증 때문입니다. 이걸로 볼 때 이 병은 사람의 체력을 약하게 하여 다른 병에 취약하게 한다고 보여집니다. 이 병은 증상만 따로 분석하면 감기와 비슷하다고 합니다. 그리고 마나의 기운이 느껴진다고 합니다. 그런 까닭에 마도 시대의 병으로 생각되지만 란셀도 모르는 병이라고 합니다. 아마도 그 시대에도 희귀했거나 이 시대에 새로 생긴 마법 병으로 생각됩니다. 그 외에 이 병은 토르주에 튜튜티 가루를 탄 엽기적인(?) 약에 소수 치료되는 이상한 양상을 보였습니다. 이상한 것은 어떤 약도 듣지 않았다는 겁니다. 제일 많이 처방한 것이 감기약이었지만 아무런 효과가 없었습니다. 하밀 선생님께서 비록 다른 약은 못 쓰게 하셨지만 각 의사들이 조금씩 다른 약을 쓰기도 했습니다. 그 약의 종류는 다양했는데 귀하고 좋은 약에서부터 엉터리 만병통치약까지 있었습니다. 여기서 이상한 부분은 효과도 없었지만 부작용도 없었다는 겁니다. 이건 제 의견입니다만 토르주가 보인 효과와 여러 약들의 무반응에 해법이 있을 것 같습니다. 그리고 마지막으로 하밀 선생님이 그러시는데 노미테놀은 부작용으로 환자를 죽이는 약이 될 거라고 하더군요. 이것도 무슨 이유가 있을 것 같습니다."

좀 막연하기는 하다. 하지만 죠세프의 말대로 토르주와의 관계, 다른 약과의 관계, 어째서 노미테놀이 독이 되는지가 해답이 될 것 같았다.

"그런데 란셀, 정말 감기가 아니었을까요?"

"그러게요. 증상이 감기 같다는데……."

죠세프는 아직도 의심스러운 모양이었다. 예나, 넌 또 왜 죠세프의 말에 동조하니?

"사실 어떤 병의 바이러스가 마나와 결합하는 것은 힘들어. 인위적이라면 몰라도 자연적으로는 거의 불가능하지. 인위적으로 하면 그 효과가 짧고 계속 인위적인 신경을 써야 하기 때문에 이렇게 전염병이 될 수가 없었을 거야."

"하지만 우리가 본 병 중에는……."

"아니지. 사실 우리가 본 마도 병이 몇 가지지? 몇 번 안 되지? 그리고 그건 결합이 아니라 영향을 받은 것이고, 또 어떤 것은 인위적이었어. 하지만 이건 결합이야. 만약 감기 바이러스가 마나에 영향을 받았다면 이런 양상은 아닐걸? 왜냐하면 변종 바이러스가 되니까. 하지만 그럴 경우 감기약을 복용시켰을 때 무슨 결과가 나왔어야 했지만 아무런 효과가 없었어. 모르지. 네 말대로 마나와 결합했으면 이런 증세가 될지도…… 그러면 당연히 약도 소용없고. 하지만 역시… 가, 가만, 결합? 바이러스와 마나의 결합? 바이러스와 마나의 결합이라… 결합… 결합……."

난 죠세프에게 열심히 설명하다가 뭔가 생각나려고 했다. 뭘까? 뭘까?

"아! 란셀 씨, 이건 바이러스와 마나의 결합이란 말을 듣고 생각난 건데… 제가 읽은 고서에 그런 내용이 있는 것 같았습니다. 워낙 신기한 일이라 지금도 기억이 나는데 에… 에… 맞아, 엑토시엔."

엑토시엔? 그렇지! 다리온의 말에 생각이 났다. 헥토시엔. 엑토시엔이 아니라 헥토시엔이다. 마나와 바이러스의 결합체인 헥토시엔.

바이러스와 마나가 결합한다…… 물론 거의 불가능하다. 하지만 거의란 말은 말 그대로 100%를 가리키는 말은 아니었다. 그리고 이런 예는 있었다. 너무 드문 일이기에 잊고 있었지만… 내가 그래서 생각조차 못한 것일 것이다. 마도 시대에조차 드문 일이었던 일이 지금 나타날 리 없기 때문이었다. 당연히 나도 그렇고 카나이드도 헥토시엔은 대충 하고 넘어갔었다.

"헥토시엔."

"예?"

"헥토시엔… 천연두와 마나의 결합, 장티푸스와 마나의 결합, 바이러스와 마나가 결합해서 생긴 병을 통틀어 헥토시엔이라고 부르지. 바이러스와 마나가 결합하면 본래 병과는 비슷한 증상을 보이지만 결과는 다르게 나타나고, 그것도 항상 같지 않기 때문에 그렇게 통틀어 지칭하는 것이야. 천연두와 마나가 결합했을 때에는 사람 몸에 피하 지방이 기하급수적으로 늘어 모세 혈관을 막았고, 장티푸스와 마나가 결합했을 때는 손가락과 발가락 끝이 뜨겁게 달아올라 손가락과 발가락이 퉁퉁 붓고 손톱, 발톱 다 빠져 그 빠진 부분이 짓무르게 돼. 그 짓무른 곳에 파상풍 균이 침투해 죽었어."

"그런 병이 있었군요."

모두들 내 주변에 몰려들었다.

"아, 아냐. 그건 아닐 거야. 헥토시엔의 가장 큰 약점이 그 바이러스는 항상 같아야 한다는 것이야. 하지만 감기는 계속 변하는 바이러스지."

"하지만 만일 정말 감기와 바이러스가 결합했다면 저런 이상한 증상도 가능하지 않을까요?"

난 죠세프의 질문에 잠시 생각해 보았다. 가능하다. 아니, 오히려 더 이상한 증상이 나타나도 이상한 일이 아닐 것이다. 하지만……

"가능하지. 하지만 팡이의 분석은 감기와 비슷한 증상이라고 했어. 그리고 감기 비슷한 질병은 많아. 죠세프, 넌 어째서 자꾸 감기에 얽매이려고 하지? 그렇게 한 가지 생각에만 얽히면 다른 것을 놓치기 쉽지 않을까?"

오랜만에 연장자다운 말을 했다. 뿌듯.

"그건… 그렇게 보였나요? 제가 한 가지 생각에 얽매이는 것으로? 그럴 수도 있겠군요. 하지만 난 아직도 이곳 라코나의 겨울에 감기가 많다는 말이 계속 걸립니다. 아마 그것에 얽매이나 보군요. 하지만 만일 이 병이 정말… 음… 그래, 헥토시엔이라면 그 원인 바이러스가 감기 균이라고 할 것입니다."

하… 그랬나? 그것도 맞는 말일 것이다. 이곳에서 가장 흔한 병 감기. 하지만 난 그 바이러스가 감기가 아니기를 바란다. 어떤 병이라도 상관없다. 부디 감기가 아니기를. 인류가 별의별 병은 다 치료해도 감기만은 치료를 못한다지? 그 어떤 치유 마법으로도 완치 불능, 재발 방지 불능인 병이 감기니까. 그것만이 아니다. 감기가 걸리는 이유도 다양하고 그 감기 바이러스도 다양하다. 그래서 증상도 다양하고… 따라서 정말 헥토시엔이고, 그 바이러스가 감기 바이러스라면 운이 좋지 않은 이상 치료가 힘들다. 처방한 감기약이 효과가 없었던 것이 그 증거였다. 응? 감기약이 듣지 않아? 그럼 정말 감기? 에… 설마… 감기약인데……

"만일 감기라면 목 감기쯤 되겠군요."

다리온도 죠세프의 말에 동조를 하고 있었다.

"하, 하지만 다리온 씨."

"그래, 목 감기에 좋은 약을 준비하자. 음… 뭐가 있더라? 이브린 언니, 뭐가 있지?"

"우선 생강, 모과, 배, 대파 뿌리… 그 외에도 많지. 아, 그리고 따뜻한 물. 방금 말한 재료로 차를 만들어도 좋겠지."

"와~ 언니는 많이도 아네?"

"그야 난 많이 돌아다니니까 그 정도는 상식으로 알아야 해. 에나 너도 알아둬야 될걸?"

"우웅… 그렇구나……"

"호오, 역시 모험가라 다르군. 좋아, 난 그럼 저료를 준비하지."

아르티닌마저… 난 난감했다. 의견은 목 감기 바이러스를 근원으로 한 헥토시엔으로 기울었다. 이거 목 감기 바이러스가 아니면 어쩌려고, 아니, 그게 맞아도 문제다. 난 반대를 했는데 내가 틀리면 난 뭐가 되는 거지? 앗! 아니지. 내가 왜 이런 사악한 생각을……. 저들의 의견이 맞는다고 해도 마나와 결합한 바이러스는 그 능력치가 변하는 것이다. 간단히 말해 기존의 약으로는 치료가 되기도 하고 안 되기도 하는 상태란 소리다. 그리고 바이러스와 결합한 마나도 일반적인 방법으로 제거가 불가능할 경우도 있다. 한마디로 대책없고 어디로 튈지 모르는 공과 같은 그런 병이었다. 그런 까닭에 난 헥토시엔은 마지막에 생각하고 싶었다.

"란셀도 그러지만 말고 좀 도와요. 아무리 의견이 다르다고 해도 이미 결정된 건데 삐딱하게 그러지 말고."

예나에게 한소리 들었다. 하긴 이렇게 손을 놓고 있는 것보다는 그래도 뭔가를 하는 것이 좋겠지.

"그래서 목 감기 치료를 하자고?"

하밀은 우릴 바라보았다. 내 생각에 하밀은 분명 반대를… 안 하고 찬성할 것 같았다.

"그것도 좋겠지. 나도 생각을 해보았는데 역시 내가 소극적이었네. 정말 뭐라도 해야 하는데 말일세. 이거 젊은 사람에게 제대로 배웠구먼. 이래서 세상 모든 이는 모두 스승이라고 하나 보군."

우린 목 감기에 좋다는 재료를 모아 탕약을 만들기로 했다. 여기서 아르티닌은 제외가 되었는데 아르티닌은 환자들에게 마법 무효 마법이나 마나 중화를 하게 했다. 불쌍하다, 아르티닌. 다른 마법사도 있지만 환자에 비해 수도 적고 마법도 약하니 가장 힘을 써야 하는 사람, 아니, 드래곤은 아르티닌이었다. 아르티닌은 내심 죠세프가 같이 하기를 원하는 듯했지만 죠세프야 할 줄 아는 마법이라곤 공격 마법이 대부분이니 포기해야 했다. 다시 한 번 말하지만 환자가 10만이다. 정상적인 드래곤의 능력이라면 그렇게 힘들지는 않을 텐데 지금 아르티닌은 이브린의 생명을 계속 연장시켜 주고 있어서 더 힘들 수밖에 없는 상황이었다.

"효과가 있을까요?"

난 여전히 회의적이었다.

"글쎄… 하긴 감기약이 들지 않았으니……. 그래도 혹시 모르지 않나?"

"정말입니다. 저도 튜튜티 가루를 탄 토르주를 마시라고 했을 땐 저보고 죽으란 소린 줄 알았습니다. 하지만 이렇게 나았지요."

하밀의 말을 받은 사람은 환자였다가 완치가 된 사람으로 병을 고쳐 준 보답으로 하밀의 밑에서 일을 하고 있는 사람이었다. 이름이…….

"허헛, 그런가, 랄케?"

아, 맞다. 랄케. 하지만 기억 못해도 상관없지. 아름다운 여자도 아닌데.

"아이고, 말도 마세요. 지금이야 이렇게 웃으며 말하지만 전 술을 좀 못하거든요? 그런데 그 독한 토르주를 한 사발이나 마시게 했으니. 우……."

"거기다 튜튜티 가루도 잔뜩 타고 말이지?"

하밀은 얼굴 가득히 웃음을 짓고—헉! 사악하다—랄케의 말을 받았다.

"누가 아니래요? 제가 또 매운 건 잘 못 먹습니다. 완전 딱 걸렸죠. 그걸 마시는데 마실 땐 입 안이 맵다 못해 불이 나고 속에서도 불이 나 화염 브레스라도 내뿜는 줄 알았다니까요. 아무튼 그걸 마시고 어찌나 맵고 입 안이랑 속에서 불이 나는지 온몸에 땀이 쭉 나는데… 어찌나 많이 흘렸는지. 어휴~ 내 침대보 정리하던 사람이 침대 바닥을 보고는 내가 오줌을 쌌다고 뭐라고 하잖아요. 그리고 다른 사람은 환자가, 그것도 다 큰 어른이 물장난했다고 혼내고요. 이상한 소문이 났었다니까요."

그 소문은 났었던 것이 아니라 지금도 현재 진행 중인 소문이었다. 바로 나만 해도 바로 어제 들었었다. 그런데 그 소문의 주인공이 랄케였군. 그런데 술을 못 마셔? 그때 무조건 강요로 마시게 한 것이 아니라 마시고 싶은 사람을 지원받은 것이 아니었나?

"저… 선생님, 좀 와보셔야겠습니다."

어떤 사람이 와서 하밀을 찾았다.

"왜 그러나? 중요한 것이 아니라면……."

"또 한 명이 치료되었습니다."

나와 하밀은 서로 쳐다보았다. 마치 '자네 환자에게 어떤 처방을 내렸나?', '아뇨? 선생님은요?', '나도 아냐' 이런 뜻과 같이.

"그런데 화상이 심합니다. 아울 씨를 찾았지만 어디 있는지 보이지 않아서 이렇게 달려왔습니다."

"화상이라고?"

"예. 그 사람 목마르다고 마신 물이 끓던 물 식히려고 대접에 담아 놓은 물이었거든요."

"어떻게 환자 옆에 그런 걸 놓아두나."

당연한 일이었지만 하밀은 화를 내었다.

"다녀오겠네. 여긴 우선 란셀, 자네가 좀 맡아주게."

하밀은 급히 나갔다. 그런데 난 좀 어이가 없었다. 겨우 물 마시고 병이 나았다? 이거 의사들 완전 엿먹이네.

"병이 나은 것은 좋은 일이지만 화상을 입었으니 운이 좋은 건지 불행한 건지 알쏭달쏭하네요."

하밀이 나가고 잠시 해이해진 틈에 예나가 내 옆에 앉으며 중얼거렸다. 아니, 하라는 간호는 안 하고 쉬어? 음… 여자라 봐준다.

"그러게. 화상도 심하면 위험한데."

이브린도 예나 옆에 앉았다. 이브린도 여자다.

"그것만이 아닙니다. 화상을 입으면 2차 감염이 생길 수 있지요. 흉터도 남고 말입니다. 그나마 여기엔 마법사가 있으니 다행이지요."

다리온은… 아는 사이니까 봐준다.

"자아, 이거 한 잔씩 하세요."

죠세프가 생강차를 한 잔씩 돌리고 내 옆에 앉았다. 차도 줬는데 안 봐주면 나쁜 사람이겠지?

"어, 그래. 고마워."

차를 가장 먼저 받은 사람… 드래곤은 아르티닌이었다. 음… 드래곤이니까… 안 봐주면 안 되겠지?

"어, 좋다. 땀이 확 나는데?"

정말 잘 끓였다. 진한 맛에 뜨거운 차를 마시니 피로가 조금 가시는 듯한 것이 기분 좋았다.

"그러게 말예요. 전 전에 숨어 살 때 겨울이 돼서 몸이 으슬으슬해지면 이렇게 뜨거운 차를 마시고 이불 덮고 푹 자면 피로하지도 않고 몸도 개운했지요."

예나는 옛날 생각을 하나 보다. 하긴 나도 어렸을 때, 내 부모님이 살아계셨을 때 자주 이런 차를 끓여주셨었다. 부유하지 않았던 우리로써는 그건 하나의 예방 차원이기도 했고 치료 차원이기도 했었다. 그때는 생강과 계피를 같이 넣었었는데.

"……."

"……."

"……?"

"……!"

"설마……."

"그러게요. 그럴 리가 없죠."

"잉~ 그러면 정말 억울할 거예요. 우리가 고생한 것이 어딘데……."

정말 우리가 문득 생각한 것이 맞는다면 우린 접시 물에 코를 박고 우리의 몸에서 영혼만 빠져나와 엘렌디아 여신을 알현하러 가고 싶을 것이다. 좀 돌려(?) 말하자면 죽고 싶을 거란 말이다.

"그, 그래도 해볼까?"

"손해 볼 것은 없겠죠."

다리온의 말이 아니라도 손해 볼 일은 없었다. 왜? 겨울이니까. 우린 생각난 대로 몇 명의 환자에게 뜨겁게 끓인 탕약을 한 사발 마시게 한 후 뜨거운 방에 눕히고 두꺼운 이불을 덮어주었다.

"저… 이거 너무 더운데요?"

"참으세요. 절대, 저얼대 이불을 차버리거나 하면 안 됩니다. 병이 악화되고 싶으시면 맘대로 하셔도 됩니다만……."

우린 이렇게 협박 같은 설득을 했다.

"저런다고 병이 낫는 것은 아니겠죠?"

"그렇겠지. 하지만 만일 병이 낫는다면 허무할 거야."

죠세프도, 나도 좀 사악해진 것 같다.


"이게 어찌 된 것인가?"

하밀은 화상을 입은 환자를 돌보러 갔다가 사흘 만에 왔다. 그 화상이 예상보다 큰 데다 다른 환자도 돌보고 왔기 때문이란다. 그런데 사흘 만에 온 하밀이 본 것은 많은 수의 완치된 사람들이었다.

"설마… 그런 목 감기용 탕약이 이런 효과를 만들었나?"

우린 자초지종을 하밀에게 말했다.

"호오… 그런 일이? 내원, 이런 요상한 병은 좀 더 멋진 치료로 낫거나 희한한 약으로 나아야 폼이 나는데. 이거 너무 허무, 허탈하구먼."

다행이다. 우리만 사악한 것이 아니었어.

"그런데 어째서 다른 곳에는 연락을 안 했나? 그랬으면 더 많은 사람들이 빨리 병에서 나았을 텐데."

그래도 하밀은 책임감있는 의사였다. 우선은 환자를 생각하니까. 물론 하밀은 우리의 대답을 알고 있는 듯했다.

"그게 근처의 의사들에게는 말했는데 하밀 선생님의 명령이 없다고……."

"허, 그 요상 망측한 병이 사람까지 이상하게 만들었군. 전에는 이렇지 않았는데……."

그게 아니라 하밀 선생님의 그늘과 영향력이 너무 큰 거라고요.

하밀은 잠시 한탄을 하더니 옆의 사람들에게 말했다.

"들었지? 빨리 이 방법을 다른 의사에게 전하도록."

그리고 우리에게 시선을 행했다.

"그리고 자네들이 꼭해야 할 일이 있네."

우린 지금 한겨울에 막노동을 뛰고 있다.

"자네들은 얼른 카샤니안식 온돌을 만들어주게. 제대로 만들 필요는 없어. 다만 일시적으로만 쓰면 되니까. 그냥 일회용으로만 간들어주게. 온돌이 아니면 우리가 원하는 효과를 충분히 낼 수가 없어. 내가 볼 때 자네들은 카샤니안 출신이지?"

이것이 하밀이 우리에게 시킨 일이었다. 이래서 우린 온돌을 만들고 있었다. 아무리 카샤니안 출신이라도… 온돌은 기술자가 따로 있어서 그 기술자가 만든다. 우린 대충의 구조는 알지만 우선 재료도 부족했다. 특히 판돌이 없었다. 그런데 그 판돌을 신전어서 대주었다. 신전보다는 사람 목숨이 중요하다나? 그래서 신전 바닥 돌을 떼어왔다. 이런, 신관들이 너무 착해도 탈이라니까.

"하밀 선생님, 큰일입니다."

누군가 뛰어들었다.

"자넨?"

"전 데니스라고 합니다. 이스마 선생님의 시종이지요. 그런데 이스마 선생님이 병에 걸리셨어요. 그 병에요."

페린 이스마란 의사가 병에 걸렸다는 이야기다. 그런데 그 헥토시엔은 이미 치료가 되었다. 그리고 치료 방법도 알았다. 물론 이번 경우의 병에 한해서이지만…… 그리고 마도 감기 또는 악마의 감기로 불리우게 되었다. 난 아직도 수긍하지 못하지만 어쨌든 다른 사람 모두는 감기라고 생각하니까. 어쨌든 이젠 병도 아니게 되었다. 그리고 치료 방법도 간단했다. 그런데 스스로 못하고 저 야단이니…… . 그러니 사람이 발전이 없이 시종일 거다. 또 페린이란 의사도 우습다. 다리온은 그럴 만한 위인이라고는 하지만 그래도 명색이 의사인데…… . 그래서 생긴 또 하나의 불안은 혹시 그 헥토시엔이 진화를 했을지 모른다는 생각이었다. 원래 헥토시엔은 진화를 하지 않지만 세상엔 절대란 법칙은 없으니까. 그렇다면 지금의 방법으론 치료 불가능이고 다시 헥토시엔이 퍼질 가능성이 매우 컸다.

"뭐야……?"

또 허탈했다. 이건 그냥 두드러기였다.

"이 사람 어제 뭘 먹었지?"

하밀은 방을 나와서 데니스를 잡고 물었다.

"에… 그러니까… 햄하고 빵하고… 돼지고기, 통닭, 대충 그렇게 드셨죠."

내가 내린 결론. 식중독.

"간단한 식중독이야."

하밀이 결론을 내렸다. 웬지 내가 갑자기 의사가 된 기분이었다. 아, 글쎄 마도의사랑 그냥 의사는 다르다니까.

"그럼 치료는 간단하군요. 그냥 따뜻한 물을 마시게 하고… 음… 소화제도 먹으면 좋으려나? 그리고 음식을 조심하면 되니까요. 아, 토하게 하면 어떨까요?"

하밀은 내 말에 고개를 저었다.

"그건 안 돼. 저 페린이란 녀석, 그저 먹고 참았나 봐. 미련한 욕심

쟁이 같으니……. 이미 여러 시간 지나서 토할 것도 없을 거야. 그나저
나 저 인간, 어떻게 하지? 좀 혼을 내야 하는데 배경이 좀 쎄거든. 그러
니 혼내기도 어렵고…….”

하밀이 탐탁지 않다는 표정을 지을 때 다리온이 나섰다.

“저에게 좋은 방법이 있습니다만…….”

그리고 그 방법을 말했다.

“재미있겠는데?”

다리온도 사기꾼의 자질이 엿보인다.


“자, 이걸 드십시오.”

“이… 게 뭡니까?”

페린은 의심스러운 눈으로 우리가 준 약을 바라보았다.

“에, 우선 이스마 씨의 병은 지금까지의 병과 좀 다릅니다. 그래서
마지막 방법인 이스마 선생님의 특효약으로 병을 치료하기로 했습니
다.”

순간 페린의 얼굴이 굳어졌다.

“내, 내 약?”

“옙.”

“그거… 누가 처방한 건가?”

“당연히 하밀 선생님이시죠. 하밀 선생님은 다른 사람들을 보러 가
셨습니다만.”

페린의 눈동자가 불안하게 움직였다.

“그, 그거 안 먹고 다른 치료 받으면 안 되나? 다른 사람들은 땀을
내고…….”

"아하, 그 병이 아니라니까요."

난 좀 강한 어조로 말했다.

"드셔야 합니다, 죽기 싫으면."

이번에도 이상한 말을 하면 맞고 먹을래, 얻어터지고 먹을래, 그냥 먹을래 하고 친절히(?) 협박할 생각이었지만 페린은 약을 쥐었다.

"히잉~ 마시기 싫은데……."

페린은 약을 마셨다. 문득 우리가 너무 심한 짓을 한 것이 아닌가 하는 생각이 들었다. 저 약을 먹고 잘못되면…….

"커헉."

"앗! 이스마 씨."

페린의 반응에 순간 우리는 당황했다.

"무, 물 줘. 단 거 줘. 크악, 쓰다……."

페린은 나쁜 사람도 실력이 없는 사람도 아니었다. 그렇다고 배경만 믿는 사람도 아니었다. 단지 돈을 너무 많이 밝혀서 문제인 사람이었는데 그 탓으로 배경 덕에 의사가 된 실력없는 의사라는 말이 나돈 것이었다. 또 고집이 너무 세서 거만하다는 소리를 듣기도 했다. 아무튼 페린이 만든 약이 아주 엉터리 약은 아니었다. 약효가 뛰어난 약은 아니지만 그래도 제법 여러 방면에 쓸 수 있는 약이었다. 실제로 페린이 말한 효과는 별로 없었지만 원기 회복제로는 무난히 쓸 수 있는 약이었다. 문제라면 너무 쓰다는 것이 단점이었다. 아무리 쓴 약이 몸에 좋다지만… 나중에 들은 말인데 페린은 쓴 것을 정말 무지무지 싫어한다고 한다.

"우와앙! 너무해. 눈의 제전을 안 한다니."

"하지만 예나, 이런 상황에서 무슨 축제를 하겠어? 또 축제를 하느라 사람들이 몰려와 병이 더 크게 퍼지면 어쩌려고. 아무리 축제가 유명해도 병이 퍼진 지역에 누가 오겠어? 관광객이 온다고 해도 환자 치료가 먼저잖아. 그리고 지금은 시일도 많이 지났고 말야."

"그래도 그렇죠. 정말 다리온 씨의 말이 맞아. 란셀은 일을 몰고 다니는 사람이에요. 물어내요, 물어내!"

라코나 시의 문제는 해결되었지만 우리의 문제—솔직히 나만의 문제—는 이제 시작이다. 에휴…….

제2장
하르파 섬의 비극

라코나에서 일을 해결한 후 우린 메스나 대공의 초대를 받았다. 우리의 활약이 메스나 대공의 귀에 들어간 때문일 것이다. 그래서 우린 메스나의 수도인 메스나로 향했다. 재미있는 것이 나라 이름과 수도 이름이 같다는 것이었다.

"공국처럼 작은 나라일 경우 그런 경우가 제법 있죠. 그리고 왕국이지만 나라가 작을 때는 왕의 성을 나라의 이름으로 쓰기도 하잖아요?"

다리온의 설명이었다. 그러고 보면 대부분이 그렇긴 했다. 도시 국가인 경우는 나라가 곧 수도니 말할 것도 없지만 공국이나 작은 나라는 나라 이름이 대공이나 왕의 성인 경우가 대부분이었고 수도의 이름도 나라의 이름과 같은 경우가 대부분이었다.

거기서 좀 큰 나라일 경우는 나라의 이름을 왕의 성으로 하는 경우가 많았다. 하지만 나라의 역사가 오래되고 또 커지면 나라의 이름을 바꾸는 경우가 보통이었다.

왕의 성을 나라의 이름으로 하는 것은 나라가 작거나 초기일 때 왕과 국민과의 유대감, 일체감을 가지는 데 이롭지만 어느 정도 나라가 커지면 그만큼 왕과 국민의 사이는 벌어질 수밖에 없었다. 나라가 커지면 국민도 많아지게 된다. 커진 나라와 많아진 국민을 다스리자면 더 많은 신하가 필요하고 왕의 권한은 그만큼 줄어들게 되는 것이다. 그리고 그렇게 되면 그 나라는 더 이상 왕만의 나라가 아니었다. 국민의 나라이기도 했다.

그런데 그럴 경우 아무리 왕이 나라의 기둥이고 나라를 다스리는 사람이라도 나라가 단지 왕만의 나라처럼 느껴지기 때문에 국민이 반감을 가지게 된다. 그것을 막기 위해 나라의 이름을 바꾸는 것이었다.

이것은 나라만이 아니라 상회에도 마찬가지로 적용이 되었다. 그래서 어떤 상인이 상회를, 가령 내가 상회를 세우면 네르반 상회일 것이다. 하지만 그것은 작을 경우고 대규모의 상회가 되면 이미 상회는 내 것이 아니다. 따라서 제대로 상회를 운영하려면 이름을 바꾸는 것이 현명한 것이다. 그리고 솔직히 제법 크다는 나라 중에 왕의 성을 나라의 이름으로 쓴 나라치고 오래가는 나라는 못 보았다.

그런데 나중에 메스나는 나라가 커질까? 그리고 커지면 어떤 이름으로 바뀔까? 내가 이런 생각을 하는 것은 메스나 공국 주변의 나라가 별 볼일이 없어서였다. 메스나 주변에 다른 공국과 왕국이 있었지만 큰 것도 강한 것도 아닌 나라였다. 물론 메스나보다는 강했지만 지금 그 주변국들의 국민들은 메스나에서 헤어 나오지 못하고 있었다. 메스나의 문화에 빠져 자신들의 나라 역시 아름다운 자연이 있는데도 시인들은 메스나의 자연을 노래하고, 화가들은 메스나의 절경을 그렸다. 자신들의 나라를 별 볼일 없이 보고 메스나를 높이 보았다. 그러니 메스나의 대공이 조금만 지혜있고 야망이 있으면 메스나는 주변 나라들을 흡수해 작지만 제국까지 만들 수 있는 그런 상황이었다. 만일 그렇게 될 경우를 대비해서 지금 메스나 대공을 잘 알아두면 이익이… 흠흠, 정말 그렇게 나라가 커지면 나라 이름을 어떻게 할까? 기왕이면 네르반 왕국으로 했으면… 흠흠, 쓸데없는 생각 그만두고……

우린 메스나 대공과 접견을 했다. 메스나의 돈줄이랄 수 있는 라코나를 구한 영웅들이니 당연한 일이었다. 메스나에서 라코나는 의미가 큰 도시였다. 단순히 돈줄만이 아니라 더 큰 의미가 있었다. 메스나 대공이 태어난 도시, 메스나에서 가장 번화한 도시, 가장 돈을 잘 버는 도시, 메스나 최고의 관광지라 가장 인지도가 높은 도시로 사실상 메스나 공국의 얼굴인 도시였다. 물론 머리는 수도인 메스나 시지만 세상이란 것이 머리보다는 얼굴이 인상을 좌우하는 법이다.

"감사하오, 하밀. 그리고 여러분들, 감사하오."

메스나 대공은 우리에게 감사를 표했다. 난 메스나 대공을 보고 좀 놀랐다. 이제 겨우 12살? 좀 어려 보이는 얼굴이란 말은 들었다. 그래도 실제 나이는 15살이라고 했다. 음… 15살. 15살도 어린 것 아닌가? 물론 그는 메스나를 책임지는 대공이었다. 그래도 저 나이에, 저 얼굴에 저런 말투를 들으니… 피부가 좀……

"메스나 공국의 대공으로서 여러분들께 전 메스나를 대표허 감사를 드리는 바이오."

"과찬이시옵나이다. 그리고 이 일은 제가 한 일이 아니옵고 여기 있는 사람들의 공이옵나이다."

평소에 봐오던 소박, 털털, 거친 하밀의 모습이 아니었다. 완전히 기름에 푹 담갔다 뺀 듯한… 음, 이것도 뭐랄까 ‥ 으… 피부가 이중으로……

"하핫, 좋소, 좋아. 어쨌든 이번 일은 모든 사람들이 열심히 한 덕분이라 믿고 싶소이다. 아, 물론 여러분들에게 특. 히. 나. 감사하오."

메스나 대공은 여전히 우리의 피부에 장애를 일으킬 웃음과 말로 치하했다. 그리고 우린 포상을 받았다. 하밀은 궁중 의사로 승격했다. 하지만 그의 청탁으로 궁정에 머무르지 않고 메스나 국립 병원에서 근무를 하게 되었다. 우린 많은 돈을 받았는데… 거절했다. 병으로 고생했던 사람들을 위해 쓰라고. 물론 예나가 인심을 쓴 것이다. 힝~ 아까워……. 그리고 나서의 만찬. 그렇지! 이거야, 이거였어. 만찬에 나온 것을 보니 생각났다. 메스나 대공과 하밀에게서 느낀 것. 으… 사람 곤히 자는 새벽마다 일어나라고 고래고래 울어대는 그 녀석의 피부. 한마디로 닭살.

만찬이 끝난 후 우린 메스나 대공과 대면했다.

"케론에게 들었소. 여러분들은 희한한 병을 찾아다니신다고?"

케론? 케론이 누구지?

"흠… 기억이 안 나오? 제가 보낸 감찰관 케론 비스일 말이오."

그래, 기억난다. 전에 한번 나오고 안 나온 단역 배우? 그 사람이? 짜아식, 대공과 직접 이야기할 정도면 제법 잘 나가는 친구로군.

"그래서 말이오만… 하르파란 메스나 공국령의 섬이 하나 있다오. 그곳에서 이런 공문이 왔소."

메스나 대공은 다리온에게 그 공문을 넘겨주었다. 다리온은 그것을 읽더니 당연하게도 나에게 넘겼다. 줄 거면 그냥 주지. 난 어쨌든 공문을 읽었다.

"…이런 일이… 이것이 정말입니까?"

난 메스나 대공에게 한번 물어봐야 했다. 이건… 이런 것은 들은 적이 없었다. 본 적도 없다.

"맞을 것이오. 하르파 영주는 내가 잘 알지. 그는 허풍이나 과장을 모르는 사람이라 있는 그대로 말을 하는 사람이오. 너무 정직해서 고지식할 정도요. 그래서 그를 그곳으로 보낸 것이라오. 하르파 섬은 우리 메스나에 중요하거든."

그래? 뻔하다. 그 영주란 사람은 아마 입바른 소리를 잘했을 테고 쫓아낸 것이겠지. 섬 하나가 중요하면 얼마나 중요하다고……

"메스나에 단 하나뿐인 섬인데 이런 일이 일어나다니… 덕분에 어업 활동에 지장이 많다오."

흠… 하나뿐인 섬이라… 중요하긴 중요하군. 그래도 섬이라니… 아무래도…….

"이것이 무엇인지 알고 싶소. 그리고 기왕이면 해결을 부탁드리고 싶군. 아니, 강요는 안 하겠소."

메스나 대공이 나에게 부탁을 했다.

부탁이 아니더라도 이런 일을 알았으면 당연히 가야지. 그런데 저 정도 지위의 사람에게 부탁이란 말이 알맞나? 하지만 그래도 뭐 부탁이라니…….

"제가 비록 미력하나마 가서 한번 힘써보겠습니다."

윽! 내가 이런 말은 하다니… 피부야, 피부야, 내 피부야. 미안하다.

"감사하오. 그럼 같이 갈 사람을 부르지. 비스일 경을 들라 하라."

들어온 사람은 케론 비스일… 보다 나이 든 사람이었다. 내가 기억하는 케론은 젊었는데?

"이분은 페트로 비스일 경이오. 내 오른팔이나 다름없는 분이시지. 또 나의 조언자이기도 하오. 여러분이 보신 케론 비스일 경의 아버지라오. 그리고 하르파 섬의 영주인 레므키 비스일의 아들이라오. 아, 그리고 비스일 경, 한번 부친도 만나볼 겸 안내도 하고 도우라 이분들과 같이 하라고 부른 것이오. 어떻소?"

"감사하옵나이다, 전하. 성심성의껏 명령 받들겠사옵나이다."

입바른 사람 쫓아낸 것이 아니라 가장 신임하는 사람을 보낸 거로군. 그렇다면 그 하르파란 섬이 메스나에서 차지하는 중요도가 무척 높다는 말인데? 그건 그렇고 이건 웬만한 제국보다 더 형식 찾네? 이거야말로 정말 못 듣겠다. 빨리 빠져나가자.

"저 외람되오나 이런 일은 빨리 해결하는 것이 옳다고 보옵니다. 가능하면 지금 바로 출발하고 싶습니다."

"옳소이다. 우리야 워낙 익숙하지만 처음 겪는 사람은 우리 말투를 들으면 닭으로 폴리모프할 지경일 거요. 그럼 원하는 대로 하시오."

앗! 무안해. 하지만 자기들도 알면서 계속 그런 말을 쓴단 말야? 이런…….

우린 메스나 대공의 앞에서 물러나 선창으로 향했다.

"그런데 대공 전하의 나이가 15세인 것이 믿기지 않군요. 물론 그냥 봐도 어려 보이시지만……."

난 페트로에게 먼저 말을 건네었다. 여기까지 오는 동안 단 한 마디도 하지 않았다. 정말 말이 없는 사람이다.

"그건 말하는 방식 때문일 겁니다. 메스나 공국이 처음 생길 때 예법 등의 교육을 담당한 학자가 교육시킨 그대로입니다. 물론 그 학자도 처음부터 그렇게 가르친 것은 아니지만 당시 메스나 건국에 결정적인 역할을 한 재상의 명이 있었다고 하죠. 그래서 지금도 그 전통이 그대로 내려온 것입니다."

"하… 하… 전직이 황실 예법 학자였나 보죠? 그리고 그것만이 아니라 사람을 통찰하는 능력도 대단하시더군요. 제가 대공님의 어법에서 느끼는 감정을 그대로 읽어내시다니……."

"그건 만나는 사람마다 그런 일을 많이 겪어서입니다. 전부 경험이죠. 예법에 관해서는 제가 알기에 다른 나라의 황실에서도 보통의 경우 저 정도 예법은 잘 안 쓰는 것으로 압니다. 우리 메스나가 유독 엄격하죠. 그 때문에 처음 겪는 사람의 반응은 거의 같습니다."

"하하, 그렇군요. 그래도 그 정도의 나이시라면… 하하……."

"대공 전하께서 워낙 총명하신 점도 있습니다."

아~ 대화 안 된다. 말 안 할래.

그때 다리온이 나에게 작게 말했다.

"내가 볼 때 메스나 대공이란 사람, 아직 어려서 그렇지 지혜로운 듯하군요. 야망도 있고 사람을 다스릴 만한 능력도 있어요. 어쩌면 여기에 제국 하나가 생길지도 모르겠는데요?"

호오, 내가 아는 다리온은 사람의 능력을 꿰뚫어 보는 능력이 있던데… 그럼 메스나 대공과 잘 알고 지내는 것이 좋다는 소린가?

"하하하, 제가 볼 때도 정말 총명하고 지혜로워 보이셨습니다."

"하하핫, 란셀 씨도 그렇게 보셨습니까? 예, 대공 전하께서는 정말 총명하시죠."

페트로는 기분이 좋은 듯 웃었다.

"하하하."

하하… 나도 웃어야지 뭐. 이게 다 세상 사는 지혜 아니겠어?

우린 배를 타고 있었다.

"이제 1시간 정도만 가면 됩니다."

선장은 내가 얼마나 남았냐고 묻자 친절히 대답해 주었다. 하지만 벌써 다섯 번이나 물었는데 계속 한 시간이라니… 산길 가는 기분이다. 내가 이렇게 자주 묻는 이유는 지금 죠세프와 예나, 이브린이 말을 안 하는 상태여서다. 왜? 말을 하면 그대로 넘어올까 봐.

"어이, 그러게 약을 먹고 타라니까 고집을 부리더니……."

"읍읍… 으으읍, 읍읍."

흠, 번역하면 '난 배를 많이 타봤다고요' 쯤으로 들리는데.

"글쎄, 강에서 타는 배랑 바다에서 타는 배는 다르다니까."

"읍읍, 으으으읍……."

흠… 물은 다 같은 물이 아니냐는 소리같이 들리는데?

"물도 물 나름이지. 땅도 들이 다르고 산이 다른 것처럼 물도 바다 다르고 강 다른 거야."

"우욱."

그렇게 저렇게 항구에 도착했다. 아니, 항구가 아니다, 선창이다. 항구치고는 너무 작다. 그리고 보니 올 때도 선창이었지 항구는 아니었다.

"여긴 내국인만 드나드는 곳이죠. 만일 항구라면 이 배가 비록 공작가의 배라도 엄중한 검문을 받았을 겁니다."

페트로가 내 생각을 알았는지 친절히 설명했다. 게다가 여긴 물살이 안정되어 사고가 없다고 한다. 우린 그곳에 마중 나온 레므키 비스일 영주에게 안내를 받았다. 비스일 집안이 대단한 것이 오랜만에 만난 부자 사이에 말도 없이 우선 우리부터 챙긴 것이다. 이러니 신임을 안하냐고.

"라코나에서 더 큰일을 보았겠지만 여기도 끔찍합니다."

레므키는 우선 병에 대해 설명을 했다. 멀쩡한 뼈들이 튀어나온다? 그런 것이 있었나? 나 말이지, 정말 참 요즘 많이 당황한다.

"제 설명이 부족할 겁니다. 일단 직접 보시죠."

우린 레므키의 안내로 환자를 보았다. 환자들은 팔이나 다리에 큰 상처가 있었다. 상처를 직접 보지는 못했지만 붕대를 감은 정도로 보아 작은 상처는 아니었다. 내가 붕대를 풀어볼 것을 부탁했지만 다른 의사들은 거절했다. 쓸데없이 붕대를 풀면 상처를 통해 감염만 되니 안 되고 조금만 기다리면 곧 더 자세한 병자와 상처를 볼 수 있을 거란다. 그리고 과연 그 말대로 잠시 후 환자가 한 명 들어왔다.

환자는 팔에서 피가 흐르고 있었는데 무언가 삐쭉이 튀어나와 있었다. 의사들이 피를 걷어내자 상처가 확실히 보였는데 정말 뼈들이 살을 뚫고 솟아올라 있었다. 상처는 팔 중간에 있었고 뼈는 마치 부러져 뼈의 뾰족한 부분이 그대로 길게 자라난 듯한 모양이었다.

"우리가 종합한 결과는 저 뼈가 몸의 한 부분에서 이상 성장을 한 것으로 보입니다."

제르티나라는 여의사가 우리를 탐탁지 않은 눈으로 보면서 설명을 했다. 솔직히 할 말이 없다. 우리의 멀미 삼총사가 상처를 보더니 그대로 우웩. 그러니 그걸 보는 사람이 우리에게 무슨 믿음을 가지겠난 말이다. 그저 메스나 대공이 보낸 사람이라 쫓겨나지 않은 것이 다행이다. 이럴 땐 꽃미남 죠세프의 외모도 전혀 도움이 안 된다.

"그럼 뼈가 안에서 부러져서 이상 성장을 했다는 말인가?"

헉! 저… 레므키 영주님, 그건 제가 물으려고 했던 건데… 이미지 회복의 기회를 빼앗아 가시다니…….

"예, 정확히 말하자면 뼈의 한곳에서 갑작스럽고 돌발적인 이상 성장이 일어나면서 그 부분의 뼈가 부러졌다고 보는 것이 정확할 겁니다. 성장을 하면 뼈가 길어지게 되는데 갑작스런 성장에 뼈가 길게 자라날 기회를 잃고 한곳에서 급속히 자라는 바람에 이렇게 된 겁니다."

"그럼 대체로 어디어디에서 그런 증상이 나타나는가?"

혹. 레므키 영주님, 또… 아니, 여태껏 뭘 하시고 지금 그런 걸 물으시나요? 우리나 묻게 내버려 두시지…….

"보통 팔과 다리에서 많이 일어납니다만 가끔은 갈비뼈에서도 나타납니다. 또 흔한 경우는 아니지만 골반뼈와 두개골에서도 나타났었습니다. 그 환자들은 사망했습니다."

그때 난 재빨리 기회를 잡았다.

"그럼 그 환자들의 뼈는 지금 있습니까?"

간단히 말해 중요한 자료를 폐기하지 않았냐는 소리다. 이런 경우에는 흔히 폐기를 한다. 뼈니까. 아까 보니까 환자들의 팔과 다리에 튀어나온 뼈는 모두 잘랐었다. 그렇다면 역시 버렸을 가능성이… 그땐 내가 그 깐깐한 제르티나란 여의사를 한심하다는 눈으로 쳐다보면 된다. 응? 그런데 제르티나가 오히려 날 우습게 본다?

"당연히 보관해야 하는 것 아닙니까? 너무나 당연한 것을 물으시는군요. 다른 환자들의 잘라낸 뼈도 이번 일이 끝날 때까지 보관입니다. 이건 기본 상식이 아닌가요?"

"하, 하하하하, 그렇군요. 그럼 그 뼈들을 볼 수 있을까요?"

제르티나는 우릴 여전히, 아니, 더욱더 못마땅한 눈으로 보았지만…

그렇다고 어쩔 건가? 우린 메스나 대공이 보낸 사람인데.

"그럽시다. 따라오세요."

난 가기 전에 죠세프와 예나, 이브린에게 이곳의 사정을 알아오라고 했다. 우선은 이곳의 사정을 알아야 하고 더 중요한 건 또 우웩 하면… 우리가 메스나 대공이 보낸 사람이든 아니든 정말 쫓겨날 것 같았기 때문이다.

"전 이곳의 도서관에서 자료를 찾겠습니다."

다리온이었다.

"이곳의 역사와 풍토, 지리, 환경 등도 알아야 할 겁니다. 저 세 사람이 알 수 있는 것과는 다른 것을요. 그리고 의학책도 살펴봐야 하고요."

"그래요? 그럼 이것을 쓰세요."

제르티나가 무언가를 던졌다. 오옷. 그건 목걸이형 램퍼였다. 이 여자 통 한번 크다.

"도서관에서 하나하나 찾는 것보다는 이것을 이용하는 것이 더 편하고 빠를 겁니다."

"호오, 좋은 것을 가지고 있군요. 그럼."

다리온은 램퍼를 이마에 가져갔다. 램퍼를 쓰는 방식은 여러 가지가 있다. 저렇게 이마에 가져가는 방법이 있고 귀걸이형일 경우 귀에 단 채로 쓰거나 반지의 경우 손을 머리 근처에 대거나 아무튼 머리 가까운 데면 된다. 난 한 번도 못 써봤지만 그렇단다.

램퍼도 마법과 신체가 공명을 해야 하는지라 치유 마법이나 저주 마법처럼 몸에 직접 닿는 마법의 계통이라고 할 수 있었다. 따라서 난 못 쓴다. 나도 램퍼는 있지만… 레어에 있다. 그건 핑계고 있어도 못 쓴다. 내 체질이 그렇다니까. 지금 내 귓속에 이식되어 있는 램퍼는 나만을 위한 특수 램퍼라서 가능한 것이었다. 덕분에 다른 램퍼에 비해 기능도 더 좋고.

램퍼는 꼭 마법사가 아니라도 쓸 수 있다. 하지만 마법사가 아무래도 잘 쓴다. 초보자의 경우 램퍼를 읽을 수 없거나 아무 자료나 막 섞여 읽히는 경우도 있다. 이럴 경우는 차라리 아무것도 못 읽는 편이 낫다. 엉클어진 지식이 마구 머리에 들어오면 머리가 뒤죽박죽 엉켜서 정말 미칠 지경이라나?

그런데 다리온은 램퍼를 받자마자 별다른 질문 없이 램퍼를 이마에 가져갔다. 그건 다리온이 램퍼를 읽을 줄 안다는 소리다. 부럽다. 차라리 램퍼 쓰는 방법을 모르면 그거로라도 위안할 텐데… 쓰는 방법을 알면서도 못 쓰다니… 정말 이 일 저 일 다 내팽개치고 악토프케시움이나 찾아다닐까?

"안 가요?"

잠시 딴생각하던 난 제르티나의 재촉을 받고 뼈들을 보기 위해 갔다. 그래, 무슨 악토프케시움이냐. 언제 찾기 위해 제대로 된 노력이나 했다고. 일하자, 일해. 일해서 남 주… 겠군. 그래도 하자. 그래, 뼈 보러 가자.

"이겁니다."

내 눈에 보이는 것은… 이게 뼈인가? 분명 뼈는 뼈인데 산호 같았다. 거기에 있는 것은 갈비뼈가 열두 개, 골반뼈 세 개, 두개골과 척추뼈가 각 한 개씩이었다. 모두 이상 성장한 뼈들이었다.

"이 뼈들의 주인들은 모두 사망했습니다. 저 뼈들이 중요 내장 기관을 뚫어버렸죠."

난 거기서 이상한 점을 느꼈다.

"그래요? 그런데 저건 이상한데요? 척추뼈 아닙니까? 물론 중요한 뼈이지만 저 길이로 보나 뭘로 봐도 불구라면 모를까 사망시킬 수는 없을 것 같은데요?"

"그는 척추뼈가 이상 성장한 후에 하반신에 마비가 왔습니다. 그 당시 그는 배에서 조업을 했었는데 순식간에 뼈가 이상 성장을 했답니다. 그래서 갑작스런 하반신 마비로 뱃전에서 중심을 잃고 물에 빠졌습니다. 익사했죠."

"그런가요? 그런데 이 뼈들을 자세히 살펴봐도 됩니까?"

"훼손만 안 한다면요."

난 제르티나의 허락을 받고 뼈들을 자세히 살피기 시작했다. 제르티나는 나에게 뼈를 맡긴 것이 불안한지 뼈를 살피는 척하며 날 감시했다. 감시하는 것이 확실했다. 설마 내가 미남이라 날 그렇게 힐끔거리며 볼 리는 없으니까. 나도 날 잘 안다. 못생긴 편은 절대로 아니지만 잘생겼다고 볼 수도 없으니 여자가 힐끔거릴 리는 없었다. 죠세프라면 모를까. 흠흠, 아무튼 은근히 기분 나쁘군. 정말 깐깐한 여자야. 저런 여자도 애인이 있을까? 있다면 그 남자 정말 불쌍해.

"참! 아버님, 케론은 잘 있나요?"

"응, 잘 있지. 너희들 요즘 못 만나서 애정 전선에 문제가 생기지 않을까 내가 다 걱정이 되는구나."

"호호, 아버님도. 설마요."

허… 그럼 케론과 베르티나가? …하는 사이? 참으로 무서운 집안이 탄생하는 소리가 들린다.

"그나저나 정말 그 녀석, 이 누나에게 연락도 없어."

난 레므키에게 슬쩍 물어보았다. 어째서 제르티나가 더 어려 보이는데 누나라고 하는지.

"그거? 원래 나이야 케론이 두 살 위지만, 둘은 어려서부터 친했지. 그런데 케론이 제르티나에게 좀 심한 장난을 쳤다네. 흠흠, 이거 말해도 되려나? 무도회장에서 제르티나에게 아이스케끼를 했지. 그땐 어렸으니까. 그 많은 사람 앞에서 그걸 당한 제르티나는 무척 화를 냈고 절교 선언에 파혼 선언을 했다네. 그때 이미 약혼한 상태였거든. 그런데 지금은 모르지만 그 당시 케론은 제르티나를 무척 좋아해서 당장 용서를 빌었다네. 어떻게 빌었냐 하면 남자와 여자는 원래 육체의 나이가 같다면 남자가 여자보다 정신 연령이 네 살 뒤지니 자기가 두 살 어린 동생이라며 누나의 넓은 마음으로 용서해 달라고 했었지. 그 많은 사람 앞에서 말일세. 그 후로 동생이 된 걸세."

뒤에서 '아버님!' 하고 외치는 제르티나의 소리가 들렸다. 레므키도 처음 생각한 것과는 달리 재미있는 사람이군. 저런 재미있는 이야기도 해주고. 그런데 아이스케끼하는 케론의 모습이라… 전혀 연결이 안 된다. 하긴 어렸을 때이니… 그건 그렇고 제르티나가?

"키키킥."

제르티나의 매서운(?) 눈초리를 아랑곳하지 않고 웃던 나에게 이상한 것이 눈에 띄었다. 사람의 눈은 그 초점이 눈동자 가운데에 있을 거라고 생각하지만 사실 약간 벗어나 있다. 그래서 무심코 본 하늘 한구석에 나타난 별을 보고 다시 보려고 하면 보이지 않는 이유가 거기에 있었다. 나도 웃느라고 시선이 약간 벗어나서 보게 된 것이다.

"응? 이게 뭐지?"

난 내가 언뜻 보았던 부분을 다시 한 번 자세히 봤다. 그리고 자세히 살피니 뼈가 이상했다. 다른 뼈도 살폈는데 위치가 좀 달랐을 뿐 모두 같은 것이 있었다.

"제르티나, 여길 보세요."

난 제르티나를 불렀다. 자고로 모르는 것은 물어봐야 한다.

"무슨 일인가요?"

"당신의 의학 지식에는 이것이 무엇으로 보입니까?"

제르티나는 내가 지적한 부분을 살폈다. 그리고는 곧 대답했다.

"이건 뼈가 붙은 것이에요."

"뼈가 붙었다?"

"예, 뼈가 부러졌다 붙은 자국이 확실해요."

"그래요? 이 뼈들 모두 그런 자국이 있네요? 이상 성장한 부분에 그 위치는 다르지만 모두 있어요. 그저 우연일까요?"

"예? 어디… 음… 그렇군요. 정말 이상하군요. 모두 뼈가 붙은 자국이 있다니… 다른 뼈들도 모두 조사해 보아야겠어요."

"환자의 팔도 해부를 해야 합니다."

순간 제르티나의 눈이 날카로워졌다.

"무슨 소리죠?"

"어차피 이런 환자들의 팔은 못 쓰게 된 팔이 많을 겁니다. 뼈가 근육만 아니라 힘줄과 핏줄도 끊었을 테니까요. 그런 팔은 그저 거추장스런 장식에 불과해진 겁니다. 그리고 그런 팔 중에서도 그대로 썩어 들어가는 팔도 있겠고요. 그러면 2차 감염이 되겠죠? 그런 팔을 미리 제거해서 그 뼈를 살피자는 것입니다."

제르티나는 의사였다. 나의 말에 고개를 끄덕였다.

"아주 엉망은 아니군요. 하긴 메스나 대공과 그 똘마니 신료들이 어떤 사람인데……."

호오, 굉장한 여자야. 저런 말을 거침없이 하다니. 그나저나 대체 뒤
에 무슨 말을 생략한 거지?


난 지금 죠세프 등과 만나고 있었다. 덕분에 환자에게서 자른 팔을
해부하지는 못했고—에휴~ 다행이다—나중에 결과만 듣기로 했다.

"그러니까 다시 말해서 이 섬의 사람들은 뼈 부러지는 일이 일상생
활이자 직업이다?"

"좀 과장시켜 말하자면 그렇다고 할 수 있죠."

죠세프의 말은 이 섬의 사람들은 섬 주민이 흔히 그러하듯 어업이라
고 한다. 그런데 그들의 어업 방식으로 볼 때 팔과 다리를 무리하게 써
서 그 결과 뼈가 부러지는 일이 많다고 한다. 조업 중에만 그런 것이
아니라 섬 자체가 화산 폭발에 의한 거친 현무암으로 이루어진 험한
지형이라 섬 생활 자체에서도 위험 요소가 많아서 뼈가 부러지는 일이
잦다고 한다. 간단히 말해 무식하게 어업 활동을 한다는 소리였다.

"그랬단 말이지?"

"그렇다면 이 이상한 일의 환자는 모두 뼈가 부러졌다는 것이 입증
되었군요."

제르티나였다. 지금 막 검사를 하고 온 모양이었다.

"환자들의 다리나 팔의 뼈도 모두 붙은 자국이 있었어요."

"그렇다면… 혹시 약 때문에?"

내 추측에 제르티나도 고개를 끄덕였다.

"저도 그 생각을 했어요. 이 하르파 섬은 들으신 대로 뼈가 부러지
는 사고가 많이 나지요. 농담조로 뼈가 부러지는 것이 생활화라고 하

지만 사실 뼈가 부러지면 몇 개월을 못 움직이거나 자칫하면 불구가 되죠. 그래서 저희는 뼈가 잘 붙는 많은 종류의 약을 가지고 있어요."

"많은 종류의 약이라… 그게 문제라고 보십니까? 약에 대해 말하시니……."

"우선은 의심할 만한 것은 모두 의심해 봐야죠. 그리고 저 개인적인 생각으로는 잘못된 약의 부작용이라고 생각합니다. 물론 제 직감입니다만. 그래서 다른 사람이 들으면 현실성이 없다고 할 테지만 말이죠."

"그래요? 약에 의한 부작용이라… 그런 약이 여기 있다?"

가능했다, 그런 희한한 부작용을 하는 약의 존재는. 하지만 난감했다. 약이라면 스쳐 가면서 보았다. 여기 약제실에 있던 약들. 제법 많았던 약들. 그걸 다 시험해? 시험한다고 해도 시간이 될까?

"하지만 의심이 가는 약은 한 가집니다. 데류지707이란 약인데 그 효과가 놀라워 기적의 약이라고 불리우지요. 정말 고위 마법사의 마법을 담은 약이 아닌가 하고 의심이 갈 만큼 효과가 뛰어납니다. 너무 지나칠 정도죠. 약의 효과가 뛰어나면 기뻐해야 하는데 오히려 걱정이 될 정도였죠. 그리고… 제가 혹시 약 때문이 아닐까 하고 생z했을 때 안 것입니다만 그 약을 쓰기 전에는 이런 일이 없었어요."

내 걱정을 알았는지 제르티나가 먼저 말을 했다. 데류지707이라…….

"우선 가실까요?"

나와 제르티나는 병원으로 돌아왔다. 거기서 난 제르티나가 해부한 뼈를 볼 수가 있었다. 과연 부러졌던 자국이 있었다. 그리고 제르티나의 말대로라면 데류지707이 의심스럽다. 하지만 함부로 의심할 수도 없는데… 그렇다고 사람에게 실험을 할 수도 없고.

찍찍.

그때 나의 귀에는 어떤 소리가 들렸다. 제르티나도 들은 모양이다. 나와 제르티나는 서로 바라보았다.

찍찍.

"잡자."

"잡아."

쥐야, 미안하다. 하지만 너도 시체를 파 먹는 엽기적인 짓을 하려고 들어온 것이 아니냐. 함부로 망자의 육신을 훼손한 일의 속죄라고 생각해라… 라고는 했지만 누가 이 일을 하지?

"거기 문 뒤에 쥐를 묶어놓으세요."

영문은 모르겠지만 방법도 없는데 제르티나가 시키는 대로 하자.

난 문 뒤에 쥐를 묶어놓았다.

"다 묶었는데요."

"그래요? 그럼 흠흠… 아악!"

이건 제르티나의 비명이었다. 참고로 난 아무 짓 안 했다.

콰당!

"뭐, 뭡니까?"

찍!

아하, 이거구나. 쥐는 제르티나의 비명을 듣고 급히 뛰어든 죠세프가 힘껏 연 문에 치여 뼈가 완전 폭삭… 우, 우욱… 어, 어쨌든 쥐를 들고……

"이, 이 쥐의 부러진 뼈를 맞추면 되죠?"

"예. 그, 그런데 들이대지는 말고요. 거참, 그렇게 팔을 쭉 펴고 뭘 하겠다는 거죠? 팔 굽힐 줄 몰라요? 팔꿈치를 이용해서 팔의 관절을 부드럽게 굽히라고요. 이봐요. 란셀 씨, 정말 남자 맞아요? 남자가 그깟 쥐 따위 뭐가 무섭다고 그렇게 경직되어 있어요? 더구나 그 쥐는 죽었기 때문에 당신을 물지 못해요."

우씨. 누가 몰라?

"그, 그런데… 저… 전 뼈 못 맞추는데요……."

나와 제르티나가 이렇게 서로에게 미룰 때 아르티닌과 다른 사람들이 들어왔다. 먼저 문을 박차고 들어온 죠세프는 이내 밖으로 나가 버렸다. 죠세프는 가끔가다 저렇게 눈치가 빠르다.

"아, 잘 오셨어요, 아울. 이걸… 어? 아울? 뭐, 뭐야? 모두 들어온 것 같았는데 어디 갔지?"

하긴 눈치없는 죠세프가 눈치 챌 정도면 다른 사람은 오죽하겠냐고. 어쨌든 뼈는 맞추었다. 물론 제르티나가 했다. 무서운 여자.

"이제 경과만 보면 되나요?"

"글쎄요……."

제르티나는 좀 걱정스러운 모양이었다.

"사람과 쥐가 같을 리는 없지만 저 환자들은 약을 쓴 후 한참이 지나서 저렇게 된 것을 생각하면……."

하지만 제르티나의 걱정은 기우였다. 쥐의 뼈를 맞추고 데류지707을 먹인 후 사흘째. 아침을 기다리고 있을 때였다. 갑자기 제르티나가 뛰어 들어왔다

"이, 이리 와봐요! 쥐, 쥐가……."

우린 급히 뛰어갔다. 그리고 그곳에서 우리가 아직 식전이란 것에 감사했다. 거기에는 뼈가 삐죽이 튀어나온 핏덩이가 있었다.

"욱! 저, 저게 쥐?"

"맞아요. 그때 뼈가 많이 부러졌지요. 그 부러진 부분들이 전부 이상 성장을 했어요. 그리고 이렇게 빨리 효과가 난 것은 약을 좀 많이 쓴 이유인 것 같아요. 그때 실수로 사람에게 쓰는 양을 쥐에게 썼으니까요."

제르티나는 이런 상황에서도 침착했다. 하지만 얼굴이 하얗게 질린 것을 보니 그녀도 충격을 받은 모양이었다.

"그리고 그 약이 이번 일의 원인인 것이 확실해졌고요."

그녀는 말을 하고 한숨을 쉬었다. 나도 한숨을 쉬었다. 그녀의 한숨의 의미는 모르지만 난 우선 빨리 원인을 찾은 안도의 한숨이고 또 하나는 원인은 알았지만 방법이 없기 때문이었다.

"그 데류지707을 만든 의사의 집에 가보는 것이 좋지 않을까요?"

죠세프가 의견을 냈다. 다른 사람들도 동의를 하자 우린 그 의사의 집으로 갔다.

"그 의사는 리스터 라파란 의사죠. 아니, 의사였어요. 지금은 죽었지만. 그때 보셨지요? 이상 성장한 갈비뼈."

물론 봤다. 열두 갠가? 그렇게 있었지? 내가 그렇다고 하자 제르티나는 말을 계속했다.

"그 갈비뼈 중 3개가 그의 것이에요."

우린 아무런 말도 할 수가 없었다. 자신이 만든 약에 자신이 죽다니……

"그는 실력있는 의사이자 약제사였지요. 이곳 하르파 출신으로 하르파 섬의 자랑이었죠. 그가 만든 약 중에 가장 대표적으로 메코토코란 약이 있는데 아시나요?"

"아! 그걸 만든 의사가 바로……."

메코토코는 소화기 계통에 두루 쓰이는 약이었다. 효과도 뛰어나고 부작용도 거의 없는 약으로 한때 그 약이 잘 알려지지 않았을 무렵 비양심적인 신관에 의해 신전에서 만든 포션으로 팔리기도 한 것은 유명한 일화였다.

"그래요. 그 외에도 피부병 약인 테이톡신이나 소독약인 나나키롬, 폐병 약인 아나진탈, 간장약인 데스수민, 피로 회복제인 파케샨 등의 약도 그가 만든 거죠."

하하하, 대단한 사람이다. 그 약들을 만든 사람이 그였다니… 아니, 그 약들을 다 만들었다니… 요즘 그 약들을 안 쓰는 병원이 있었던가?

리스터에 관한 이야기를 하다 보니 어느새 그의 집이었다. 우린 집 안으로 들어갔다. 그 집엔 아무도 살고 있지 않았다. 리스터란 의사는 가족이 없었고 죽은 지 얼마 되지 않은 상태였기 때문이다.

"우선 집 안을 살피는 것이 옳겠죠?"

제르티나는 좀 떨리는 모양이다. 그러고 보니 죠세프도 이브린도 좀 경직되어 있었다. 하긴 멀쩡한 사람이 남의 집을 함부로 뒤진다는 것이 쉬운 일은 아니다. 아르티닌이야 드래곤이고 예나야 원래 전직(?)이 이거고 난 나대로 경험이—카나이드와 여행할 때 딱 한 번 도둑질을 했었다. 그러게 사람은 환경이 중요해. 그래도 난 못된 고리대금업자와 악덕 사기꾼, 음모를 꾸미던 비열한 재상… 헉! 세 번이었군—있었다. 다리온은? 아직도 램퍼를 읽고 있다. 다리온 말로는 현재 우리가 필요한 자료는 없단다. 하지만 램퍼 안의 자료들 중에 좋은 것이 많아 우리가 여기에 머무르는 동안 제르티나에게 램퍼를 빌리기로 했다. 어쨌든 우린 지금 순진한 사람들 나쁜 물을 들일 짓을 하고 있었다.

"여기요."

갑자기 부르는 소리가 들렸다. 솔직히 간이 떨어지는 줄 알았다.

"뭐, 뭐야, 페디?"

표정들을 보니 나만 그런 건 아닌 것 같군. 하여간 옛 말이 꼭 맞는 건 아니었다. 옛말에 도둑이 제 발 저리다고 했는데 우린 발은 저리지 않지만 간이 떨어질락 말락 했다. 음, 왠지 틀린 생각 같은데? 넘어가고.

"어? 왜 그러세요? 그렇게 무서운 표정들을 하고?"

"그, 그건 알 필요 없고. 왜 그래?"

페디는 내 말에 고개를 갸웃하더니 봉투 하나를 내밀었다.

"이거, 무슨 편지 같은데요? 그런데 여기 '사죄의 편지'라는 말이 써 있어서요."

제르티나가 먼저 편지를 받아서 읽고 탄식하며 나에게 편지를 주었다.

〈이 편지를 하르파 섬의 모든 주민에게 드립니다.

전 죄인입니다. 그 어떤 변명도 할 수 없는 죄인입니다. 저로 인해 많은 분들이 고통 속에 살아가고 죽을 것을 생각하면 감히 이런 편지를 쓰는 것조차 죄일 것입니다.

하지만 진실을 알려야 하기에 편지를 쓰게 되었습니다.

전 의사로 약제사로 많은 환자를 치료했고 많은 약을 만들었습니다. 그리고 그 약은 모두 성공했습니다. 그 때문에 명성이 생겼습니다.

명성이 생긴 후 난 내 고향에서 일하기 위해 귀향했습니다. 내 고향인 하르파는 여전히 많은 부상자들이 생기는 곳이었습니다. 아시겠지만 하르파의 사람들은 뼈가 부러지는 일이 많습니다. 전 그것을 해결하고 싶었습니다. 하르파의 환경이나 다른 외적 요인이 어쩔 수 없다면 약으로 고치고자 한 것입니다.

그래서 뼈가 부러져도 빨리 붙고 후유증이 없는 그런 약을 만들고자 실험을 했고 성공했습니다. 전 그 약을 '데류지700'이라고 명명했습니다. 마침 그 약을 완성한 날이 하르파에 사람이 처음 들어와 산 지 꼭 700년이 되던 해라 그렇게 붙였습니다. 그런데 그 데류지700은 약효는 좋았지만 내 성에 차지는 않았습니다. 인간의 욕심이란 한이 없는 것. 저도 예외는 아니었습니다. 또 제 명성이 가지는 자만심도 한몫했다고 할 수 있습니다.

전 더 강한 효과를 가진 약을 원했습니다. 보통 뼈는 부러지면 3개월에서 6개월이 걸려야 붙지만 데류지700을 사용하면 2주면 붙게 됩니다. 하지만 전 그것도 늦는다고 생각했습니다. 적어도 제가 만든 약이라면 늦어도 사흘 만에 붙는 그런 약이어야 한다고 생각을 했습니다. 자만이었고 오만이었습니다. 그리고 그건 해서는 안되는 일을 하게 만들었습니다.

전 그 약을 더 효과있게 하기 위해 트롤을 이용했습니다. 트롤의 피와 살과 골수를 채취해 그 생장점을 찾아 생장 효모로 만들었습니다. 그리고 그것을 데류지700과 배합하여 신약을 만들었습니다. 그것을 데류지707로 정하였습니다. 그런데 그 데류지707은 아주 강한 효과가 있었습니다. 사용한 지 하루면 뼈가 붙을 정도였습니다. 그런데 나중에 알았습니다. 데류지707을 만들 때 쓰던 트롤의 생장 효모가 사람의 몸과 융합해서 이상 현상을 일으킨다는 것을. 전 이것을 알리고 싶었지만 할 수가 없었습니다.

겁이 난 것입니다. 그래서 언제 발견될지 모르는 이 편지를 씁니다. 하지만 만약 이 편지를 발견하면 제 재산은 하르파에서 모두 거두어 피해를 입은 사람에게 나누어 주시기 바랍니다. 비록 직접 진실을 밝힐 용기가 없어 이 편지를 쓰지만 죗값을 받고 싶습니다. 그리고 뒤에 데류지700의 조제법을 써놓았습니다. 이것은 부작용이 없는 약입니다.

데류자707의 조제법은 알리지 않겠습니다.

저로 인해 피해를 입은 모든 사람들에게 용서를 빕니다.

용서받을 수 없는 리스터 라파가. 〉

난 저절로 한숨이 나왔다.

"리스터 라파라는 이 의사, 자살이었군요."

그리고 더 이상 할 말이 없었다. 제르티나도 말을 하지 않았다. 그리고 잠시 침묵이 흐른 후 제르티나가 겨우 입을 열었다.

"제가 제일 존경하는 닮고 싶었던 분이었어요."

또다시 침묵.

"그런데 어째서죠? 저도 트롤은 알고 그 재생력도 들었어요. 그렇다고 해도 어떻게, 어떻게 그런 일이 있죠? 그래요. 키메라. 키메라 중에 트롤과 섞은 것도 있다고 들었어요. 그리고 트롤을 이식한 사람들도요. 그런⋯⋯."

제르티나는 더 이상 말을 못하고 울먹였다. 그런 제르티나를 보며 나도 한숨만 나왔지만 설명할 사람은 나밖에 없었다.

"그건 그렇게 만든 것이라 그래요. 키메라란 것은 만들어진 생명체입니다. 만약 살아 있는 생물을 이용해 키메라를 만든다면 기존에 살아 있던 생명체는 죽고 다른 존재로서 태어나는 것입니다. 그래서 트롤과 섞인 키메라가 있다면 그건 트롤과 배합하고 그 특성을 가질 수 있게 특수 제작한 것, 그것이 키메라고 트롤과 융합한 존재입니다. 하지만 이번의 경우는 그런 특수 제작이 아니라 그 능력만 그대로 가져다 쓴 것입니다. 약으로 말이죠. 키메라의 경우는 많은 실험으로 부작용을 없앤 뒤 능력을 배합하고, 위험 요소를 없앤 거라면 이건 능력을 가져오며 다른 위험 요소도 가져온 겁니다. 그리고 그 위험 요소가 이렇게 나타난 것이겠죠. 그가 쓴 대로 절대로 해서는 안 되는 일이었습니다. 간단히 말해 트롤의 피를 사람에게 투입하는 것과 같다고 보면 됩니다."

난 그 말을 끝으로 제르티나에게서 고개를 돌렸다. 정말 여자 우는 건 마음 약해져서 못 보겠다.

"가요, 빨리 가서 해결책을 생각해야죠. 여긴 없는 것 같으니까."

갑자기 들려오는 밝은 목소리. 제르티나였다. 그녀는 어느새 눈물을 거두어 밝은 얼굴을 하고 돌아가려 몸을 돌렸다. 어떻게 저렇게 갑자기 표정을 바꾸지? 난 에나에게 슬쩍 물었지만 당연하단다. 여잔 무서워.

우린 병원으로 갔다. 하지만 별 뾰족한 수는······.

"그래도 다행인 것은 뼈에 손상이 없으면 괜찮다는 거죠. 데류지 707을 꼭 뼈가 부러진 사람만 먹은 것은 아니었어요. 어떤 사람은 예방약으로 먹은 사람도 있었죠. 하지만 그 사람들은 멀쩡하니까요. 하지만 그런 사람들도 후에 뼈가 손상되면 뼈가 붙기 위해 재생하는 과정에서 부작용으로 이상 성장하겠죠. 우리가 할 일은 그런 일이 없도록 방지하는 것이겠죠."

"그래요? 사고 방지라··· 사실 그게 가장 좋은 방법이 아닌가요?"

난 데류지700의 조제법을 보고 있었다. 데류지707의 조제법은 그저 간단한 개념 설명만 한 것이 다였고 조제법이 남아 있는 약은 데류지700밖에 없었다. 어쩌면 데류지707도 있었을 것이다. 하지만 라파 의사가 폐기를 했을 것이다. 비록 데류지707의 조제법은 없지만 어차피 그건 악마의 약이나 다름없는 것이라 누구라도 발견을 하면 폐기해야 할 조제법인 것이다. 내가 지금 읽고 있는 데류지700의 조제법만 있어도 전 세계가 알아주는 약을 만들 수 있을 것이다.

"후훗, 그런가요? 하긴 병이란 것은 걸리기 전에 예방하는 것이 최선이긴 하죠. 그런데 트롤의 생장 효모와 사람의 몸이 융합하는 것은 사실인가 봐요. 그 약을 복용한 사람은 뼈가 부러져도 곧 나았죠. 그래도 트롤의 피는 좀 늦게 작용하나 보죠? 아마 다른 약과 배합돼서겠죠. 먼저 뼈가 제대로 붙은 다음 이상 성장이 되었으니까요."

"그래요?"

난 뭔가 놓친 느낌이었다. 뭐지?

"자, 잠깐만요. 뼈… 가 어떻다고요?"

제르티나는 날 이상한 눈으로 보았다.

"뼈가 재생한다고요, 손상된 뼈가."

난 그 무엇이 무엇인지를 깨달았다.

"이, 이런! 큰일이다!"

"왜 그러시죠?"

"분명 뼈가 손상된 것이라고 했죠?"

제르티나는 고개를 끄덕였다.

"아시는 거잖아요."

"그래요, 알아요. 그런데 환자들, 그 사람들의 뼈는 어떻게 했죠?"

"그야… 잘랐죠. 어떤 환자는 팔이나 다리를 절단해야 했었고……."

"그게 큰일이란 말입니다. 무슨 이유에서든 뼈를 자른 것 아닙니까? 그것도 뼈가 손상된 거죠."

제르티나는 눈을 크게 떴다. 그녀도 무슨 소리인지 알아들었던 것이다. 하지만 그녀가 뭐라고 하기 전에 에나가 뛰어왔다.

"란셀, 제르티나 선생님, 빨리 와보세요! 큰일이에요!"

우린 뛰어갔다. 그리고 정말 큰일 난 것을 보았다. 한 환자의 절단한 팔에서 뼈가 튀어나와 있었다. 마치 쪼개진 대나무 같은 뼈. 환자는 기절해 있었다. 제, 제길! 이놈의 뼈, 양반, 아니, 귀족 되기는 글렀군.

"무, 무섭군요. 정말 방법이 없을까요?"

제르티나는 얼이 빠진 듯했다. 나도 사실 얼이 빠질 지경이었다.

"어, 없을걸요. 트롤이면 죽이기라도 하지."

"있어요, 단 한 가지 방법이!"

우린 갑작스런 죠세프의 외침에 정신이 들었다.

"뭐지?"

"뭐예요?"

죠세프는 약간 머뭇거리다 결심한 듯 말했다.

"이건… 저도 모르게 소리를 질렀지만 어쩌면 데류지707보다 더 나쁠 수도 있어요. 바로 레코아니오산을 이용하는 거죠."

"레코아니오산?"

난 어리둥절했다. 처음 듣는 이름이었다. 나도 모르는 것을 죠세프가 안다? 그런데 이브린과 아르티닌도 아는 듯했다. 뭐야, 이거? 나만 모르는 거야? 나 마도의사란 말야. 이게 전공인데… 어째서 전공자가 모르는 것을 비전공자가 알고 있지? 신약인가?

죠세프의 설명이 계속 이어졌다.

"이건 검사나 기사만 아는 거예요. 아니, 검사나 기사 중에도 아는 사람이 적죠. 왜냐하면 이 약이 나온 건 그리 오래되지 않았어요. 또 귀하기도 하고 쓸 일도 별로 없는 것이기 때문이죠. 레코아니오산은 베로도라플리아란 꽃의 잎에서 추출한 약으로 생명체의 재생력을 한없이 떨어뜨리는 것이죠. 원래는 드래곤 용으로 제작이 되었지만 드래곤은 마법력이 강한 생명체라 마나의 힘으로 그 약을 무력화시킬 수 있어서 실패한 건데 나중에 좀 더 효력이 강해지면서 트롤 용으로 만들어진 겁니다. 트롤의 재생력이 드래곤보다 더 뛰어나니까요."

"그럼 트롤의 재생력을 없앤다?"

"그렇죠. 트롤의 가장 무서운 점이니까요. 하지만 트롤을 만날 일이 별로 없기 때문에 재료가 귀한 것도 아닌데 많이 안 만들고 또 그래서 귀한 약이죠."

"그럼, 저 뼈들의 이상 성장도?"

하아~ 다행이다. 난 또 내가 바보인 줄 알았잖아. 아직도 심장이 떨리네. 그리고 죠세프의 설명을 듣고 궁금한 것은 이것이었다. 트롤용 약을 인간에게도 쓸 수 있는가 하는 것.

"물론입니다. 하지만 그 부작용도 만만찮아요. 전에 어떤 호기심 많은 사람이 인간에게도 실험을 했었죠. 자신은 겁이 나 못하고 악랄한 강도를 한 명 잡아 실험을 했는데, 그 결과는 끔찍했다고 해요. 약간의 상처도 낫지를 않았죠. 바늘에 찔린 상처조차. 머리카락도 자라지 않았고 손톱, 발톱도 자라지 않았죠. 몸에 때조차 생기지도 않았어요. 그리고 몸이 붕괴되어 갔죠. 세포 재생이 안 되어서죠. 그리고 그렇게 죽어갔어요."

정말 끔찍하다.

"잘못하다간 차라리 죽이느니만 못할지도 모르겠군요."

제르티나도 어이없다는 듯 웃었다.

"그럼 아주 적은 양을 쓰면 어떨까요? 다만 뼈의 재생력만 억제할 만큼만. 뼈는 원래 재생력이 낮으니까 적은 양을 쓰면 몸의 다른 부분은 재생이 가능하고 뼈만 재생이 안 되는 거죠."

다리온이었다.

"여기 램퍼에 재미있는 내용이 있더군요. 메스나의 국립 도서관은 정말 대단해요. 없는 지식이 없더라고요. 여기 내용에 따르면 예전에 레코아니오산을 생체 실험한 기록이 있어요. 아마 레코아니오산은 여러 곳에서 여러 번 실험한 모양입니다. 이번 것은 어떤 미치광이 범법자에 의해 자행이 되었는데 그 기록이 여기서 쓰이네요."

다리온의 말은 제르티나에게는 구원의 목소리였을 것이다. 다행히 메스나 국립 병원엔 레코아니오산이 있었다. 많지 않은 양이었지만 어차피 적은 양만 써야 했다. 우린 다리온이 얻은 지식대로 약을 투여했다. 그 양이란 것은 매우 적어 욕조 크기의 물 한 통에 레코아니오산 한 방울이었다.

"트롤의 재생력이 실감나네요."

이브린이 질렸다는 듯이 말했다. 우리가 얻어온 양은 트롤 한 마리분. 그런데 여기 하르파의 모든 환자들에게 쓰고도 반 넘게 남았다.

"그렇죠? 하긴 이런 말이 있죠. 아주 잘 드는 칼이 있습니다. 비록 미스릴덩어리를 벤다 해도 힘껏 베지 않고 살살 베어도 그대로 잘린다는 칼이었죠. 그걸로 트롤을 베는데 천천히 베었답니다. 그랬더니 마치 물을 천천히 휘젓는 것 같았다란 말이 있답니다. 물론 지어낸 이야기지만 그 정도로 강한 재생력이 있답니다. 또 이런 이야기도 있죠. 어떤 마법사가 있었는데 돼지고기를 너무 좋아했답니다. 그런데 그 마법사는 가난해서 돼지고기를 자주 먹을 수가 없었죠. 그래서 생각했답니다. 돼지를 기르자. 그런데 그것도 쉬운 일은 아니었죠. 무엇보다도 잡아먹으면 없어지니까요. 그래서 궁리한 끝에 돼지와 트롤을 혼합하자라고 생각했답니다. 그러면 돼지 한 마리를 기르면서 끊임없이 살을 베어도 돼지는 죽지 않고 베어낸 살은 재생이 되니까요. 하하, 이것도 누군가 지어낸 이야기지만요."

다리온이 재미있으라고 한 말이었다. 나도 그 이야기는 안다. 그 뒷이야기가 만들긴 만들었는데 맛은 트롤 맛이었다지? 훗. 난 그 이야기를 들었을 때 이런 생각을 했었다. 그 마법사, 트롤을 먹었었나? 어떻게 트롤 맛을 알지? 라는 생각과 그리고 아! 이건 지어낸 이야기였지라는 생각까지.

아무튼 그러던 중에 드디어 약을 다 만들었다. 그저 물에 레코아니 오산이 잘 섞이게 저은 것이지만… 그게 얼마나 중요하다고. 잘 못 섞어봐, 먹은 사람은 그대로… 우욱! 끔찍해서 말 안 할래.

우린 만들어진 약을 병에 걸린 사람들에게 먹였고 주의를 주었다. 그 환자들은 앞으로는 뼈가 부러지면 이상 성장하지는 않겠지만 다시는 붙지 않는다. 금이 가면 금 간 대로 부러지면 부러진 대로 고통을 감수하며 살아야 했다. 따라서 우린 뼈가 상하거나 다치지 말라고 주의를 주었다. 따라서 어업을 할 수도 함부로 마구 움직이거나 운동을 해서도 안 되었다. 그래도 쥐꼬리만한 위로라면 그 환자들은 이미 몸에서 튀어나온 뼈가 상해서 그런 활동을 못한다는 것이었다. 정말 그 환자 중의 누군가 말한 '웃을 수도 없는 다행' 이었다.

우린 그렇게 해결을 보고 하르파 섬을 떠나 메스나로 향했다. 다행히 이번엔 아무도 멀미를 안 했지만 그 누구도 그 말에 대해 즐겁게 말하지는 않았다. 가끔 다리온이 기분을 전환시키기 위해 농담을 했지만, 그것도 그다지 효과는 없었다.

메스나로 가면서 난 리스터란 의사에 대해 생각해 보았다. 그는 무엇을 원해서, 그리고 어떤 욕망으로 그 약을 만들었는지. 명성? 명예? 아니면 수많은 약을 만든 자존심이 더 강한 약을 만들라고 부추겼는지. 그건 편지를 봐도 알 수가 없었다. 하지만 이건 확실하다는 생각이 들었다. 인간의 과도한 욕심은 결국 인간을 해친다. 리스터도 결국 사랑하던 고향 사람을 해쳤고 그 자신도 죽은 것이었다. 내가 그런 생각을 하고 있을 때 예나가 다가왔다.

"어째서, 어째서 인간은 그렇게 많은 욕심을 가지고 살죠?"

"인간이니까."

이 말밖에는 할 수가 없었다. 반은 인간이지만 나머지 반은 엘프의 피를 가진 그녀는 인간 같은 과도하거나 쓸데없는 욕망이 없었다. 물론 예나도 돈을 좋아하지만 인간의 욕심과는 다른 것이었다. 다만 있는 것을 아껴 쓰는 구두쇠다운 면이 엘프와 다를까? 아무리 인간의 손에 자라 인간과 같이 산 그녀지만 그런 인간의 욕망은 이해가 안 가는 것일 것이다.

물론 그건 욕심이 없는 사람도 마찬가지일 것이다. 굳이 그렇게까지 위험한 약을 만들어야 했을까? 만약 리스터가 더 효과가 뛰어난 약을 만들겠다는 욕심이 없었다면 데류지707의 부작용을 알았을지도 모른다. 그리고 어쩌면 부작용을 없앴을 수도 있을지 몰랐다. 하지만 결과는 비참했다. 처음 뼈들의 이상 성장을 억제했을 때는 기분이 상쾌했다. 하지만 이 배를 타는 순간 상쾌함은 없어지고 씁쓸한 기분만 들었다. 이제 한 걸음 떨어져 보는 하르파 섬은 인간의 욕심에 희생된 그런 섬이었다. 그리고 우린 그곳에서 소중한 교훈을 배우고 떠나는 것이다.

제13장
뱀파이어의 성

메스나를 떠나 우린 동쪽으로 가고 있었다. 특별히 일이 있는 것은 아니었지만 다리온이 그곳에 아는 사람이 있으니 기왕 근처에 온 거 만나보고 싶다고 해서였다.

"멀었나요?"

"예, 아직도 상당히 멀리 있지요."

보통 사람은 이럴 때 '아뇨, 거의 다 와갑니다' 까지는 아니더라도 '조금 많이 남았습니다' 라고 말한다. 더욱이 근처라고 하고는 닷새를 걸어온 여정에서의 질문이라면. 다리온, 역시 그는 보통 사람과 달랐다. 에휴, 멀리 있다는 소리를 듣자 갑자기 힘이 쫙 빠지는군.

"그런데 무슨 일 때문이시죠?"

우선은 알고서나 가고 싶었다. 우리야 어차피 여행이니까 멀든 가깝든 상관은 없었다. 하지만 지금 우리는 강행군 중이다.

"예? 아! 그렇군요. 여태껏 제가 말을 안 했군요."

여태껏? 길 떠난 지 닷새가 지나도록 말을 안 하고 여태껏? 으으… 저 사람이 다리온만 아니라면…….

"그럼 말해 드리죠. 제가 아는 사람의 딸이 병에 걸렸다는군요. 몸이 아픈 것은 아니고… 전혀 웃지를 않는다는군요. 이제 겨우 열 살인데……. 저도 어떤 상태인지 못 봐서 모르지만, 어쨌든 그 아이의 병을 낫게 해 웃음을 되찾아주고 싶습니다."

"그럼 그때 메스나에서……."

난 보았다. 다리온이 어떤 새가―새 맞나? 밤에 찍찍대며 돌아다니는 새가 음…―가져다 준 편지를 읽는 것을.

"예, 제가 편지 받는 것을 보셨군요. 맞습니다. 그 사람의 편지죠. 그 사람 능력이 대단하죠. 사람 찾는 것쯤은 식은 죽 먹기랍니다. 다만 자신이 아는 사람에 한해서지만요."

그때였다. 페디가 날아올랐다.

"멈춰요. 이상해요."

우린 순간 긴장했다. 페디의 초감각에 뭔가 걸린 모양이었다.

"그, 그러고 보니 뭔가 이상하군."

아르티닌도 무슨 낌새를 느낀 모양이었다.

"정말 뭔지는 모르지만 기분이 좀… 아니, 상당히 안 좋은데요?"

예나도 약간이나마 뭔가를 느낀 듯했다.

"약간 이상하거나 기분이 안 좋은 정도가 아니에요. 여길 빨리 빠져나가야 해요!"

페디는 우리 머리 위를 날아다니며 소리쳤다. 그러는 외중에 갑자기 안개가 끼기 시작했다.

"것 봐요. 늦기 전에 빨리 빠져나가야 해요. 뭔가 무서운 존재가 여기에……."

"괜찮습니다."

다리온이 태연하게 말했다.

"이건 내가 안다는 그 사람이 우리가 온 것을 알고 마중 나온 겁니다. 아, 아니군요. 우릴 안내했다고 보는 편이 낫겠군요."

우린 약간 안심했지만 페디는 멍하니 다리온을 바라보았다.

"다, 다리온 아저씨… 아저씨는 누구죠? 저건, 저건 분명히……."

"괜찮단다. 그는 네가 느낀 그대로의 존재지만 달라. 그는……."

다리온의 말이 끝나기 전에 안개가 걷혔다. 순식간의 일이었다. 순식간에 짙게 끼었다가 다시 순식간에 사라지는 안개. 분명히 자연적인 현상은 아니었다. 그리고 안개가 걷힌 후에 우리의 눈에 보이는 것은… 고성이었다. 그냥 보기에도 낡고 을씨년해 보이는 그런 음침한 성. 우린 성의 바로 밑에 와 있었다. 우리의 밑으로는 작은 마을이 보였다.

"이게… 이건 마법? 공간 이동 마법에 이런 것이 있었나?"

"아닙니다, 란셀 씨. 란셀 씨가 더 잘 아실 테죠? 란셀 씨는 마법에 의한 공간 이동 마법이 통하지 않는 것으로 압니다만. 이건 사념에 의한 겁니다. 마법과는 다른 것이죠. 코르스 마을에서 본 것 기억나십니까?"

하, 그거? 대단한 사람이군. 그런 단지 사념으로 우릴 여기로 이동시킨 거야? 그건 그렇고, 이거 어째서 난 이렇게 사념의 힘과 인연이 많은 거지? 설마 나에게 그런 능력이 생기려는… 어이, 말도 안 되는 개꿈 따위는 집어치우자.

"어서 오십시오."

누군가 우릴 향해 말했다. 눈을 들어보니 성문이 열려 있고… 열려? 분명 좀 전에는 닫혀 있었는데? 닫힌 성문을 내가 똑똑히 봤는데? 그 육중해 보이는 성문이 저렇게 빨리 열렸단 말야? 열렸다고 해도 열리는 소리도 못 들었는데? 아무튼 거기에는 잘생긴 청년이 서 있었다. 키도 훌쩍하고 좀 말라 보이긴 했지만 쭉 빠진 몸을 가진 청년이었다. 다만 눈이 좀 붉은 것이 흠이었다. 눈이 붉으니 무섭다. 음, 좀 음침해 보이는 것도 흠이고.

"루릭스, 자네 문단속 안 하는 것은 여전하군."

다리온이 그에게 다가가서 다정하게 말을 건넸다. 그의 이름이 루릭스인 모양이었다. 꽤 젊어 보이는데 열 살이나 된 딸이 있다니… 설마 10살 정도에 딸을 낳았나?

"하하, 늘 그렇죠. 뭐, 가져갈 거나 많… 지만 누가 감히 여기의 물건을 훔쳐 간답니까?"

루릭스는 보기와는 다르게 호탕한 성격인 듯했다.

"맞아, 그렇긴 하군. 가져가기는커녕 자네 집에 갈 수도 없을 테니까. 참, 내 동료들일세. 인사를 하지."

"그렇습니까? 전 루릭스 데 헤로메타인 체커시크라고 합니다. 다리온님의 동료시라면 제게는 더없이 귀한 손님들이십니다."

루릭스의 인사에 우린 자기소개를 했다.

왠지 다리온이 다르게 보였다. 저 루릭스란 사람 귀족 같은데 저런 사람이 다리온님이라고 부르면서 따를 정도라니… 다리온이 그 정도의 사람이었나?

우린 루릭스의 딸을 보았다. 이름은 체니. 정말 무표정한 얼굴이었다.

"아이가 표정이 없네요? 뭔가 웃기는 이야기라도 하면 괜찮아지려나?"

에나가 걱정스럽다는 표정으로 말했다.

"아니에요. 저 아이에게서는 생명이 안 느껴져요."

페디가 에나의 머리 위를 날아다니며 주의를 주었다. 다리온은 그런 페디를 보더니 루릭스를 보았다.

"체니가 아무래도 책을 잘못 골라 읽은 것 같군."

"하핫. 예, 그런가 봅니다. 아무튼 책만 보면 거기 주인공을 따라하려고 하니… 이번 소설 주인공은 벙어리 공주라서요. 하하."

읽은 책의 주인공을 따라해? 말을 안 하는 이유가 소설 주인공이 벙어리 공주라 안 하는 거고? 아니, 그럼 병이 아니잖아?

"그런가? 그럼 날 부른 이유가 체니 때문은 아닌 것 같군."

루릭스는 다리온의 질문에 고개를 끄덕였다.

"물론입니다. 여기를 보시죠."

루릭스가 가리킨 곳의 공간이 일그러지더니 영상이 생겨났다.

"이 마을에서 일이 생겼습니다. 기생충이 사람 피부에 기생합니다."

"여긴… 자네 고향이군."

"예, 제 고향입니다. 그래서 떠난 지 오래되었는데도 계속 애착이 갑니다. 그리고 제가 살펴보니 다리온님은 실력있는 동료들과 함께 다니시더군요."

"실력이라… 그래, 실력…… 흠. 실력이야 있지."

뭐, 뭡니까, 다리온? 그렇게 머뭇거리는 건?

"우리 일행이야 실력은 있지. 하지만 말야, 사람 피부에 기생하는 기생충이든 몸에 기생하는 기생충이든 지금의 의학으로 충분히 치료 가능하네. 오히려 내 동료들은 그런 일은 못한다네."

다리온의 말이 좀 서운하긴 했지만 엄연한 사실이라 나도 다리온의 말을 거들었다.

"맞아요. 저희 중에는 전문적인 의학 지식을 가진 사람은 없어요."

"…그건 압니다. 하지만 그래도 전 다리온님의 도움을 얻고 싶습니다. 아무 일 없던 그곳에 갑자기 일이 생긴 것은 분명 무슨 원인이 있기 때문이라 생각합니다. 제 고향은 작은 마을도, 교통이 불편한 마을도 아니지만 위치적으로 사람들의 왕래가 빈번한 곳이 아닙니다."

난 그 영상을 다시 자세히 봤다. 마을이 어떤지는 알 수가 없었다. 다만 어떤 사람의 모습이 크게 비추어졌을 뿐이다. 그 뒤로 특이한 모양의 탑이 보였는데 그것으로 루릭스의 고향임을 안 것 같았다. 그런데 거기에 있는 사람들은… 끔찍했다. 마치 피부에 작은 벌집이 있는 것 같았고 그 집마다 벌레가 꿈틀거리는 것이… 어윽! 너무 징그러웠다. 저 벌레는…….

"전 저 벌레 압니다. 저만 아니라 다른 사람도 알 텐데?"

"맞습니다. 저 벌레는 헤모스테라는 기생충입니다. 그리고 그 치료법은 생강즙을 쓰면 간단하다는 것도 압니다. 원래 저 헤모스테는 끔찍한 놈들이긴 하지만 치료는 쉽습니다. 숙주를 옮겨가는 속도가 빠르긴 하지만 치료도 쉽고 예방도 쉬우며 무엇보다 헤모스테들의 생명력은 좀 약하니까요. 그런데 문제는 아직 뿌리 뽑히지 않고 있다는 겁니다. 그리고 더 이상한 것은 저 마을은 산골 마을이란 겁니다."

루릭스가 궁금해하는 것이 무엇인지 알 것 같았다. 저 헤모스테는 사막이나 사막과 기후나 환경이 비슷한 황무지에서 서식하는 벌레들이었다. 환경이 그렇다 보니 기생을 생존 전략으로 삼은 벌레들이었다. 회충이나 편충같이 사람 몸속에서 살지는 못하고—헤모스테는 갑각류다—피부에 집을 짓고 기생하는데 한 마리가 기생하면 그대로 옆으로 퍼진다. 그래서 피부가 벌집처럼 되는 것이다.

보통은 아무 동물이나 가리지 않고 기생을 하는데 특히 사람에 기생을 많이 했다. 그 이유가 털이나 비늘, 점막에 덮인 피부가 아닌 그대로 노출된 피부 때문이라는 설이 있는데 지금은 거의 정설이 됐다. 그런데 우스운 것은 너무 환경에 잘 적응해서인지 오히려 원래 헤모스테들이 살던 환경이 아닌 곳에서는 잘 생존을 못한다는 점이었다. 그런 헤모스테가 저런 곳에서 산다는 것은, 그리고 아직까지도 뿌리 뽑히지 않았다는 것은 의심스러운 일이었다. 차라리 헤모스테가 별로 알려지지 않았다면 모를까 사막을 횡단하는 상단에 의해 그 악명이 대륙 곳곳에 알려진 녀석들이었다.

따라서 제대로 의학 공부를 한 사람만 한 명 있어도, 아니, 의사가 아니더라도 상인이나 최소한 도시에 나가서 살았던 사람만 있었어도 헤모스테 퇴치법은 알 수가 있는 것이었다. 물론 처음부터 저런 산골 마을에 헤모스테가 있을 리도 없겠지만. 그런데 그런 상식이 이미 깨어진 것이었다. 자연적으로는 일어날 수 없는 일이 일어난 것이다. 그럼 혹시 누가?

"그런 일이 있었군. 거기다 자네 고향이라니… 거긴 헤모스테들이 살기 힘든 환경인데… 이런 경우엔 답은 두 가지로 볼 수 있겠군. 먼저 자네 마을이 사막이 되었다. 하지만 이건 말이 안 되겠지? 다음, 누군가 나쁜 마음을 먹고 헤모스테를 개량했다. 그리고 자네 고향이 그 실험 대상 마을이다."

다리온도 나와 같은 생각이었다.

"다리온도 그렇게 생각하시나요? 제 생각에도 두 번째 같습니다. 제 고향의 경우만 봐도… 아시죠, 다리온?"

내 말에 다리온도 고개를 끄덕였다. 그런데 다리온에게 내 고향 이야기를 했던가? 나도 기억이 가물가물한데… 하긴 다리온 정도면 꼭 말할 필요도 없을 것이다. 어느 바보가 카샤니안에 사막이나 황무지가 있다고 생각할 것인가? 간단히 말해 결론은 산 있는 곳은 헤모스테가 없다 이거다. 왜냐하면 내가 살던 고향은 대규모 상단이 지나던 길목에 있었다(내 고향이 도시는 아니지만 그래도 발전은 했다니까. 그게 아니라면 어떻게 우리 아버지가 고서상을 했겠어?). 그리고 그 상단 중에는 사막에서 온 상단도 있었지만 내 고향에서 헤모스테가 발견되었다는 기록은 없었다. 사막에서 온 상단이 지나던 내 고향에도 없었던 헤모스테가 저런 곳에 있다는 것이 부자연스러웠다.

"하지만 섣부른 결론은 금물입니다, 란셀 씨. 란셀 씨가 겪은 일 중 어디 상식에 맞추어진 일이 있던가요? 세상엔 상식으로는 풀 수 없는 문제들이 많은 법이죠. 그리고 루릭스, 자네의 부탁을 들어주는 것은 나 혼자 결정할 수 없어. 내 동료들의 의견을 듣고 정하지."

물론 우리는 찬성이었다. 헤모스테야 생강즙만 있으면 염려는 없으니까. 뭐, 상식 밖의 일이 좀 마음에 걸리긴 하지만 우리 일행 중에 그걸 따지는 사람은 없었다. 있다면 나 정도? 그리고 언제나 느끼는 것이지만 우리 일행은 정말 호기심이 많았다. 누가 보면 '끼리끼리 잘 만났다'라고 빈정댈 만큼.

"고맙습니다. 그럼 여러분이 편히 가실 수 있도록 제가 마법진을 만들겠습니다. 그럼 안녕히."

루릭스가 말을 했을 때 갑자기 주위가 뿌옇게 변하더니 안개 낀 상태가 되었다. 그리고 안개가 걷혔다. 그런데 우리가 있는 곳은……

"아까 그곳이네?"

어이가 없어서인지 경악한 목소리가 아닌 맥 빠진 목소리로 예나가 우릴 대표했다. 우리가 있던 곳은 아까 안개가 끼던 곳이었다.

"이게 어찌 된 일이죠?"

난 궁금해서 다리온에게 물어보았다. 왠지 다리온은 이유를 알 것 같았다.

"제가 말했지요? 사념의 힘이라고. 우린 여기서 그를 만난 겁니다. 하지만 그건 그의 실체가 아닙니다. 아까 안개가 끼었지요? 우린 계속 그 안개 속에 있었던 겁니다. 그리고 그 안개는 루릭스의 힘으로 만들어낸 것이고, 결론부터 말하자면 우린 환상을 본 것입니다. 우리의 감각으로 느낀 모든 것이 환각이었습니다. 그는 우릴 사념의 힘으로 자신이 사는 곳으로 오게 한 것이 아니라 느끼게 한 것이죠. 아까 페디가 말한 생명을 못 느낀다는 것, 당연한 것이었습니다. 실체가 아니라 환상이니까 말이죠."

우린 어이가 없었다. 그런 우릴 다리온이 재촉했다.

"자, 빨리 갑시다. 밑에 마법진이 있죠? 이건 루릭스가 그린 겁니다. 정말 고급 마법진이죠? 아무나 아무런 마나만 발동하면 가동됩니다."

정말 우리는 마법진 위에 있었다. 아까는 없던 것이었다. 그리고 다리온의 말대로 고급 마법진이었다. 이 정도면 상당한 실력인데… 마법진을 보니 더욱 궁금해지는 것이 있었다.

"대체 루릭스란 사람은 누구죠?"

"저희가 가려는 곳의 명칭을 아십니까?"

"아뇨."

"그곳은 꽤 큰 마을이죠. 도시라고 하기엔 좀 작지만 마을로서는 상당히 커요. 그리고 주위가 산과 숲으로 둘러싸인 아름다운 마을로 마을 이름은 샹마레제라고 하지만 흔히 뱀파이어의 성이라고 불린답니다."

아! 그 마을. 유명한 소설가 도이스 코얀이란 소설가가 쓴 소설의 제목이기도 한데, 그 도이스 코얀이란 사람이 묘사한 뱀파이어의 성의 주위 정경과 그 샹마레제란 마을의 정경이 비슷하다고 해서 그런 별명이 붙은 마을로, 나중에 도이스 코얀이 사실 샹마레제를 보고 감동해서 그대로 묘사했다고 고백해 더 유명해진 마을이었다. 그리고 그 때문에 관광지로도 개발하려고까지 했다고 하는 마을이다. 하지만 샹마레제에 가는 길이 편한 길은 아니고 관광을 간다고 해도 가는 사람만 갈 것이라는 계산에 그냥 묻혀져 버린 마을이었다.

"예, 그 마을이 그곳입니다. 샹마레제, 루릭스 그는 그곳 출신이죠."

그건 아까 들어서 알고 있었다. 우린 안다고 대답했다. 다리온은 계속 말을 했다.

"그는 그 샹마레제 출신의 뱀파이어입니다."

"아, 예. 뱀파이어. …뱀파이… 옛?!"

다리온이 무슨 소리 하는 거야?

"왜 그러시죠? 믿어지지 않으십니까? 원래 그는 천재였습니다. 현자로서, 학자로서, 마법사로서 그 이상 가는 인물은 천 년을 두고 봐도 없을 정도였지요. 하지만 그는 어느 날 불행을 당합니다. 뱀파이어에게 물리고 그도 결국 뱀파이어가 되고 말죠. 하지만 그는 그 저주받은 피를 극복했습니다. 그리고 스스로 결계의 공간을 만들어 그곳으로 들어 갔습니다. 만약을 위해서죠. 아까 본 아이는 그의 딸입니다. 하지만 그 아이는 뱀파이어가 아닙니다. 다만 뱀파이어 고유의 능력은 가지고 있 죠."

"그런데 어떻게 다리온이 알고 있죠? 그리고 뱀파이어를 극복하다 니, 그게 가능한가요? 또 아무리 극복을 했어도 뱀파이어와 결혼한 여 자라니……."

난 한꺼번에 여러 개의 질문을 했다. 에구~ 나도 내가 한 질문 기억 못하면 어쩌지?

"다 방법이 있죠. 설명하자면 기니 다음에 설명해 드리겠습니다. 그 리고 그를 알게 된 것은… 그건 저도 상당한 현자라 그렇죠. 원래 끼리 끼리 통하는 것 아닙니까? 흠흠. 자자, 빨리 갑시다. 누가 아무 마법이 나 발동시켜요. 파이어 볼이든 아이스 애로우든."

다리온이 우릴 채근했다. 하지만 나도 성질이 있는데 답은 들어야 지?

"그의 아내는?"

"휴우, 질기군요. 그럼 간단히 얘기하죠. 사실 루릭스를 문 것이 바 로 그의 아내입니다. 뭐, 그때야 서로 모르는 상태였지만 그녀는 현역 최고의 뱀파이어죠. 어느 뱀파이어가 루릭스 같은 능력을 지닌 사람을 대적할 수 있다고 보시죠?"

아하, 그렇군. 옆에서 죠세프가 마나를 발동시키는 모양이었다. 죠 세프의 파이어 볼 한 방. 마법진이 빛을 냈다. 드디어 상마레제로 가는 구나. 뭐, 일 때문이지만… 헤모스테라……. 그런데 왜 갑자기 테푸로 니아프가 생각날까? 그리고 연이어서 생각날 듯 말 듯… 났다. 헉! 난 이런 마법 안 듣잖아!

　나 혼자 남았다. 이럴 수가! 이 인간들, 나만 두고 가? 가다가 멀미나 나라.

　바로 그때 마법진에서 다시 빛이 나더니 누군가 나타났다. 아르티닌 이었다.

　"쯧쯧, 이렇게 말썽 부리는 사람이 꼭 있지."

　"그렇게 강조할 건 없잖아. 내가 일부러 이러는 것도 아니고."

　그동안 난 아르티닌에게 말을 놓기 시작했다. 왜? 그거야 젊은 사람 으로 폴리모프한 아르티닌의 책임이니까. 그리고 무엇보다도 다리온 의 충고가 있었다. 나이도 비슷한데—실제론 천몇백 살 차이지만—말을 높이는 것은 다른 사람 보기에도 이상하다는 것이었다. 아르티닌도 다 리온의 충고를 받아들였고. 다리온 멋져용~

　"그래서 내가 왔다. 후우, 내가 꼭 이런 걸 해야 하다니…….."

　동시에 아르티닌의 몸에서 빛이 나더니 드래곤의 본체로 돌아갔다.

　"어? 왜 본체로 돌아갔지? 엉? 그리고 보니 크기는 엄청 작네?"

　지금의 아르티닌은 본래의 1/10의 크기였다.

　"내 크기가 뭐가 어때서! 잔소리 말고 타기나 햇!"

　아… 그래, 고맙기도 해라.

　"그러지 뭐. 참, 나 떨어질지도 모르니까…….."

　"걱정 마라. 꼭 잡아준다."

　"마법으로는 안 되는 것 알지? 등 비늘을 의자 모양으로 만들어주고 음… 높은 곳을 날 테니 실드로 바람막이도 만들어주고. 아, 실드는 반 원형으로 부탁해."

"으윽! 알았으니까 빨리 탓, 그냥 두고 가기 전에!"

난 아르티닌의 등에 탔다. 내가 타자 아르티닌은 날기 시작했다. 난 날고 있는 아르티닌의 등 위에서 한 가지를 생각했다. 일반적으로 날개 달린 생물은 빠르다. 드래곤은 특히 더 빠르다. 그 드래곤 중에서도 가장 빠른 종류는 아룡의 하나인 조룡이다. 몸과 날개에 비늘 대신 깃털이 달리고 머리는 새와 같은 변종 드래곤.

그 조룡은 보통 드래곤의 기본적으로 3배는 빠르다. 과장 좀 섞어서 일반 드래곤 중 가장 빠른 드래곤과 조룡 중 가장 느린 조룡이 시합을 하면 조룡이 이긴다고 할 정도다. 내가 탄 아르티닌은 정말 빨랐다. 조룡만큼이야 안 되겠지만 그래도 드래곤이다. 엄청 빨랐다. 주위 풍경이 팍팍 지나갔다.

일반적으로 사람의 눈은 보는 각도가 있다. 점이나 다름없는 눈에서 부채꼴로 시각이 형성되는데 그 때문에 멀리 있는 물체는 아무리 빠르게 가도 그보다 느리게 보인다. 구름이 실제로는 빨라도 눈으로 보기에는 느리게 보이는 것이 그 이유다. 반대로 내가 빨리 날아도 멀리 있는 물체는 느리게 지나간다. 하지만 아르티닌의 등에서 본 풍경은 멀리 있는 풍경도 빨리 지나갔다. 그런데 일반 드래곤이 이 정도인데 조룡은 얼마나 빠른 거지? 하지만 난 곧 이 생각을 접고 내가 할 일을 찾았다.

"우와아아악! 너무 빨라아아아~"

난 주위를 둘러보았다.

"제대로 온 거야?"

난 잠시 속을 진정시키고—어, 어째서 너무 빠르다니까 더 빨리 가느냐고!

으……—주위를 다시 둘러보았다. 으갸야! 다리에 힘없어. 하지만 내 눈이 잘못된 것은 아니었다.

"좀 더 가야 해. 내가 다리온 씨 앞에서 폴리모프를 해 드래곤이란 것을 알릴 이유는 없으니까."

"아니, 그건 아는데……."

아르티닌도 내 생각을 알았는지 걸어가면서 말했다.

"저쪽은 더해. 우리도 마법진이 잘못되어서 엉뚱한 곳으로 온 것이 아닌가 하고 생각했지. 대륙의 서부 황무지 지대로. 하지만 아니더군. 확실히 제대로 간 것이었어. 그런데 환경이 너무 변했나 봐. 주위를 둘러보던 다리온의 황당해하는 표정이라니……."

얼마쯤 걸어가자 일행의 모습이 보였다. 그리고 그곳은 아르티닌의 말 그대로였다. 황무지, 그것이었다.

"오셨습니까?"

다리온은 씁쓸한 표정을 하고 있었다.

"예. 그런데 듣기로 이곳은 울창한 숲이라고 들었는데……."

"맞습니다. 전 전에 한번 와보았죠. 그땐 정말 아름다운 산과 숲이 있었습니다. 그런데 어떻게 이렇게 되었는지 영문을 모르겠군요 그건 그렇고 란셀 씨, 목소리가 좀 달라진 것 같습니다?"

"그, 그래요? 흠흠. 목소리가… 아! 안 갑니까? 가요, 가자구요. 빨리 마을로 가야죠. 흠흠."

비명을 너무 질렀나? 흠흠. 이게 다 아르티닌 탓이야. 왜 그리 빨리 날아서… 아무튼 우린 마을로 향했다. 마을은 여기에서 좀 떨어진 곳에 있었다. 마을 한가운데는 아까 본 탑이 있었다. 영상에서 볼 때와 달리 그리 크지는 않았지만 위에서 보면 여섯 개의 꽃잎을 가진 꽃으로 보일 그런 탑이었다.

"저건 꽃의 탑이라고 하죠. 이 상마레제는 사람이 살지 않던 시절 신의 꽃밭이라고 불릴 만큼 많은 종류의 꽃이 있었고 처음 정착해서 살던 사람들이 그것을 기념해 이 탑을 세웠답니다. 하지만 이 신의 꽃밭도 사람이 살면서 파괴되었습니다. 하지만 주위의 산과 숲은 그대로 남아서 나중에 뱀파이어의 성이란 지금의 별명도 얻었지요."

다리온은 영문을 모르겠다는 표정이었다. 우린 그렇게 변해 버린 마을에 대해 이야기하며 상마레제 마을로 들어왔다. 그리고 꽃의 탑 앞에 다다랐다. 인간이 살기 시작했을 때 만들어졌다는 탑. 난 꽃의 탑 앞에서 과거의 상마레제의 모습을 상상했다. 그때 누군가 우리에게 말을 걸어왔다.

"당신들, 뭡니까?"

매우 경계하는 듯한 목소리.

"예, 저흰 이 마을에 이상한 기생충이 있다는 말을 듣고 왔습니다."

"이상한 기생충은 아니고 헤모스테라던가? 아구튼 어떤 곳에선 흔하다고 하는 벌레요."

우릴 무슨 기관에서라도 나왔다고 생각했는지 그 사람의 말이 좀 누그러졌다.

"난 이곳 이장인 레미 예코스라고 하오. 댁들은 어디서 오신 뉘시오?"

"전 란셀 네르반이라고 합니다. 그리고 이쪽은……."

난 우리 일행을 소개했다.

"흠… 그럼 어디서 파견 나온 건 아니고 개인적으로 알아볼 것이 있어서?"

"예. 호기심도 있고 이상한 점도 있고 해서 겸사겸사."

"단순히 그런 이유라면 빨리 돌아가는 것이 나을 거요."

혜모스테가 우리에게 옮을지도 모른다는 것과 혜모스테가 외부인에게 묻어 들어왔을 거란 생각으로 현재 상마레제 사람들이 외부인에게 좋지 않은 감정을 품고 있다며 우리보고 빨리 돌아가라는 것이었다.

"하지만 우리가 도움이 될지도 모르지요."

다리온이 레미를 설득했다. 메스나 공국의 일을 예로 들고 다리온 자신의 지식을 섞은 설득이었다. 그리고 그 설득에 레미는 넘어갔다. 메스나 공국은 워낙 유명한 나라라 이장인 레미도 아는 모양이었다.

"좋아요, 좋아. 그럼 내가 여기 의사도 소개시켜 주지. 한데 그럼 무슨 일을 할 거요? 혜모스테는 이미 치료약이 있지. 생강즙이라나? 아무튼 그걸로 사람들 몸의 기생충이 죽어 나오던데?"

레미의 말에 다리온이 웃었다.

"저희도 그 혜모스테에 대해서는 압니다. 그런데 제가 아는 지식과는 차이가 나는데요. 치료를 해도 다시 기생한다고 하셨죠? 물론 목욕을 하면 생강즙이 닦여 나가니 당연히 다시 감염이 되고. 하지만 그래도 너무 빠른 감염입니다. 혜모스테는 생강즙에 닿자마자 죽기 때문에 원칙적으로는 완치가 되고 만일 재감염된다면 그건 혜모스테가 주위에 살기 때문입니다. 하지만 문제는 혜모스테는 숲이 있는 환경에서 살지 못한다는 겁니다. 다시 말해 처음에야 외부에서 묻어왔어도 치료 후 재감염될 여지가 없다는 말입니다. 그런데 이런 맹위를 떨치는군요. 이 두 가지를 알아볼 겁니다. 아마 그것이 이번 일의 해결의 열쇠가 되겠죠."

그 말에 레미도 고개를 끄덕이며 동의했다.

"우리 마을의 의사도… 아, 그 의사 이름이 자말 이자크라고 합니다만, 그 자말 이자크가 말하는 것도 그것이더군요. 이상하다고. 그런 걸 알 정도면 능력이 되는 모양이니 그러슈. 뭐, 도움이 필요하면 나한테 말하고. 그럼 우선 마을 회관으로 갑시다. 헤모스테에 감염된 사람이 워낙 많아서 마을 회관을 병원으로 쓰고 있으니까. 그리고 거기에 의원도 있으니까."

우린 레미를 따라 마을 회관으로 갔다.

레미를 따라간 곳은 마을에서 가장 큰 건물이었다. 흰 벽에 많은 창문이 달린 건물로 5층짜리 건물이었다. 2층까지는 석조 건물이고 3층부터 5층까지의 3개 층은 목조 건물이었는데, 석조 부분과 목조 부분의 높이와 창문 크기가 다른 것을 봐서 서로 용도가 다른 모양이었다.

2층까지의 석조 건물은 안은 뭔지 모르지만 밖에 치장된 돌은 그 빛과 은은히 배어 나오는 무늬로 봐서 대륙 서남부 특산의 흰 대리석인 메넨 석이었다. 그리고 3층부터 5층까지의 목조 부분은 흰색으로 칠해져 있었는데, 발코니의 난간이 청동으로 되어 있었다. 흰 벽과 푸른빛을 내는 청동 난간, 지붕도 얇은 청동으로 되어 있어서 아름다웠다. 창문 난간에는 이름 모를 붉은 꽃이 흐드러지게 피어 있어서 더욱 아름다웠다.

"저 건물 매우 비싸 보이는군요. 다른 건물도 마찬가지입니다만 저 마을 회관이란 건물은 특히 비싸 보여요."

다리온은 회관으로 가면서 눈살을 찌푸린 채 둘러보며 중얼거렸다.

"예. 이 마을은 꽤 부유한 것 같군요. 그런데 그게 뭐 잘못된 일인가요?"

난 다리온의 이런 반응이 이상했다. 이 마을이 부자면 안 되는 건가?

"글쎄요… 부자라는 것이 잘못은 아니겠지만 그것도 상황에 따라 다르죠. 여기 상마레제는 가난한 마을은 아닙니다. 하지만 적어도 제가 알던 상마레제는 이 정도로 부유할 그런 마을이 절대로 아니란 거죠. 저길 보시죠."

난 다리온이 가리키는 것을 보았다. 그런데…

"헉!"

나도 모르게 탄성이 나왔다. 우리 바로 앞에 마을 회관의 문이 있었다. 그런데 회관의 문은 수십, 아니, 수백 년은 자랐을 나무를 통째로 깎아서 만든 원목 나무문이었다. 옆의 메넨 석의 무늬와 오묘하게 어울리는 나뭇결, 이렇게 잘 어울리게 만들려면 얼마나 많은 나무가 들었을까? 하지만 내가 놀란 것은 그것 때문이 아니었다.

문의 장식과 문고리, 문에 달린 종까지 미스릴로 되어 있었다. 미스릴이라면 같은 크기의 황금보다 몇 곱절 비싼 것으로 이런 마을에서 겨우 문에 장식하기에는 지나치게 비싼 것이었다. 아니, 가격은 생각하지 않는다고 해도 미스릴은 절대로 이런 곳에 쓰일 물건이 아니었다. 뛰어난 기사의 검이나 갑옷에 쓰여야 어울리는 것이었다.

"이상하죠?"

"그, 그렇군요……."

정말 이상했다. 아니, 돈이 썩어나는 것도 아니고 이 건물을 만든 사람이 정신 이상자도 아닐 텐데… 그 외에도 난 회관에 들어서서 놀랄 수밖에 없었다. 들어서자마자 보이는 붉은 양탄자는 척 보기에도 값을 짐작 못하는 고급품이었다. 정말 신발을 벗어야 하는 것이 아닌가 하는 생각이 들 정도였다. 그리고 복도 천장에는 샹들리에로 된 등이 연이어 있었다. 샹들리에는 모두 수정으로 만든 것처럼 보였다. 복도의 벽에는 솜씨있는 화가가 그린 벽화가 그려져 있어서 감히 벽 근처에 갈 생각도 못했다. 때 탈까 봐. 복도에는 여러 개의 문이 있었는데 모두 짙은 고동색의 문이었고 손잡이는 황금색이었다. 아마 황금으로 도금한 모양이다. 문들에는 모두 아름다운 조각들이 양각으로 새겨져 있었다. 그리고 복도 끝에는 역시 아름답게 양각된 큰 문이 있었는데 강당문이라고 했다. 밖에서 볼 때도 커 보이던 회관은 안에서 보니 더 커 보였다.

"…시설이… 좋군요."

내가 이런 곳을 보며 더 무슨 말을 하랴. 드래곤 레어에서도, 메스나 대공의 궁전도 이 정도는 안 되는데… 아주 큰 부호나 큰 나라의 대귀족 이상이면 가능은 하겠다. 하지만 이 마을은…….

"물론이지. 이 회관은 우리 상마레제의 자랑거리인걸."

레미는 자랑스럽다는 듯이 어깨를 으쓱거리곤 복도 왼쪽의 어느 방으로 들어갔다. 그 안에는 어떤 남자가 책을 보고 있었다.

"자말 선생님 계슈? 여기 있다고 해서 왔는디……."

"예, 여깁니다."

자말이란 사람은 살집이 좀 있는 사람 좋게 생긴 청년이었다.

"책 좀 보려고요."

자말이 레미에게 보여준 책은 곤충학 개론이었다.

"이게 그냥 치료만 할 게 아니라서요. 그런데 이분들은……."

"이분들요?"

레미는 우리를 자말에게 소개시켜 주었다. 자말은 우릴 좀 미심쩍게 보았지만 메스나 공국까지 들먹이니 곧 고개를 끄덕이고 우릴 맞아주었다.

"그런 경력들을 가진 분들이시군요. 흠… 그런데 메스나 공국이 어디 있는 나라던가? 하하, 제가 워낙 책만 파다 보니 그런 일에 둔감해서요. 아무튼 이렇게 와주셔서 감사합니다. 하지만 여기에서 그렇게 할 일은 없으실 겁니다. 여긴 약도 있고……."

그때 다리온이 자말의 말을 잘랐다.

"약이라고요? 생강즙을 말하시는 모양인데, 이 마을 무척 부유하더군요. 대체 얼마나 부자입니까?"

아니, 왜 잘 나가다가 말이 바뀌나? 자말과 레미도 좀 당황한 모양이다.

"글쎄요, 잘은 모르지만… 들어오다 보셨으리라 믿습니다. 마을 회관의 문을 말입니다. 저희 마을은 미스릴을 그런 장식으로 이용할 만큼 부유하죠."

"그런가요? 하긴 복도에 그 정도의 샹들리에를 보통 등처럼 여러 개 매달 정도면 더 말할 건 없겠죠. 그러면 한 가지 묻죠. 여기 생강은 얼마나 많이 비축되어 있습니까?"

자말은 잠시 생각하더니 말했다.

"생강이라… 그러고 보니 별로 없군요. 한 10포대쯤? 빨리 더 가져오라고 주문을 해야겠군요."

"그런가요? 그럼 다시 묻죠. 생강이란 것이 한없이 생산될까요?"

"……?"

이게 무슨 소리지? 이젠 나도 다리온이 무슨 말을 하는 건지 모르겠다.

"모르시겠습니까? 생강은 농산물입니다. 그리고 그 생산량은 한정되어 있습니다. 전 세계로 따지면 그 양이 상당히 많지만 그걸 모두 쓰지는 못할 겁니다. 다른 곳에서 소비되고 또 구한다고 해도 썩을 수도 있고요. 그리고 많은 양이 소모되면 값이 오릅니다. 샹마레제가 아무리 부자라고 해도 감당을 못할 겁니다."

자말보다 이장인 레미의 얼굴이 먼저 하얗게 변했다. 뒤이어 자말도 뜨악한 표정이었다.

"그, 그게 그렇게 되나요? 그것까지는 생각을 못했는데… 전 충분하다고 생각을 했는데 그런 문제점이 있군요. 가르칠 감사합니다."

자말은 다리온에게 고개를 숙이며 감사의 인사를 했다. 참 제대로 된 겸손한 의사였다. 하지만 그런 그를 보고 다리온은 혀끝을 찼다.

"제 말을 오해하셨군요. 진짜 문제는 그것이 아닙니다. 원래 계산대로라면 당신의 계산이 맞을 겁니다. 하지만 그 계산이 틀렸습니다. 왜 그럴까요? 그건 계속 재감염이 되어서입니다. 이런 재감염은 헤모스테의 서식지에도 별로 없습니다. 그런데 여기 샹마레제에서는 너무 쉽게 일어납니다. 분명 샹마레제는 헤모스테가 살기 적합한 환경이 아닌데도 불구하고 이런 현상이 일어나고 있습니다. 그 이유가 뭘까요? 우선 이곳 사람들의 피부는 연약합니다. 헤모스테가 사는 곳은 거친 곳입니다. 강한 햇볕, 거친 바람, 건조한 공기 등. 그래서 그런 기후에 사는 사람은 피부가 강하죠. 그런 사람들의 피부에서 기생하던 헤모스테입니다. 숙주만 가지고 따지면 헤모스테는 살기가 더 좋아졌습니다. 하지만 그것만이 이유가 아닙니다. 숙주만 좋아진 것이지 환경은 최악이니까요. 분명 다른 이유가 있습니다. 그것을 알아내지 못하면 여기 샹마레제는 죽음의 마을로 변할 겁니다."

다리온의 말을 들은 자말의 눈에 존경의 빛이 나왔다.

"선생님 말씀이 맞습니다. 어찌하면 되겠습니까?"

"그대로 계속 환자를 돌보십시오. 헤모스테가 기승을 부리는 이유는 저와 제 동료들이 찾겠습니다."

하… 다리온 씨, 멋집니다. 그런데 에잉~ 다리온이 저렇게 멋지게 나가니까 내가 꼭 다리온 조수 같잖아.

다리온은 자말에게 말하고는 내 곁을 스쳐 가며 자그마하게 말했다.

"특히 예나나 죠세프에게 환자를 보여주면 안 될 것 같아서요."

오옷, 그런 깊은 뜻이… 저도 동감입니다.

다리온의 판단은 옳은 것이었다. 전에 하르파에서도 죠세프와 예나 때문에 얼마나 곤란을 겪었던가. 그 일이 뱃멀미 때문이긴 했지만 혹시 모르는 일이었다. 이 헤모스테가 감염된 모습은 트란실아릴이나 라코나의 헥토시엔에 비할 것이 아니다. 사람 몸에 작은 벌집 같은 것이 무수히 뚫려 있고 그 구멍마다 더듬이가 보이는 광경은… 그냥 그 피부만 봐도 비위 약한 사람은 며칠을 밥 못 먹는다. 한데 헤모스테까지 들어 있어 더듬이가 꿈틀대는 것을 보면 충격받아 기절하거나 사망할지도 모르는 것이었다. 특히 헤모스테에 감염되면 무척 가렵기 때문에 자신도 모르게 긁을 수가 있다. 그러면 더 끔찍해 보이는 것이다. 헤모스테가 감염된 곳을 긁으면 손톱 밑에 피와 진액, 벌레 잔해가 묻어 나오게 된다. 하긴 처음 발견하는 것도 그렇게 해서다.

어느 날 갑자기 몸이 가려워 긁으면 그렇게 헤모스테 찌꺼기가 묻어 나오는 것을 보게 된다. 그리고 긁으면 긁을수록 더 가려워지기 때문에 계속 긁게 되고, 그렇게 긁으면 벌레가 온몸으로 퍼지게 되는 것이다. 헤모스테는 생식기가 머리에 있다고 알려져 있었다. 하지만 다시 연구된 것에 따르면 헤모스테의 더듬이는 머리가 아니라 배 끝에 달린 것으로 밝혀졌다. 헤모스테가 사람의 피부에 기생하면 머리는 피부 안

쪽에 있어서 흡관을 막고 양분을 빨아 먹는 것이다. 그리고 배는 피부
막을 향해 있는데 배에 호흡 기관이 있어서 숨 쉬기 위해 공기에 접해
있어야 하기 때문이었다. 또 배에는 알과 정자도 저장되어 있었다.

헤모스테는 일생을 피부 밑에서 나가지 않는 벌레다. 따라서 암수가
만나 알을 깔 기회가 없는 것이었다. 그래서 그들은 독특한 생식 방법
을 발전시켰는데 사람이 가려워서 긁으면 헤모스테 배가 터지고 거기
서 난자와 정자가 섞이게 되어 수정이 되는 것이다. 그리고 알의 표면
은 특수한 액으로 둘러싸여 있어서 사람 몸에 파고들게 되는 것이다.
또한 배가 터진 헤모스테는 다시 원래대로 재생을 한다. 헤모스테가
감염되면 그 옆으로 계속 감염되는 것이 바로 이런 이유 때문이었다.

난 이런 헤모스테에 대해 다시 자세히 일행에게 알려주었다. 그리고
헤모스테를 처리하기에 앞서 우린 우선 회관에서 나왔다.

"전 짐작이 갑니다."

다리온은 회관을 나와서 주위를 둘러보며 말했다. 대체 뭐가 짐작이
간다는 건지.

"문제는 어떻게 해야 더 이상의 감염을 막느냐인데……."

"이게 도움이 될지는 모르겠지만, 마도 시대에도 이런 비슷한 벌레
가 있었다고 해요. 토톡신이란 벌레인데, 그때는 그 벌레가 감염된 지
역에 인공 안개를 만들었다고 하죠. 그 벌레가 습기를 싫어해서 안개
속에 있는 것만으로도 죽는다나요?"

"란셀, 혹시 그 벌레가 헤모스테가 아닐까요?"

죠세프의 질문이었다. 나도 그랬으면 좋겠지만…….

"토톡신은 구더기처럼 생긴 벌레야. 돌기 비슷한 다리가 열두 개 있
다는 것이 달랐을 뿐이지."

"그런데 다리온이 말한 짐작이 간다는 소리는 뭐죠?"

예나가 잊지 않고 다리온에게 물어보았다.

"보면 몰라? 헤모스테가 산다는 지역이 여기와 똑같잖아."

이브린이 다리온 대신 대답했다. 이브린의 말처럼 똑같긴 않지만 황무지나 다름없는 땅이 비슷하기는 비슷할 것이다.

"그리고 여긴 물도 썩었어요."

어디 갔다 왔는지 페디가 날아오면서 말했다.

"목마른데 물도 못 마시겠어요. 히잉~"

"아하! 그래서 저런 것이 있었군."

페디의 불평을 듣던 아르티닌이 이상한 통에 멈춰 서서 말했다.

"1셀이라… 이런 작은 컵으로 물 한 컵에 1셀이면 제법 비싼 건데?"

"저기선 여기 물보다 더 더러운 물인데 큰 통으로 한 통에 1루니안 하던데요."

아르티닌과 페디의 말에 따르면 이 마을에선 물을 판다? 그리고 물을 사서 마신다? 이런 마을에선 공동 우물을 쓰는 것이 보통이었다. 도시에서 물을 팔기는 하지만 그건 물이 부족한 지역의 도시에서나 있는 일이었다. 일반적으로 발달된 도시도 식수로는 그냥 우물물을 마셨다.

우린 아르티닌이 보고 있는 통에 다가갔다. 그 통은 유리로 되었는데 그 안에는 액체가 담겨져 있었다. 물이겠지. 통 안에는 다시 작은 통이 있고, 그 통 위에 1셀짜리 동전을 넣으면 넣은 동전이 얇고 길쭉한 관을 따라 내려가 작은 숟가락에 떨어져 그 무게로 숟가락이 기울어진다. 그렇게 그 기울임에 따라 물통 하부에 있는 마개가 열려 물이 흐르게 되어 있었다. 숟가락이 어느 정도 기울면 돈이 숟가락에서 떨어지고 그러면 다시 마개가 막혀 물이 흐르지 않게 되는 것이었다.

"참나, 기가 막히는군. 이거 재미있는 장치인데? 이런 걸로 물을 판다는 건데 말야… 대체 누가 이런 생각을 한 걸까?"

난 실소해야 했다. 이런 식으로 돈을 벌었나? 하지만 돈이 벌릴까? 난 웃으면서 다리온을 보았다. 그런데 다리온의 표정이 일그러져 있었다.

"란쉘, 이게 무슨 뜻인지 아십니까?"

"예?"

"이런 물통이 있는 뜻 말입니다."

"글쎄요… 이 마을이 이런 부를 이룬 이유가 바로 이런 비싼 물 판매가 아닐까요?"

다리온은 고개를 저었다.

"그렇지 않습니다. 물과 이 마을의 부는 별 상관이 없습니다. 게다가 이런 산으로 둘러싸인 마을에서는 우물도 많고 꼭 우물이 아니더라도 계곡의 맑은 물을 쉽게 얻을 수 있죠."

"그래요? 그건 그렇겠네요. 그럼 무슨 뜻이죠?"

"물이… 물이 함부로 먹을 수 없을 만큼 오염되었다는 뜻입니다. 그래서 특별히 물을 사 오거나 따로 정화 시설을 통과한 물을 파는 것이죠. 즉, 이 마을… 반은 죽음의 마을이라는 겁니다."

다리온의 말에 우린 서로 쳐다보았다. 대체 얼마나 오염을 시키면 물을 사 먹을 정도가 되지? 모두들 이런 생각일 것이다.

"저 산을 보시죠."

다리온이 가리키는 곳은… 산이라기보다는 거대한 흙더미라고 불리는 것이 정확한 말뿐인 산이었다.

"제가 당황했던 것 생각나시죠? 전에는 매우 울창한 숲이었습니다.

그런데 저런 모습이란… 전 처음에 무슨 재해가 일어난 것으로 생각했는데 지금 생각하니 모두 벌목해서입니다. 나무가 없는 산은 바위로 이루어진 바위산이 아닌 이상 산이 아닙니다. 언제 무너질지 모를 흙더미지요. 제가 루릭스에게 말한 것 기억나십니까? 전 루릭스에게 두 가지의 경우를 말했죠. 하나는 상마레제가 사막화되었다는 것과 누군가 의도적으로 헤모스테를 개량해 이 마을을 실험 대상으로 삼았다는 것입니요. 처음 제 생각엔 두 번째 이유로 생각했었습니다. 첫 번째 가정은 아예 현실성이 없게 생각되어서입니다. 하지만 실제로는 아예 현실성없다고 생각한 처음 가정이 맞았습니다. 이런 말도 안 되는 경우가 생길 줄 누가 짐작했겠습니까?"

"그런데 어째서 나무 그루터기가 안 보이죠?"

다리온의 말이 맞는 것은 같은데 좀 이상스러운 점이 있었다. 아무리 인간이 철저히 파괴를 했었어도 이곳 정도의 산이었다면 흔적이 있어야 했다. 비록 벌목을 했더라도 그 벌목이란 것이 나무 자체를 뽑아버리는 것이 아닌 이상 도끼로 찍거나 톱으로 자르는 것인데, 그럼 그루터기라도 남아야 정상이었다. 설마 하니 그루터기가 벌써 썩어 없어진 것은 아닐 테니 말이다.

"전 봤어요."

응? 뭘? 설마 그루터기를?

에나는 회관을 가리켰다.

"회관에 금칠을 입힌 채 거꾸로 놓여 있던데요? 아마 모양이 멋진 건 다 그렇게 했나 봐요."

"맞다!"

죠세프도 손뼉을 쳤다.

"그러고 보니 제 고모가 계신 루미안에서도 상마레제 특산이라는 상표를 붙인 조각이 있었어요. 꽤 비쌌던 것으로 생각되는데… 회관에 있던 것이 나무 그루터기라면 그 조각들도 확실히 그루터기일 거에요."

예나와 죠세프의 말로 답은 확실해졌다. 여기 사람들은 나무를 뿌리까지 캐 팔아먹은 것이다.

"뿌리까지 캤을 정도이니 산이 저만큼 버틴 것이 기적입니다. 하지만 아무리 잘 버텨도 아마 한번쯤은 흙더미들이 흘러내렸을 겁니다. 그리고 계곡으로 무너졌겠죠. 마을에 직접적인 피해가 없는 것을 보니……. 하지만 그 덕분에 물길이 막혔을 겁니다."

난 다리온의 말을 듣고 페디에게 한 가지 부탁을 했다.

"페디, 부탁이 있는데 저기 가서 흙 속에 재가 있는지 살펴줄래?"

아무리 벌목을 철저히 했어도 풀은 자라야 정상이었다. 하지만 그것도 없다는 것은 풀도 없었다는 것. 이렇게 주위가 산으로 둘러싸인 곳은 흔히 화전이 생기곤 했다.

"필요없어."

아르티닌이 페디를 막았다.

"화전의 흔적은 없었어. 다만 메리코산을 뿌린 흔적이 있었어. 처음엔 무슨 냄새인지 몰랐는데 지금 생각해 보니 메리코산이야. 어이가 없군, 메리코 산을 뿌리다니. 메리코산은 정말 생각도 못했어. 예전에 뿌렸을 텐데도 얼마나 뿌렸는지 그 냄새가 아직도 느껴지는군. 란셀, 넌 못 맡았겠지만."

"메리코산?"

난 놀라서 아르티닌을 돌아보았다. 메리코산은 제초제였다. 하지만 그 약효가 너무 강한 악마적인 효능을 지닌 약이라고 불린 지금은 사용이 금지된 약이었다. 이 마을 사람들은 제초제를 뿌린 후 농작물을 심었을 것이다. 한데 이 제초제는 아주 강한 독성을 지니고 있어 풀만 죽이는 것이 아니라 땅 자체도 죽여 죽음의 땅으로 만들어 결국 농작물도 자라지 못했으리라.

"써서는 안 되는 금지된 약물을 썼군요. 만약 그렇다면 저 산은 몇십 년 간 죽은 땅입니다. 아마 개간을 하려고 한 모양인데… 잡초 하나 없애자고 그런 약을 쓰다니…….."

다리온은 답답한 듯 한숨을 쉬며 말했다. 메리코산이 비록 금지된 제초제이지만 가끔 어리석은 사람은 메리코산을 썼다. 조금씩만 쓰면 당장은 땅이 죽는 것이 보이지 않고 원하던 대로 잡초를 잘 제거하기 때문이었다. 하지만 적은 양이더라도 몇 년 간 쓰면 땅에 메리코산이 축적돼 그 땅은 죽게 되는 것이다. 메리코산은 암시장에 가면 얼마든지 구할 수 있는 것이니 금지란 말 자체가 입 아픈 소리였다. 원한다면 사람 고기도 구할 수 있는 곳이 암시장이라던가?

"헤모스테가 기승을 부리는 이유가 여기 있었군요."

다리온은 결론을 내렸다.

헤모스테가 좋아하는 숙주가 부드러운 피부가 노출된 인간이지만 마구 기생하는 것은 아니었다. 사람 피부에 알이 묻어도 그대로 죽거나 씻겨 내려가는 일이 훨씬 많았던 것이다. 그런 점에 비추어본다면 이번 상마레제의 헤모스테 감염은 특이한 것이었다. 그 이유를 다리온은 이런 예를 들며 설명했다.

"러니드란 도시가 있습니다. 크지도 작지도 않은 중간 크기의 도시로, 그 도시로는 열다섯 개나 되는 개천들이 지나고 있었습니다. 그런데 그렇게 많은 개천이 있으면 당연한 일이지만 개천가의 풀숲엔 모기가 많았습니다. 그리고 비가 많이 오면 홍수가 나는 일도 많았고 여러 오수가 들어가 악취도 났습니다. 개천이 많아 물 걱정이 없는 이점 대신 그런 문제점이 있었던 것입니다. 그래서 사람들은 그 모든 것을 해결할 방법을 찾았지요. 바로 복개 공사를 한 것입니다. 개천 주위의 풀을 걷어내고 뚜껑을 씌우면 풀숲에 살던 모기를 비롯한 다른 벌레도 사라지고 물이 넘치지도 않고 냄새도 뚜껑에 막힌다는 계산이었습니다. 또 몰상식한 사람이 개천에 실례를 하거나 쓰레기를 버리는 일도 없어지는 이점도 있었습니다. 그래서 많은 돈을 들였고 정말 홍수와 악취는 막았습니다. 하지만 문제는 풀숲이 없어지니 개천의 정화 능력이 떨어졌고 개천의 오염도는 더 가속화되었다는 겁니다. 그리고 보이지 않으니 더 많은 오수가 유입되었고, 그 결과 그 물은 아예 먹기는커녕 말 그대로 죽음을 부르는 독이 되었습니다. 또 비가 많이 오면 길이 모두 물바다가 되다시피 했습니다. 당연한 것이 빗물이 개천으로 흘러 들어가지 못했기 때문이죠. 더 문제가 된 것은 러느드 사람들이 그렇게나 끔찍해하던 모기가 더 독해진 것입니다. 복개를 하기 전에는 큰 덩치이긴 했지만 물려도 별로 가렵지 않았는데 복개 후에는 개천 안의 독한 기운 때문에 덩치도 작아졌고 물리면 물집이 잡힐 정도로 독해졌습니다. 게다가 덩치 차이 때문에 잡기도 어려워졌죠. 그뿐만 아니라 여름에만 활동하던 모기들이 겨울에도 활동을 했습니다. 복개를 한 개천은 아무래도 환경이 일정하죠. 게다가 겨울에 더운물을 쓰고 개천에 버리니 복개된 개천 안은 겨울에도 온도가 높았던 겁니다. 결국 러느드 사람들은 복개를 했지만 얻은 것보다는 잃은 것이 더 많았습니다. 특히 독한 환경에서 자란 모기들이 그만큼 더 독한 병을 옮겼으니까요."

다리온은 이 대륙 어딘가에 있는 한 도시를 예를 들어 헤모스테가 기승을 부리는 이유를 설명했다.

"그러니까 상마레제의 환경 자체는 헤모스테 살기에 적합한 환경으로 변했고 메리코산에 의해 더 독하고 질기게 변했다 이건가요?"

"아무래도요."

죠세프의 질문에 다리온이 설명을 덧붙였다.

"악조건에서 사는 생물이 더 강한 것은 자연의 이치입니다. 사람도 거친 환경에서 산 사람과 살기 좋은 환경에서 산 사람을 보면 그 차이가 확실하지 않습니까?"

다리온의 설명을 듣고 난 마을의 부를 상징하는 아름다운 마을 회관을 쳐다보았다. 처음 보았을 때는 그렇게 대단해 보이더니 지금은 오히려 추해 보인다면 나만의 착각일까?

"방법은 여러 가지입니다. 사람들에게 자연을 오염시킨 결과를 알려주고 다시 되돌리는 것. 또 하나는 사람들을 모두 치료시켜 치료된 사람만 이주시키는 것. 아니면 모두 계속해서 고통을 당하는 것."

난 의사인 자말에게 우리가 생각한 방법을 말했다. 내 말을 듣는 자말은 신중히 생각하는 듯하더니 입을 열었다.

"저도 여러분의 의견에 동의합니다. 이렇게 파괴되고 오염되는 자연을 보며 언젠가 무슨 일이 생길지도 모른다는 막연한 불안감이 있었는데 이런 식으로 나타나는군요. 하지만 문제는 제가 말해 봐야 소용이 없다는 것입니다."

자말은 천천히 일어나더니 서랍에서 책 한 권을 꺼내 나에게 주었다.

"이건 여기서 쓰는 의료품 구입 장부입니다."

난 자말이 준 책, 아니, 장부를 펼쳤다.

"대체 뭐가 있길래……"

내 말은 여기서 끝이었다. 난 좀 얼어서 그 장부를 다리온에게 넘겼다. 다리온도 나와 비슷한 반응을 보이며 다른 사람에게 장부를 넘겼고 장부는 우리 일행을 돌아 자말에게 다시 갔다.

"보셨습니까? 거기에 쓰인 약품은 모두 고가의 물건입니다. 약도 있고 기구도 있고. 그런 고가의 물건을 산 것이 그걸로 한 권입니다. 그것은 의사인 제가 쓰는 것으로 마을 공금으로 산 것입니다. 별게 다 있지요? 또 한 가지 참고하실 점은 거기엔 개인적으로 구한 영양제나 보약, 강장제, 정력제, 건강 보조제 등이 빠져 있다는 겁니다."

자말의 말대로 별게 다 있었다. 일반적으로 쓰이는 약에 여러 기구들은 물론 자말이 말한 개인적으로 구입했다는 약들까지 그런데 이런 건강용품은 여기에도 있는데 개인적으로 구입했다? 그 액수도 정말 만만치 않았다. 솔직히 우리 일행도 돈이 많았다. 그런 우리도 입을 벌릴 정도로 큰 액수. 하지만 그래서일까? 난 자말이 준 장부를 보고 어이가 없어 말이 나오지 않을 지경이었다. 이런 정도로 환경은 파괴하면서 몸 하나는 끔찍이 챙기는군. 대체 이렇게 해서 얼마나 산다고… 드래곤처럼 1만 년을 살 건가?

난 이렇게 속으로 욕했다. 그런데 다리온은 다른 생각을 한 것 같다.

"이 마을 사람들 헤모스테에게는 최고의 양식이군요."

"그, 그것도 그렇군요."

자말은 다리온의 말에 삐질거리며 뭔가를 생각하는 듯한 표정으로 말을 이었다.

"최고의 양식이라… 현재의 상황에서 가장 잘 맞는 말이군. 영양이 풍부할 테니… 앗! 실례. 아무튼 이 마을 사람들은 재물에 흠뻑 빠져든 상태입니다. 그렇다고 있는 돈으로 교육이나 제대로 했냐 하면 그것도 아닌 것이… 마을에 하나밖에 없던 학교도 없어졌습니다. 지금 회관이 있는 자리가 학교 자리였습니다. 한마디로 돈만 아는 무식쟁이죠. 전에는 그래도 교육 수준이 높았던 마을인데… 이젠 돈이 된다면 독인지 약인지도 살피지 않을 사람들이 되었습니다."

"……."

"그리고 여러분의 말한 의견의 결정자들은 이런 마을 사람들입니다. 제가 아닙니다. 전 마을에 고용된 의사입니다. 마을 사람들에게 조언은 할 수 있습니다만 결정할 권한은 없습니다. 하긴 제 조언도 필요가 없을 겁니다. 마을 사람들 제 말 안 들어요. 무조건 자기가 옳다고 주장하죠. 좀 전에 마을 사람들이 개인적으로 여러 약을 구입했다고 했죠? 거기엔 장기적으로 봐서는 몸에 무척 해로운 것도 있답니다. 전 보았습니다. 수은이 든 약을 말입니다. 아마도 암시장에서 구했겠죠. 그런데 그 사람들 제가 뭐라고 하면 네가 뭘 아느냐고 핀잔을 줍니다. 자신의 몸은 자신이 더 잘 안다는 거죠. 좀 심하게 말하는 사람은 네가 의학에 대해 뭘 아느냐고까지 하던 걸요? 훗, 제가 의사인데 말이죠. 그나마 지금 헤모스테 때문에 제가 좀 이렇게 활약(?)을 하고 말도 좀 하지만, 그런데 그 활약이란 것이 뭔지 아십니까? 헤모스테가 감염된 피부가 보기 끔찍하다고 사람들이 스스로 치료는커녕 볼 생각조차 안 하는 겁니다. 결국 의사인 제가 해야죠. 솔직히 이번 헤모스테 건이 아니었으면 제 스스로가 못 견디고 이 마을을 떠났을 겁니다. 이젠 이 마을이 어떤 지경인지 아시겠습니까?"

후우… 이런 상황에서 그래도 말을 해야 하나? 네가 의학에 대해 아느냐라… 의사에게 하기에는 너무 심한 말이군. 심각해. 이 정도까지 말을 할 정도의 사람들이면… 이거 우리가 해결할 수 있을까?

"예, 알겠습니다. 최악이군요. 방법이나 있을까요?"

난 지금 현재 방법 모색을 포기했다.

"저… 여기 이장님은 마을에서 발언권이 가장 크죠?"

내가 포기한 기색을 하자 무슨 생각인지 죠세프가 나섰다.

"물론입니다. 하지만 알아두실 것이 있습니다. 지금 이 마을에서 일어난 일이 모두 이장님의 주도입니다."

죠세프의 회심의 방법 제시 탈락.

"저… 신관에게 부탁을 하면 어떨까요?"

"여기서 신전을 보셨나요? 학교와 함께 사라졌습니다. 여기선 돈만이 신입니다."

예나의 방법도 탈락.

"그냥 힘으로 밀어버릴까? 이 마을 사람들은 돈이 많으니까 여길 떠나도 잘 살 것 아닙니까? 힘으로라도 추방을 시키죠."

"우리의 힘만으로도 가능하다면 좋은 방법이겠지만……."

그런데 어째 분위기가 마을 사람의 이전 쪽으로 흐른다? 루릭스가 원하는 방향과는 영 엉뚱하게 가긴 하지만, 정 그렇게 간다면 그렇다면 아주 간단한 방법이 있지.

난 생각을 정하고 일어섰다.

"사람들을 상마레제에서 내보내든 아니든 우선 치료가 먼저일 것 같군요. 아니, 내보낸다면 강화판 헤모스테의 확산을 막기 위해서라도 먼저 치료를 해야죠. 괜히 아무 죄 안 짓고 잘 사는 타 지역 사람들에게 피해 주지 않게요."

모두들 내 말에 동의했다. 그리고 자말은 환자들을 치료—뭐, 치료랄 것까지도… 생강즙 골고루 발라주는 것이 굳이 치료라면 치료지—하러 나갔고 난 아르티닌을 살짝 끌어당겼다.

"이봐, 아르티닌."

"왜?"

"사람들을 이 마을에서 내보낼 좋은 방법이 있는데… 너 아니면 안 되거든?"

"나보고 드래곤 상태에서 위협을 가하라는 것만 빼고 다 할게."

이런! 드래곤이 이렇게 눈치가 빨라서야.

"물론 내가 그런 비열한 방법을 쓸 리 없잖아? 그냥 네가 무시무시한 악마로 폴리모프해서 위협을 하는 것으로 하자."

하지만 내가 누구냐? 잔머리 선수 란셀이다. 안 되면 돌아가라. 모로 가도 톨루트에만 가면 된다. 이런 말은 여기에 쓰는 말이지. 사람들에게 드래곤이든 악마든 둘 다 똑같은 공포의 대상이니까. 뭐, 아르티닌의 말로는 드래곤만 빼고라고 했으니 악마는 가능하지?

"인간이 교활하게……."

응? 아르티닌이 뭐라고 하는 것 같은데? 하지만 지금 난 귀가 안 들려. 아! 안 들려요.


[인간들이여, 여기서 떠나라. 이곳은 나 지옥의 대왕인 라아느세에르가 가지겠다. 사흘의 여유를 준다. 그때까지 떠나지 않은 자는 영원한 나의 노예가 될 것이다!]

직접적인 음성이 아닌 머리로 울리는 소리. 그 소리를 듣는, 아니, 느끼는 사람들은 공포에 사로잡혔다. 머리 위에는 사람의 공포심을 자아내는 기운을 내뿜는 거대한 먹구름이 있었고, 그 구름 속에는 꿈틀거리는 거대한 무언가가 있었다

"마, 말도 안 돼! 라아느세에르 정도의 악마왕이 어째서 이런 곳에……!"

예나는 굳어버린 얼굴로 더듬거리며 말했다.

"악마 중의 악마시여, 어째서 이런 곳에……."

[하이엘프인가? 하이엘프, 그대는 고귀한 피를 타고났으니 나를 알고 나를 느끼는구나. 사람들에게 말하라, 모두 떠나라고. 그리고 알려라, 나에 대해서.]

그리고는 사라졌다. 예나는 여전히 공포에 질린 얼굴로 사람들에게 마을을 떠나야 한다고 말했다.

"그 악마가… 정말 무서운 악마인가요?"

마을 사람 중의 한 명이 주춤거리며 물어왔다.

"예, 물론이죠! 방금 느낀 그 공포감을 잊으셨나요? 그는 악마 중의 악마입니다. 그의 말대로 하지 않으면 우린 정말 그의 노예가 될 겁니다. 그는 악마… 악마왕입니다. 전 거짓말을 하지 않아요. 전 하이엘프입니다. 따라서 여러분보다는 악마에 대해서 더 잘 알고 있습니다!"

순식간에 하프엘프에서 하이엘프로 올라서는 예나였다. 흐… 처음엔 예나 설득하느라 얼마나 힘들었는지… 그냥 엘프도 아닌 하프엘프인 자신을 누가 하이엘프로 보겠냐는 것이 예나의 주장이었다. 게다가 엘프의 피가 약간이라도 섞인 존재는 하이엘프에 대해 무한한 경외심을 가지기 때문에 설득하기가 더 힘이 들었다.

하지만 이런 마을에 사는 사람이 하이엘프를 언제 봤다고 알겠는가? 이런 사람들에게 귀가 길면 토끼 또한 엘프인 것이다. 그러니 마법사들도 본 사람이 얼마 안 되는 존재인 하이엘프는 겨우 들어보기만 했을 것이다. 예나가 스스로 하이엘프라면 믿어야지 뭐. 따라서 예나가 하이엘프 노릇 하는 것? 쉬운 것이었다. 사람들은 하이엘프가 얼마나 고위 종족인지 알 것이기에 하이엘프가 악마라고 말하면 모두 믿을 것이란 생각에 예나에게 연극을 시킨 것이었다. 하이엘프가 경고하는 악마의 노예. 이것만큼 두려운 일은 없을 테니까.

"그런데… 혹시 그 라… 뭔가 하는 악마의 노예가 되면 돈을 많이 벌 수 있나요?"

난 순간 놀라서 말한 사람을 쳐다보았다. 이장이었다.

미쳤군, 미쳤어. 정말 돈에 미쳤어. 하긴 저러니 돈을 위해 마을을 이 지경으로 만들었지.

난 이 말을 그만 내뱉을 뻔했다. 대체 얼마나 돈에 미치면 저런 소릴할까 하는 생각도 났다. 하지만 순간 정신이 번쩍 든 것이 예나가 어떤 답을 할지에 대한 걱정이었다. 이장의 질문은 사람의 사고를 정지시킬 충격적인 질문이었다. 방금 전에 악마왕을 보고도 저런 말을 하다니… 난 예나를 봤다. 예상대로 예나는 이장을 물끄러미 보았고 난 조금 초조해져서 슬쩍 자말을 보았다. 자말도 땀을 흘리며 엉거주춤한 자세를 취했다. 다시 예나를 보았을 때 예나는 입을 열었다.

"혹시 악마왕 라아느세에르에 대해 아십니까?"

당연히 이장은 모른다고 했고 예나는 한숨을 쉬며 말했다.

"전 이장님께서 공포에 사로잡힌 사람들의 긴장을 조금이라도 풀게 하려고 가벼운 농담을 하신 것으로 알겠습니다. 하긴 지금 같은 상황에서는 공포에만 사로잡히면 안 되죠, 행동을 취해야 하니까. 그리고 아무리 모른다지만 돈 때문에 악마의 노예가 되겠다는 사람도 없겠죠?"

예나는 잠시 뜸을 들이고 목소리를 조금 더 높여 말했다.

"악마왕 라아느세에르의 노예가 되는 것은 악마의 노리개가 된다는 뜻입니다. 그는 자신의 노리개를 여러 가지 방법으로 괴롭힙니다. 공포에 사로잡히게 하거나 고문을 합니다. 때로는 온몸을 패기도 하고 불에 굽기도 합니다. 하지만 라아느세에르의 노예는 죽지 않습니다. 아니, 죽고 싶어도 못 죽습니다. 그 죽음을 바랄 정도의 고통에서 벗어나는 것은 라아느세에르가 버릴 때입니다. 하지만 라아느세에르는 자신의 노예를 곱게 죽게 하지는 않습니다. 독개미 굴에 던진다고 합니다. 그럼 그 사람은 마지막 살점이 독개미에게 먹힐 때까지 고통스럽게 죽는 것입니다."

예나의 말은 끝났다. 예나의 마지막 말은 제법 격앙되어 있었고 난 기회를 놓치지 않고 자말에게 눈짓했다. 그리고…

"우아아악! 마을을 떠나자! 라아느세에르의 노예가 되면 우리가 이룬 모든 것을 잃고 비참하게 죽는다!"

자말은 크게 떠들었다. 그 말에 사람들은 곧 술렁였고 한두 사람 따라하자 곧바로 모두 마을을 떠나자는 분위기였다.


"어때? 나 잘했냐?"

그날 저녁. 아르티닌은 나에게 이를 갈며 물었고 난 부드러운 미소와 함께 엄지를 올려 보였다. 하지만 그때는 정말 등에 땀이 났었다. 성공했으니 다행이지 실패했으면 아르티닌에게 얼마나 시달렸을 것인

가? 후유~

이건 내가 세운 작전이었다. 아르티닌이 악마로 변하고, 가짜 하이 엘프인 에나를 내세워 사람들을 설득하고, 자말은 선동하고, 나머지는 자말을 돕는 멋진(?) 작전이었다. 물론 거기에 이장이란 걸림돌이 있었지만 에나의 재치로 피해갔다. 오히려 그 덕에 더 효과를 보았다. 그런데 좀 찜찜한 것이…

"그런데 말야, 왜 그 악마의 이름이 라아느세에르인 거지? 그거 내 이름 길게 펼쳐 늘린 거잖아?"

"억울하면 네가 악마로 변신하지 그랬냐?"

쳇. 드래곤이 쩨쩨하게.

그런데 마을 사람들이 무식하긴 정말 무식한 모양이었다. 조금만 생각해 보면 그런 잔인하고 사악한 악마왕이 뭐 하러 이런 곳에 오며, 또 온다고 해도 뭐 하러 사흘의 기간을 주냔 말이다. 그냥 차지해 버리고 사람들은 노예로 만들어 버리지. 이래서 사람은 배워야 해. 쯧쯧.

마을 사람들이 떠나는 준비를 하는 사흘 동안 우리도 바빴다. 헤모스테를 가져가게 할 수는 없는 것. 내 생각 같아서는 헤모스테가 라아느세에르의 부하거나 매개체라고 말하고 싶었지만 그들도 최소한의 머리와 귀는 있는지라 그건 역효과를 불러오는 방법. 그래서 내놓은 방법이 그들의 생명을 가지고 설득하는 것이었다. 여기서 떠나면 며칠 동안 길을 가야 했다. 그러면 사람들 몸이 약해지고 그 약해진 돈은 헤모스테의 공격에 그대로 당해 사람이 죽을 수도 있다고 설명했다. 사람들은 겁이 나서 내 말에 따랐다. 하지만 문제는 그 헤모스테들이 지독하다는 것이었다. 물론 생강즙이 효과는 있지만 그것도 어느 한계가 있었다. 지금 사람들의 몸은 온통 헤모스테로 덮인 사람도 있었다.

"어쩌죠? 이거 생강즙에 목욕을 시킬까요?"

예나가 한숨을 쉬며 물어왔다. 사람들이 자말의 말을 안 듣기는 무척 안 듣는 모양이었다. 지금도 자말이 치료할 때는 불신의 표정을 지었다. 자말의 치료는 효과가 없었다나? 하지만 자말이 하는 말을 무시하고 듣지 않은 사람들은 저들이었다.

"전 항상 목욕을 하라고 했지만 물이 비싸다고 안 했죠. 생강은 냄새가 난다고 많이 안 바르고요. 휴우, 그런데 저 정도일 줄은… 어떻게 저렇게 온몸에 헤모스테가 퍼져 있죠? 저렇게 되고도 살아 있다는 것이 놀라울 따름입니다."

자말은 마을 사람들을 보고 한탄했다. 하긴 그나마 세수는 하니까 얼굴까지는 안 퍼졌지 그게 아니었으면 얼굴도 온통 벌레집으로 되었을 것이다.

"사람이 그렇게 쉽게 죽지는 않죠. 그리고 헤모스테도 많은 양분을 필요로 하는 것은 아니라고 하네요. 하지만 아무리 그래도 오래 방치하면 위험할 겁니다."

"그럼 란셀, 아예 목욕을 시키죠."

다시 말하는 예나. 하지만 지금 사람들 꼴을 보니 좀 더 극단적인 방법이 필요했다.

"아니, 다른 방법이 있어. 일명 헤모스테 잡이 팩."

"예? 헤모스테 잡이 팩?"

예나의 되묻는 질문에 난 그저 웃어주고 죠세프에게 고개를 돌렸다.

"죠세프."

어이, 죠세프. 암만 사람들 몸이 벌레집이 돼서 끔찍이 징그럽다고 해도 예나도 멀쩡한데 너만 구역질하냐고.

"흠흠, 죠세프."

"왜, 왜요? 우욱……!"

그래, 사람 하나 살리는 셈치고 죠세프는 빼자. 뭐, 사람이 많이 필요한 것도 아니니.

내가 만드는 헤모스테 잡이 팩은 우선 주재료가 생강이었다. 그 생강을 감자 녹말에 섞었다. 그리고 또 하나 중요한 것 포일이란 풀. 이 풀은 산에 많이 자라는 풀인데 그 풀의 뿌리에는 포집이란 곰팡이가 자랐다. 본래 포집은 포일의 뿌리에 기생하는데 서로 유용한 물질을 주고받는 공생 관계였다.

그런데 포집을 벌꿀에 놓으면 포집은 독성이 강한 곰팡으로 자랐다. 그 독성이 강해진 포집을 같이 섞어야 했다. 그렇게 팩을 만들어 사람의 몸에 붙이는데 붙인 후 세 시간 정도 후에 떼어내는 것이었다. 이 방법은 원래 사막에서 쓰던 방법이었다. 이 팩을 쓰면 효과는 확실하지만 사람들이 팩을 붙이고 있는 동안 무척 고통을 당했다. 붙인 곳이 매우 가렵고 쓰리고 뜨겁다고 한다.

흠… 내 설명이 부족한 것 같은데 아무튼 엄청 고생하기 때문에 나중에 헤모스테에게 끔찍하게 죽더라도 헤모스테 잡이 팩은 다신 안 쓴다고 했다. 그래서 사막에서도 마지막 방법으로만 쓰는 방법이었다. 그리고 지금 이 샹마레제 사람들은 그 마지막 방법 외에는 다른 방법이 없었다.

홍! 천벌이다. 고생 좀 해봐라.

"그런데 그게 잘 될까요? 사흘 안에 그것이 완성될지……."

자말은 걱정스러운 모양이었다.

"사흘이 아니라 이틀입니다. 그래야 사흘 후 떠나죠. 그리고 걱정 마세요. 곰팡이가 자라는 속도는 상상을 초월하니까. 약은 금방 완성 됩니다."

다리온이 자말을 안심시켰다. 그러고 보면 다리온도 그 팩에 대해 알고 있는 모양이었다. 하긴 자칭 대현자라고 하는 다리온이니 저 정도 지식은 있겠지.

"으흐흐흑."

사람들은 온몸을 비틀어댔다. 팩을 바른 후 그 고통 때문이었다.

"풀어줘! 가, 가려워! 쓰, 쓰려!"

사람들이 이렇게 외쳤지만 그나마 말을 하는 사람들은 좀 나은 사람 이다. 대부분의 사람은 말도 못하고 있었다. 그래도 난 나의 일을 하련 다.

사람들에게 팩을 바르며 몸을 마비시키는 약을 먹이길 잘했다는 생 각이 들었다. 마비시켜 놓지 않았으면 벌써 팩을 떼어내고 긁었을 테 니. 참고로 마취는 전혀 안 시켰다. 마취를 한다고 이상하게 되는 것은 아니지만 글쎄, 천벌이라니까. 산을 저 모양으로 만들었으면 벌을 받 아야지.

"크으악!"

그리고 한쪽에서는 사람들에게 붙였던 팩을 떼어내었다.

으윽! 너무 징그러~

떼어낸 팩은 그 면이 우툴두툴했다. 당연한 것이 피부에 그런 벌레 집이 생겼으니 피부는 당연히 곰보처럼 구멍난 자국이 있을 테고, 그 구멍으로 팩이 밀려 들어갔으니 팩에는 그 파인 자국이 나타난 것이었다. 그리고 팩에 붙어 있는 헤모스테… 아직도 꿈틀거렸다. 그리고 피부는… 이게 사람의 피부냐, 아니면 현무암이냐. 온몸이 벌집 같은 벌레집투성이였다. 비록 헤모스테는 다 떨어져 나와 없었지만 징그러운 것은 어쩔 수 없었다.

그것을 보던 이브린은 헤모스테에 감염된 것도 아니면서 몸을 긁어댔고 죠세프는 결국 토해 버렸다. 으아~ 그리고 나도 오늘 밥은 다 먹었다. 윽!


마을 사람들의 이동은 순조로웠다. 난 그들에게 도시로 가라고 충고했다. 그 정도의 돈이면 도시에서도 얼마든지 떵떵거리며 살 수 있다고 했고, 또 사실이었다. 하지만 그건 일반적인 삶의 일이고 어리석기 그지없는 그들은 분명 사기를 당하거나 분별없는 낭비로 금방 빈털터리가 될 것이다.

그럴 것을 짐작하면서도 도시로 가라고 한 이유는 도시는 이미 개발된 곳이기 때문이다. 따라서 그들은 그들이 정착한 도시에서 그냥 즐기면 되지만 만약 사람이 별로 없는, 개발되지 않은 곳으로 가면 제2, 제3의 샹마레제가 생길 것이고, 또 그곳의 소박하게 살던 사람들이 샹마레제 사람들에게 물들지도 모르기 때문이다. 어쨌든 그들이 도시에서 거지가 되든 뭐가 되든 그건 그들의 업보였다. 그들이 가진 부는 허락된 부가 아닌 그들의 행위에 대한 업보의 무게이기 때문이다.

"모두 떠나는군요."

자말은 사람들을 보며 중얼거리듯 말했다.

"그나저나 데리카 씨에게는 미안하군요, 일자리를 뺏어서."

"하하, 괜찮습니다. 다른 곳에 자리를 알아보면 되니까요. 전 오히

려 홀가분합니다. 그리고 저 사람들 졸부라서 그런지 돈을 잘 쓰거든
요. 돈도 제법 벌었고… 또 헤모스테 전까지는 별로 할 일이 없어 공부
를 해서 저에겐 여러모로 이익이었으니까요. 그건 그렇고… 저야 악마
왕 라아느세에르가 오지 않을 것을 아니 천천히 짐 정리를 하려고 하
지만 여러분은 어째서 계속 있습니까?"

"할 일이 있어서요."

사람들은 떠나갔지만 아직 할 일은 있었다. 헤모스테도 박멸시켜야
했고 신관도 불러와 정화도 해야 했다. 메리코산의 약효도 중화시키고
산사태 방지로 나무는 몰라도 풀이라도 심어야 하고… 헥헥. 애고애고,
갑자기 일이 많아졌네? 아, 또 있다. 마을 회관을 뒤져야지. 비싸고 귀
한 것들이 얼마나 많은데. 우선 미스릴로 된 문고리부터 떼고… 그리
고 마을 사람들 집도 뒤져야겠지? 흠, 어차피 마을 사람들이 버리고 간
것이니까 도둑질은 아니다. 잊거나 급해서 놓고 간 것도 아니었다. 안
가지고 간 것이다. 그렇다면 차지하는 사람이 임자지. 또 우린 아직 수
고비도 못 받으니까 그것으로 대신해도 되고.

난 그 물건들을 아르티닌의 레어로 전송했다. 드래곤의 레어가 대부
분 그렇듯이 아르티닌의 레어도 평소에는 보통 레어지만 이렇게 아르
티닌이 나돌아다닐 때는 그 마법진을 발동시켜 영구 마법이 발동되게
했다.

"호오, 여기서 네 레어까지 전송이 가능하구나. 난 또 네가 이브린의
생명을 늘려주는 데 마력을 대부분 써서 불가능할 거라고 생각했는
데."

"그런 생각을 하는 인간이 이런 부탁을 해? 걱정 마, 내 레어와 난
차원으로 연결된 통로가 있어서 특별히 마법없이도 전송이 가능해."

그래? 그랬단 말이지? 그럼 앞으로 아르티닌 레어를 종종 이용해야지. 좋은 물건 생겼다 가지고 가지 못하면 너무 억울하잖아. 그리고 예나 몰래 돈을 빼돌릴……

"어머! 아울, 그럼 우리 돈도 저장시켜 주세요. 가지고 다니기 무겁고 불편하고……."

예나였다. 에잉~ 작전 취소. 아무튼 아르티닌도 그런 방법이 있었으면 진작 알려줄 것이지 내가 이렇게 생각하고 말하자 그제야 말하다니… 어쨌든 지금 우린 확실한 보관소 하나 얻었다.

아르티닌은 다른 드래곤도 그렇지만 특히 자존심과 자긍심이 강해 우리가 맡긴 것을 슬쩍할 리도 없고 오히려 없어지면 변상할 것이기 때문이다. 아무튼 아르티닌은 신관을 데리러 갔고―당연히 공간 이동으로―나머지는 헤모스테 박멸, 메리코산 중화를 하기로 했다.


헤모스테 박멸은 세 단계이다. 우선 마을에 있는 모든 물을 쏟아서 마을을 질척하게 만들었다. 헤모스테는 워낙 건조한 곳에 살던 놈이라 습기에는 약했다. 그 다음 마을에 있는 생강을 모두 모아 즙을 내서 쭉 뿌렸다. 헤모스테는 생강즙에 약하니까. 마지막으로 마을 전체를 생강밭으로 만들기로 했다. 헤모스테가 생강에 약하므로 그 냄새만으로도 근처에 오는 것을 방지할 수가 있다. 생강즙을 내는 것은 그 효과를 극대화해 헤모스테를 죽이기 위한 것이다. 생강씨는 마을에 많이 있었다. 자말이 미리 저장해 놓았던 것이다. 아마 세월이 지난 후 여기를 지나는 사람은 거대한 야생 생강밭을 보게 될 것이다. 신의 꽃밭에서 란셀의 생강밭으로 변하는 역사적인 순간인가? 팻말은 얼굴 간지러워 못 만들겠군.

메리코산은 좀 골치 아픈 것이었다. 그 지독히 독한 약은 효과가 오래가는 것으로 마을을 생강밭으로 만들든 산에 풀을 심든 우선 메리코산을 처리해야 했다. 우선 메리코산을 없애는 가장 바른 방법은 흙을 불로 굽고 다른 흙과 섞는 것이다. 흙을 불로 구우면 메리코산의 약효가 보다 빨리 날아가기 때문이다. 하지만 그건 완전한 해결책도 아니고, 또 우리의 인원으로도 불가능하고 무엇보다도 다른 살아 있는 흙이 없어서 쓸 수가 없는 방법이었다.

"마을의 모든 집을 불태웁시다."

다리온이 제안을 했다.

"마을에 있는 집은 대부분 고급 나무로 된 것입니다. 그러니 집들은 부숴서 마을 전체에 깔고 불을 지르는 겁니다. 그러면 메리코산이 그 열기로 빨리 날아갈 것이고 남은 재는 메리코산을 중화시킬 겁니다. 메리코산은 강산성의 약이기 때문에 알칼리성인 재를 씀으로써 그 효과를 볼 수가 있지요."

"그렇군요. 그리고 보니 마을 회관 안의 서고에도 책이 많아요. 나무만 태우면 처음엔 불이 잘 안 붙으니 책도 같이 태우죠."

우린 자말을 쳐다보았다. 분명 부~운명 자말이 말하기를 학교를 없앴다고 했다. 그리고 마을 사람들은 무식하다고 했다. 그 무식은 우리가 확인했다. 오죽하면 다리온이 '전에는 사람들이 똑똑하고 현명했는데 이런 천지가 개벽할 일이'라고 했을까. 그런데 서고? 책? 이게 뭔 말이야?

"그, 그런 눈으로 보지 마세요. 그 책들은 전부 무슨 지식을 담은 책이 아니라 성인용으로 내용이 그렇고 그런 책이라고요."

그래? 그럼 태우자. …아니지, 몇 권 정도는 꼬불칠까?

"그렇다면 그런 쓸모없는 책은 모두 태우기로 하고, 또 태울 건 없습니까?"

흑, 야속한 다리온. 완전 보수주의자. 어째서 쓸모없다는 거야?

하지만 난 이미지 관리상 다리온의 말에 동의를—흑—했다.

"참, 목화 기름이 있어요."

자말이 또 태울 것을 생각해 냈다.

"좋습니다. 그 외에 다른 기름도 있으면 같이 태우기로 하고… 우선 땔감부터 모을까요?"

말이 땔감이다. 집을 부수는 것이 얼마나 힘든 일인데. 죠세프는 마법과 검기로 부수고 이브린은 칼과 철퇴로—여자가 힘도 좋아요, 정말—부수고 난… 나도 검기다. 비록 검 실력은 형편없지만 검기 하난 자신 있으니까. 예나와 다리온, 자말은 책과 기름을 모으기로 했다. 그런데 어째서…

"거길 부숴야지요, 거긴 우선 놔두고요."

페디가 감독이냐고.

아르티닌이 스무 명의 신관들을 데리고 왔을 때 마을 전체는 한바탕 태워지고 흙과 재가 섞인 후였다. 이런! 깨끗한 아르티닌과 재와 흙에 뒤범벅이 된 우리와 너무 차이난다.

"저희들의 정화가 얼마나 효과가 있을지는 모르지만 최선을 다해 능력을 최대한 발휘하겠습니다."

이미 아르티닌에게 말을 듣고 온 신관들은 우리와 인사를 하자마자 정화부터 시작했다. 신관들이 겸손하게 말하긴 했지만 많은 도움이 될 것이었다. 헤모스테야 마법 생물이 아니니 어쩔 수 없다 해도 메리코

산에 의해 죽은 땅은 정화 마법으로 더 빨리 되살아날 수 있을 것이다. 그리고 그 신관들에게 고마운 것은 우리와 같이 나머지 일을 해준 것이었다.

산에 풀씨를 뿌리고 마을 터에 생강씨를 뿌리고… 역시 자비의 여신인 엘렌디아 여신의 신관다운 행동들이었다. 감사합니다, 엘렌디아 여신이여. 이렇게 좋은 신관들을 보내주셔서.

"저희는 아울 씨에게 사정을 듣고 여러분의 계획을 들었지요. 그래서 나무 묘목을 좀 가져왔습니다."

이렇게 나무도 가져온 것이었다. 그리고 풀과 생강, 나무에 축복까지 걸어주었다. 그뿐만이 아니라 우리에게도 정화해 주고 축복을 내려주었다. 우리가 그 신관들에게 사례를 하려고 하자 그들은 그것을 받지 않았다. 자신들은 신관의 본분을 행한 것이라며.

"정말 존경스런 분들이군요."

이브린은 공간 이동으로 떠나는 신관들을 보며 그렇게 말했다. 처음 올 때야 위치를 모르지만 갈 때는 가는 곳 위치를 아니 공간 이동으로 가는 것일 것이다. 그런데 엘렌디아 여신의 신관치고는 마법을 잘하네?

"그렇군요. 저런 신관도 드물죠. 나중에 저 신관들이 있는 신전에 기부를 해야겠어요. 아울 씨, 저분들이 어디에 계신 분들입니까?"

다리온도 신관들을 보며 칭찬했다. 그리고 다시 아르티닌에게 물었다.

"좀 먼 곳에 계십니다. 그리고 공간 이동으로 다녀와서 솔직히 어딘지는 잘 모르겠습니다. 다만 저분들은 마나스 신의 신관들인데 전에 그 신전이 있는 곳에 가본 적이 있어서 그곳에 가서 모셔왔죠. 아무래도 마법에 대한 능력은 마나스 신관이 가장 강하니까."

"아쉽군요."

다리온은 그들이 떠난 방향을 보았다. 정확히 말하면 그들이 공간 이동으로 사라진 곳이지만 나도 아쉬워서 그곳을 보았다. 정말 만나기 힘든 훌륭한 신관이었기 때문이다. 흠흠, 그런데 엘렌디아 여신의 신관이 아니라 마나스의 신관이었어? 어쩐지 마법을 잘 쓰더라. 다른 신의 신관은 신성 마법 빼고는 마법을 안 쓰거나 쓴다고 해도 거의 초보 수준인데 역시 마법의 신인 마나스의 신관이라 공간 이동도 가능하군. 그런데 어째서 엘렌디아 여신과 마나스 신의 신관의 옷은 같아서 사람 헷갈리게 하는 거야. 저기… 엘렌디아 여신님, 아까 고맙다는 말 취소할게요. 그리고 부탁이 있는데 저 대신 그 고맙다는 말 마나스 신께 전해주실래요?

"그런데 마나스 신의 신관이면 엘레디아 여신의 신관보다 강한가요?"

약간의 시간이 흐른 후 이브린이 궁금하다는 듯이 물어왔다.

"아니, 각 신들의 능력이 다르니까. 아까 신관들이 정화와 축복을 했지? 그런데 그중에 정화의 능력은 마나스 신관이 다른 신들 중에서 가장 강하지. 하지만 축복의 능력은 엘레디아 여신의 신관이 강해. 아무래도 엘렌디아 여신은 자비의 여신이고 마나스 신은 마법의 신이니까. 하지만 지금 우린 정화의 능력이 더 필요했었으니 아울이 마나스 신의 신관을 모셔온 거야."

"그렇군요."

"참, 우린 이제 어쩌죠?"

예나가 정신을 차리고 물어왔다. 어쩌긴 뭘 어째? 우리도 할 일은 다

했고 챙길 건 다 챙겼으니…

"우리도 떠나야지. 저 길로 쭉 가면 내일 저녁 늦을 때쯤 다른 마을이 나온다고 했으니. 솔직히 여기에선 더 있기 싫어."

"나도 그래요."

"빨리 가요."

우린 만장일치—그럼 찬성 안 하면 여기에 남으리?—로 의견을 일치시키고 샹마레제를 떠났다.

제十장
영생의 열매

상마레제에서 일을 끝낸 것까지는 좋았다. 하지만 이제 어디로 가
지? 상마레제에서 가장 가까운 마을인 상밀에서 하루를 지낸 우린 자
말과 헤어지고 이것에 대해 고민했다. 뭘 하나… 그 일에 고민하던 우
리는 큰맘 먹고(?) 잠시 휴식을 취하기로 했다. 물론 관광을 겸해서.
흑, 내가 원래 계획한 일이 이건데… 놀고 먹기. 큰맘 먹고 어쩌다 일
하기. 지금은 반대다. 에고, 이러다간 빨리 늙지.

"여기서 북쪽으로 가면 프로마뉴란 나라가 나옵니다. 그리 큰 나라
는 아니지만 땅이 기름지고 비옥한 평야로 이루어진 나라로 특히 프로
마뉴의 수도인 바릴 시의 시장은 유명하죠. 낮에 열리는 생활의 활기
에 넘치는 낮시장, 서늘한 밤을 뜨겁게 달구는 축제와 같은 북적대는
야시장, 생활의 활기를 주고 싼 만큼 물건 살 맛 나게 하는 새벽시장,
사람들 만나는 즐거움과 삶의 무게가 담긴 손때 묻은 물건을 살 수 있

는 벼룩시장, 그리고 짜릿하면서도 은밀한 재미가 있는 암시장. 관광을 하려면 여기만큼 좋은 곳도 없을 겁니다. 거리가 좀 멀기는 하지만 교통편이 좋아 편하고 빠르게 갈 수도 있고요. 저도 한번 들렀으면 했던 곳입니다만 뭐 싫으시다면……."

다리온은 우릴 너무 잘 아는 것 같다. 그렇게 멋있게 설명하고 뒷말에 슬쩍 싫으면이란 말을 넣다니… 더 가고 싶어지잖아.

"안 됩니다."

우리가 모두 다리온의 멋진 말에 넘어가기 바로 직전 막아서는 사람이 있었으니 그 이름하여…

"왜 그래, 죠세프?"

"낮시장과 야시장, 또 새벽시장, 벼룩시장 모두 좋습니다. 하지만 암시장이라뇨. 그건 금지된 물건을 사고파는 범죄가 아닙니까? 어떻게 그런 곳을 관광지로 추천하시는 겁니까? 란셀이라면 모를까 다리온 씨가 그런 말을 하시다니 정말 의외입니다."

우리의 바른 생활 사나이, 죠세프였다. 참고로 말하자면 우린 여러 번 사람을 속인 일이 있는데—강조한다. 절대 선의의 사기다—그 계획을 짠 사람이 죠세프임을 강조하고 싶다. 근데… 우쒸, 왜 다리온은 의외고 난 아닌데?

"아, 그건 죠세프의 말이 맞지만."

다리온은 죠세프의 말에 동의를 하고—아, 글쎄 왜 동의를 하느냐고. 내가 뭘 어쨌길래? 흠흠, 좀 찔리긴 하지만—말을 이었다.

"에… 여기선 암시장도 관광 상품입니다. 간단히 말하자면 국가의 허가를 받은 어엿한 시장이라 이겁니다. 세금도 꼬박꼬박 내는 그런 합법적인 시장이라 이거죠. 하지만 사람의 심리란 것이 그렇잖습니까?

좀 돌출된 행동도 하고 싶고 금지된 물건도 사고 싶고… 아무튼 모든 사람들 마음속에는 규정된 틀에서 일탈하고 싶은 욕망이 있습니다. 그 점을 이용한 것이죠. 합법적인 시장이긴 하지만 마치 은밀한 거래를 하는 시장처럼 느껴지게 하는 거죠. 아닌 게 아니라 분명 합법적인 물건이지만 사람들이 드러내고 사기 힘든 물건을 판다고 하더군요. 정말 암시장에서 거래하듯이 은밀히. 그러면 사람들은 호기심에든 필요에든 좀 그렇고 그런 물건을 살 수도 있고 거기에다 여러 가지 도덕과 관습, 법에서 잠시 일탈하는 쾌감도 맛볼 수가 있는 겁니다. 어떻게 보면 암시장이야말로 프로마뉴에서 가장 성공한 관광 상품이라고도 할 수가 있습니다. 덧붙이자면 바릴의 암시장에서는 흔히 생각하는 그런 불법적인 것은 없습니다. 다만 법과 도덕이 허용하는 한도 내에서 좀 그런 물건을 팔죠. 드러내 놓고 사기 좀 그렇고 그런 물건들 말입니다."

"저… 그런데요? 그렇고 그런 물건이 뭐예요?"

가끔가다 순진한 예나의 질문에 다리온도 입을 다물었다. 다른 사람도 입을 다물었다. 흠, 그럼 댁들은 아는 건가, 그렇고 그런 물건을?

"맞아요. 그렇고 그런 물건이라니. 그것을 알고 가는 것이 옳다고 봅니다. 혹시 불법적인 물건일 수도 있을 수 있으니까."

"어이, 죠세프. 그런 물건을 알고 가자니. 넌 대체 뭐라고 생각하는데?"

"글쎄요… 칼이나 창 같은 불법 무기, 독, 도둑질한 장물, 왕궁 지도……."

얼씨구, 잘도 뽑아댄다.

"대체 지금 시대가 어느 시댄데 그런 소리야? 무기? 우리가 묵는 옆이 대장간이고 그 대장간 옆이 무기 가게잖아. 우리 앞에 있는 가게가

약도 팔고 독도 파는 데잖아. 안 보여? 그리고 장물이나 왕국 지도는
법과 도덕이 허용하는 것이 아니잖아."

"그, 그렇군요. 그럼 뭐죠?"

죠세프도 가끔은 순진하다.


상밀에서 닷새 거리. 이건 마차를 타고 가는 시간이다. 말 타고 빨리
가면 이틀인 왕국 프로마뉴. 프로마뉴 국경에서 이틀을 더 가면 바릴
이 나온다. 바릴에 도착한 우린 '와!' 하는 탄성이 나왔다. 프로마뉴
한가운데 위치한 수도 바릴. 규모는 작았지만 화려했다. 그리고 당장
에 보인 것은…

"시장이 정말 크군요."

"그렇죠? 여기가 남쪽 시장이고 동, 서, 북으로 이런 규모의 시장이
하나씩 더 있다고 합니다. 그리고 중앙시장이 있는데 그 중앙시장은
여기보다 훨씬 작고 암시장이나 야시장은 없지만 최고급 물건들만 파
는 고급 시장이라고 합니다. 중앙시장에서 파는 물건은 최소한 일반
서민 한 달 생활비 정도의 값어치가 있는 물건이라죠? 참고로 중앙시
장 외에 네 개의 시장은 낮시장과 야시장, 새벽시장만 열리고 벼룩시장
은 사람들 주거지에서 열린답니다. 원래 벼룩시장이란 쓰던 물건을 개
인적으로 파는 시장이니까요. 그리고 그 유명한 암시장은 여러 군데
흩어져 있다고 합니다. 암시장이다 보니 정식으로 속한 시장은 없고
점 조직으로 이루어진 겁니다. 물론 이것도 암시장의 은밀함을 보여주
려는 것입니다. 그리고 각 암시장마다 주력 상품이 따로 있고요. 그리
고 암시장을 찾아가는 것은 시장 상인에게 물어보면 되는데, 물어보면
시장 상인들은 귓속말로 해준다고 합니다. 암시장의 재미를 더 극대화

시키려는 상술이죠. 재미있는 점은 각 시장에서 가장 치안이 잘된 곳이 바로 암시장이라고 하더군요."

다리온의 설명으로 그곳에 대해 조금 더 잘 알 수가 있었다. 어느 나라나 불법인 암시장을 국가 차원에서 관광 자원으로 활용한다. 대단한 상술이었다.

이 프로마뉴는 산이 없는 평야에 세워진 나라로 교통의 요지였다. 거기에 도로를 닦고 많은 운하를 만들어 논과 밭에 물을 대고 많은 물자를 나를 수 있게 한 것이었다. 따라서 많은 물자가 프로마뉴를 지났다. 처음엔 단순한 중계 무역을 하던 프로마뉴는 그것을 기반으로 수도인 바릴에 시장을 만들었고 이젠 중계 무역보다 그 시장에서 더 많은 돈을 번다고 했다.

이런 프로마뉴가 다른 나라의 침략을 받지 않는 것은 첫째, 프로마뉴 주변의 나라의 힘의 균형 때문이었다. 한 나라가 프로마뉴를 침공하면 한 나라에 강한 경제력이 생기는 것을 두려워한 다른 나라들이 가만히 있지 않기 때문이다. 둘째, 프로마뉴의 군사력 자체는 약했다. 하지만 그 군대의 반이 마법사 군대라 상대하기도 까다로운 데다 무엇보다도 독으로 싸우는 군대였다. 극독을 뿌리거나 무기에 발라서 사용하는데 프로마뉴 쪽은 해독약을 먹으니까 상관없지만 상대하는 군대는 그대로 손도 못 쓰고 즉사를 했다. 그러니 함부로 프로마뉴를 침공하면 자신이 먼저 죽으니 군사적으로도 안전한 프로마뉴는 더욱 번창을 했다.

"군대에서 주력 무기로 독을 쓸 정도라면 그만큼 연금술이 발달했다는 겁니다."

다리온은 그렇게 말했다. 하지만 프로마뉴의 정세가 어떤지는 상관

없었다. 지금 프로마뉴는 번창했고 누가 쳐들어올 걱정이 없는 안전한 나라였다. 그리고 바릴에는 유명한 시장이 있었다. 그게 지금 우리에 겐 가장 중요했고.

"우리 그런 머리 아픈 말 그만 하고 관광이나 해요."

이브린 말이 맞았다. 내가 언제부터 나라의 정세에 관심이 있었다 고… 뇌를 혹사시키지 말고 눈이나 즐겁게 해야지.

"그래, 나가자!"

우린 이구동성으로 외쳤고 난 현실적인 문제를 제시했다.

"예나, 돈 줘."


바릴의 낮시장은 정말 생활의 활기가 넘치는 곳이었다.

"와~ 예나, 이거 예쁘지 않니?"

"어머, 언니는 이게 뭐가 예뻐요. 이게 더 나은데."

여기서 참고로 이브린은 비싼 것을 예나는 싼 것을 가지고 이야기하 는 중이다. 그리고 우리 남자들은 아무 소리도 못하고 질질 끌려 다니 며 그저 밥이라도 사주기를 바랄 뿐이었다. 아직도 예나와 이브린은 물건을 가지고 티격태격이다. 배고파라… 대체 몇 시간째냐. 이제 저 녁인데… 에고, 야시장이나 제대로 구경해야지.

바릴의 야시장은 낮의 시장과는 그 분위기가 달랐다. 사실 관광객은 야시장을 더 찾는다고 한다. 그 이유는 야시장은 당연히 밤에 여는 것 이라 휘황찬란하게 불을 켜놓는데, 그것 때문에 축제와 같은 분위기가 나기 때문이다. 게다가 야시장 하면 낮시장에서는 느낄 수 없는 운치 가 있었기에 낮시장보다 사람이 더 많았다.

"낮에는 자고 밤에 야시장만 보러 오는 관광객도 많다고 하더군요."

다리온의 설명이 아니더라도 사람들의 모습에선 피곤함을 찾아볼 수가 없었다. 우리도 저녁때 약간 자두어서 다행이었다. 아니었으면 지금 피곤해서 돌아다니지도 못했을 것이다.

"그런데 암시장은 어떻게 가죠?"

야시장도 멋있긴 했지만 난 암시장이란 곳이 궁금했다. 합법적인 암시장이라니 어떤 곳인지 궁금하기도 했고 흔히 볼 수 없는 희한한 물건도 나온다고 하니 구경을 가볼 만도 했다.

"여기 상인들에게 물어보면 될 겁니다. 제가 물어보죠."

다리온이 주변의 상인에게 물어보자 그 상인은 암시장의 위치를 알려주었다. 암시장은 여기 남부 시장과 동부 시장의 사이에 있는 낡은 판자촌에서 열린다고 했다. 프로마뉴 같은 부유한 나라에 무슨 판자촌일까마는 암시장은 그런 곳이 분위기에 맞는다고 일부러 만든 거라고 했다.

우린 상인이 알려준 방향으로 갔다. 그리고 얼마 가지 않았을 때 상인의 말대로 판자촌이 나타났다.

"생각보다 가깝네요?"

"그렇군. 그런데 정말 언제 범죄자가 튀어나와도 이상하지 않을 그런 분위긴데?"

죠세프와 내가 이런 말을 주고받고 있을 때 눈앞에서 웬 사람이 지나갔다.

"저 사람, 순찰대원입니다. 저걸 보시지요. 바지춤을 묶은 끈이 좀 길다고 생각되지 않습니까? 아마 오랏줄일 겁니다. 그리고 그냥 술에 취한 사람으로 보이지만 동작이 절제되었고 저 술병만 해도 목이 긴 것이 딱 손잡이죠? 음, 뭉툭한 것이 맞으면 정말 아프겠군. 여기서는 순찰대원이 다 저런 위장을 한다고 하죠. 으슥한 밤 골목 분위기도 낼 겸, 자연스런 위장도 할 겸 저런 순찰대원 덕택인지 여긴 깡패나 도둑, 강도, 소매치기 같은 부류의 사람들이 없다고 합니다."

다리온의 설명으로 또 한 가지를 알게 됐다. 이거 나중에 카샤니안에 가서 이런 사업이나 할까?

이런 쓸데없는 생각을 하면서 가는데 갑자기 페디가 한구석을 가리켰다.

"저, 저기요. 저길 봐요."

페디가 가리키는 곳에는 웬 사람이 엎드려 있었다.

"에이, 순찰대원 아냐?"

방금 전 다리온의 말도 있었고 해서 난 순찰대원으로 단정했다. 하지만 페디는 날아오르더니 다급히 말했다.

"아, 아니에요. 저 사람 죽어가요."

"응? 가만. 그러고 보니 은은히 피 냄새가 나는데? 가봐야겠어!"

아르티닌이 다급히 외치고 그 사람에게 뛰어갔다. 우리도 아르티닌의 뒤를 따라 뛰어갔다. 그리고 그곳에서 본 것은 피를 흘리고 있는 사람이었다.

"이, 이런!"

우리가 놀라고 있을 때 몇 명의 사람들이 다가왔다. 옷 입은 것을 보니 아까 본 술 취한 복장의 순찰대원들이었다. 그들 중의 한 사람이 급히 그 사람을 업더니 우리에게 따라오라고 하고는 뛰어갔다.

"으… 으… 여… 영… 새앵… 여엉… 새… 헉헉……"

쓰러졌던 남자는 업혀가는 도중 계속 기어 들어가는 목소리로 한 가지 말만을 하고 있었다.

"가만히 계세요. 자꾸 말하면 힘이 빠집니다."

순찰대원은 뛰어가면서 쓰러졌던 남자에게 말을 하며 우리를 바라보았다.

"죄송합니다. 사실 전 이곳의 순찰대원인 렉스 아이악이라고 합니다. 이런 사건이 생기다니… 제가 여기서 근무한 이래 처음 있는 일입니다. 여러분에게 같이 가자고 하는 건 여러분들이 목격자이기 때문에 상황 설명을 해주셔야 하고, 또 그런 이유로 위험에 노출될 수도 있어서입니다."

그런 말을 하는 도중 우린 병원에 도착했다. 아무튼 렉스란 순찰대원 체력 하나는 대단했다. 쓰러진 남자는 제법 무거워 보였는데 그런 남자를 업고 달리면서 우리와 이야기를 하고, 또 숨도 그리 차 보이는 것 같지 않았다.

"저… 저와 같이 좀 가주시겠습니까? 아무래도 목격자의 증언이 필요하니."

"글쎄요, 증언이라니… 우린 우연히 발견한 겁니다. 그리고 아이악 씨가 발견한 때와 거의 동일한 시간이에요. 우리도 원래는 발견하지 못할 뻔했지만 우리 일행 중 감각이 뛰어난 사람이 있어서 은은한 피 냄새를 맡은 겁니다."

난 아르티닌을 가리켰다. 여기서 페디를 말할 수도 있지만 페디는 드래곤. 그것도 사람들이 거의 본 일이 없는 페어리 드래곤이라 자칫하다간 오해를 살 수가 있기 때문에 페디에 대해서는 말을 하지 않았다.

"그렇습니까? 하지만 그것만이라도 증언해 주시겠습니까? 사건의 실마리는 의외의 곳에서 나오니 그 의외가 여러분의 증언에서 착안될지도 모르니까요."

이렇게 말하는 데야 안 갈 수도 없었다. 또 안 가면 엉뚱하게 우리가 의심을 받을 수도 있기 때문에 우선 우리는 렉스를 따라갔다.

"그 사람은 중상이지만 다행히 살았습니다. 앞으로 사흘 후면 움직일 수 있을 겁니다."

렉스는 우리와 만나서 그 말부터 꺼냈다. 어젯밤에 우린 렉스와 함께 관청으로 가서 조서를 꾸몄다. 별다른 내용 없이 렉스에게 한 말이 전부였다. 그런데…

"아무리 감각이 뛰어나도 피가 흘러야 그 냄새를 맡을 겁니다."

렉스가 한 말이었다.

"맞습니다. 그 말은 이미 그 남자가 칼에 찔린 상태라는 것입니다."

이건 내가 한 말.

"그런데 중요한 것은 목격자들이 피해자를 보기 직전 우리 순찰대원을 보았다는 겁니다. 그중 한 사람이 우리가 지나가는 것을 보고 우리 대원에 대해 설명을 했다고 하니까요."

다시 렉스. 렉스는 자신의 생각을 우리에게 말했다.

"그 말은 이미 그전에 칼에 찔렸다는 것입니다. 하지만 우리 대원도 그 목격자들도 비명이나 가해자가 떠나는 소리를 듣지 못했다고 합니다. 그것으로 보아 피해자는 꽤 오래전에 칼에 찔렸다고 보여집니다. 그곳에 있는 우리 순찰대원은 적지 않은데 아무도 발견을 못했다는 것은 범인이 그만큼 실력이 있다는 뜻입니다. 즉, 단순 사고가 아니라 계획된 범죄라는 것이죠."

이런 결론이 나왔던 것이다. 내가 그것을 대단ㅎ게 생각하자 죠세프가 하는 말이…

"그걸 안 순찰대가 대단한 것이 아니라 누구나 알 수 있는 일을 몰랐던 란셀이 문제죠."

으악! 죠세프 너!

어쨌든 이번 일은 순찰대에서 더 높은 곳을 간다고 한다. 산이나 언덕이 아니라 더 높은 권한을 가진 부서로 간다는 말이었다. 그건 이렇게 볼 수가 있었다. 일의 상황이 순찰대의 선을 떠났다라고. 그런데 왜 우리까지 같이 가야 하지? 증언은 이미 끝났는데. 더 싫은 건 거기서 한 말 또 해야 한다는 것이다.

지겨워, 우리가 앵무새도 아니고. 게다가 증인 보호까지 받아야 한다나 뭐라나. 드래곤에 소드 마스터, 드래곤에게까지 덤비는 무서운 여검사까지 있는 일행이 보호를 받아야 하다니…… 하지만 난 같이 가는 것에 별로 불만은 없었다.

순찰대원들이 우리를 몰라서 놓친 것이 있었다. 아르티닌은 드래곤이기에 보통 인간보다 감각이 뛰어나다. 당연히 청력도 뛰어나고 페어리 드래곤인 페다나 하프엘프인 에나도 만만찮게 뛰어났다. 그런데 그런 이들이 모두 가해자가 뛰어가는 소리를 못 들었다는 것. 그것이다.

우리가 있던 곳은 암시장의 골목. 그 분위기를 내느라 사방은 조용했었다. 그런 조용함 속에서 그토록 청력이 뛰어난 존재들이 발소리를 못 들었다는 뜻은 피해자가 순찰대원들의 생각보다 훨씬 오래전에 칼에 찔렸다는 말이 된다. 적어도 우리가 암시장에 오기 전에. 그렇다면 피해자는 많은 피를 흘렸을 것이고 당연히 죽어야 정상이었다. 하지만 살아 있었다.

순찰대원의 말로는 피해자가 있던 장소에 피가 많지 않았다고 했지만 내가 페디에게 보고 오게 한 결과 거기에는 아주 작은 수챗구멍들이 서너 개 뚫려 있었다고 한다. 분명 그곳으로 피가 흘렀을 것이다. 그리고 병원에서도 그 피해자가 악성 빈혈인 것 같다고, 그래서 피를 더 흘렸으면 죽었을 것이라고 했다.

하지만 문제는 렉스가 피해자를 업고 병원으로 올 때 아르티닌이 이브린의 부탁으로 약하게나마 치유 마법을 걸었다는 사실이었다. 아무리 약하게 걸었어도 드래곤의 치유 마법이었다. 그런데 그런 치유 마법을 받고도 악성 빈혈이란 뜻은 치유 마법 걸기 전 몸 안의 피가 없거나 있어도 많지 않았다는 뜻이었다. 한마디로 이기 혈액 부족으로 죽었어야 할 사람이란 뜻이다. 그런데 아직까지 살아 있다니… 암만 봐도 트롤도 아닌 사람인데 궁금하지 않겠어? 난 궁금하면 못 참는다. 물론 그 성질은 다른 일행보다야 덜하지만.

하지만 이번 일은 순찰대가 발견한 살인 미수 사건이기 때문에 우리가 아무리 호기심이 동한다고 해도 끼어들 여지가 없었던 것이다. 하지만 이렇게 증인이라는 명목으로나마 끼어들 수 있었으니 그렇게 나쁜 것만은 아니었다.


괜히 말했다. 내가 그 피해자에게서 궁금한 것을 일행에게 말했더니 즉각 반응이 나왔다.

"역시… 란셀은 일을 몰고 다니는 사람이라니까. 꼭 아무 일 없는 곳에 가도 란셀만 가면 일이 생겨."

예나였다.

"그래도 그런 소리 하면 안 돼. 란셀이 원해서 그런 것도 아니고 원래 운명이 그런 걸 어떡해."

때리는 시어머니보다 말리는 시누이가 더 밉다는 것을 느끼게 하는 죠세프의 말이었다.

"흠, 일복은 타고났다는 소린가요? 좋은 겁니다. 누구는 하고 싶어도 할 일이 없어 못하는 사람도 있는데."

다리온도 저런 비꼬는 말을 할 줄 아는구나.

"그럼 우리 한번 란셀을 떼어놓고 다녀볼까요?"

헉! 이브린, 너무해… 흑.

"그럼 안 되지. 란셀이 있어 우리가 모인 건데."

흑, 고맙다, 아르티닌… 역시 너밖에 없어.

"그냥 일이 생기면 란셀이 다 처리하라고 하고 우린 란셀이 일 다 처리할 동안 즐기면 되는 거잖아. 뭐, 란셀이 일하면서 돈도 벌겠다 우린 그냥 놀고 먹지."

아르티닌의 최후의 일격. 치명적인 결정타. 으윽! 나, 란셀 카… 뭐였더라? 너무 충격적이라 내 이름도 다 까먹네. 암튼 네르반 쓰러집니다요.

덜컹.

우리의 이런 화기애매한 대화 중에 누군가 문을 열고 들어왔다. 말라 보이는 얼굴에 세 가닥 수염을 기른 중년의 남자였는데 보통 그런 사람은 소설에서 보면 악인으로 표현되는데 눈빛이 이지적이어서인지 그렇게 보이는 않고 좀 깐깐한 학자풍의 인상을 하고 있었다. 그는 마법사의 로브를 입고 있었는데 고급 재질의 화려한 장식을 보니 궁정마법사 같아 보였다.

"안녕하십니까, 전 궁정 수석 마법사인 렐드 아시그라고 합니다."

자신의 이름을 밝힌 렐드는 우리의 소개를 들은 후 자신이 찾아온 용건을 말했다.

"순찰대원인 음… 그렇군요. 렉스 아이악이란 대원의 말을 들었는데 여러분이 이 사건의 목격자시라고요?"

"사건의 목격자는 아니고 피해당한 사람을 본 것뿐입니다."

난 렐드의 말을 정정해 주었다.

"아, 예, 제가 실수를 했군요. 피해자를 보셨지요? 그런데 혹시 다른 소리는 듣지 못하셨습니까?"

렐드는 말을 하면서 예나를 보았다. 아마 예나가 청력이 뛰어난 하프엘프여서 쳐다본 모양이었다. 그건 내가 생각한 것을 그도 생각한다는 뜻.

"못 들었습니다만."

난 사실대로 말했다. 아르티닌도 예나도 못 들은 걸 내가 들을 리가 없지.

"그런가요? 그럼 그쪽 분은……?"

렐드는 예나에게 물었다.

"저도."

예나의 대답을 들은 렐드는 잠시 고민하는 듯하더니 입을 열었다.

"다시 한 번 생각해 주시겠습니까? 이건 중요한 일입니다. 솔직히 말하죠. 피해자는 헥터 빌라인이란 사람입니다. 나이는 52살. 무엇 때문에 저런 일을 당했는지는 모르지만 계획적인 범행이란 것만은 확실합니다. 그런데 문제는 그 상태입니다. 의사들의 말에 따르면 그는 악성 빈혈이라고 합니다. 그런데 우리가 알아본 결과 그는 부유한 상인으로 매우 건강 체질이었습니다. 절대로 빈혈에 걸릴 사람이 아닙니다. 그런데 의사들의 소견으로는 피가 모자르다고 하더군요. 그래서 다시 자세히 살피니 그는 악성 빈혈이 아닌 출혈에 의한 피 부족이란 결론을 얻었습니다. 그리고 그가 쓰러져 있던 자리엔 피가 많이 없고 근처에 작은 수챗구멍이 있었죠. 그 뜻은 그는 이미 사망에 이를 출혈을 했다는 뜻입니다. 한데 어째서 아직까지 살아 있는지는 의문입니다만……."

"그런데 그것과 우리에게 한 질문과 무슨 관계가 있습니까?"

"제가 말한 건 아직 가설입니다. 제가 들은 바로는 당신들의 일행 중 엘프가 한 분 계시다고 들었습니다. 그리고 정말 계시는군요."

"하프엘프입니다."

예나가 렐드의 말을 정정해 주었다.

"예, 그렇군요. 하지만 그것이 중요한 것은 아니죠. 순수한 엘프든 하프엘프든 청각은 보통 사람보다 뛰어난 것으로 알고 있습니다. 그래서 묻고 싶었습니다. 피해자를 발견하기 전 뛰어가거나 급히 가는 소리를 못 들었는지를 말입니다. 왜냐하면 정말 못 들었다면 제 가설이 맞는다는 말입니다. 헥터 빌라인은 칼에 찔린 후 오랜 시간 상당량의 피를 흘렸습니다. 그리고 당연히 사망해야 정상인 사람이 아직도 살아 있고 오히려 피가 생겨난 것입니다. 그렇다면 이건 단순한 문제가 아닙니다. 그저 한 사람이 칼에 찔린 단순한 사건이 아니라 복잡하고 뭔가 숨겨져 있는 정말 큰일이 생긴 것입니다. 일반적인 상식으로는 풀 수가 없는 그런 일 말입니다."

렐드는 진지했다. 난 좀 뜨끔해서 아르티닌을 보았다. 그러잖아도 어려운 문제를 아르티닌의 치유술로 더 복잡하게 한 것이었다. 하지만 아르티닌은 딴 곳을 보고 있었고… 하긴 다친 사람 치유한 것이 죄가 될 수는 없지. 알고 그런 것도 아닐 테고 또 부탁을 받은 것뿐이니까.

난 아르티닌에게서 눈을 거두고 이브린을… 어이, 이브린, 거기 뭐 있어요?

"전 듣지 못했어요. 아마 마법사님의 생각이 맞을 거예요."

예나는 렐드에게 대답을 했고 렐드의 얼굴 표정이 굳어갔다. 하긴 별 희한한 일을 다 본 나도 어떻게 된 일인지 감이 안 잡히니 아무리 마법사라도 이런 일을 겪어보지 못했을 그로서는 당연한 반응이었다.

"그, 그렇습니까… 그렇군요."

이거… 내가 도와야 할 것 같다. 아니, 도와야지. 그리고 나만 도와서는 안 돼. 뭐? 일은 내가 하고 자기들은 놀고 먹겠다고? 절대 안 되지.

난 재빨리 생각을 굴리고 렐드를 보고 말했다.

"아시그 마법사님, 저희가 돕겠습니다. 저는 아니지만 저희 일행은 오랜 여행과 모험으로 신비한 일에 제법 경험이 있고 그것을 헤쳐 나갈 능력도 제법 됩니다. 만일 도움이 필요하시거나 일손이 부족하면 제 일행들에게 말해 주십시오. 돕겠습니다. 저야 능력이 없어서 도움이 안 되겠지만 제 동료들은 실력이 뛰어납니다. 아마 꽤 도움이 될 겁니다."

나의 말에 렐드의 얼굴이 좀 펴졌다. 내 일행들? 물론 날 잡아먹을 듯이 노려본다. 에이, 하지만 내 일행들이 설마 석인종이겠어?


우리의 적극적인 협조를 얻어낸 렐드. 사실 알고 보니 그가 원한 것도 우리의 협조였다. 우리의 메스나 공국에서의 활약(?)을 들은 것. 이번 일이 오리무중에 빠질 것 같아 여러 가지로 알아보는 와중 우리에 대해서도 안 것이었다. 그러면서 처음부터 모르는 척하고 접근해 오다니… 왜 그랬을까?

"당신들은 관광객입니다. 그런데 비록 피해자를 목격한 사람이고 이번 일이 단순한 일이 아니라도 관광객에게 수사 도움을 요청할 수는 없는 것입니다. 하지만 관광객이 먼저 돕겠다고 나선다면 이야기가 달라지지요."

이것이 렐드의 설명이었다. 음… 듣고 보니 뭔가 속은 기분이다?!

렐드의 수사는 무척 빨랐다. 벌써 피해자의 신원을 알아두고 그가 무엇을 했는지 행방도 이미 확인해 놓았다. 하긴 우리에 대해 하루도 안 돼서 알았으니……

메스나와 프로마뉴는 거리가 상당히 떨어져 있었지만 둘 다 각각 관광이 주 산업인 나라와 상업이 주 산업인 나라인지라 서로 긴밀한 관계를 맺고 있다고 한다. 거리가 멀리 떨어져 있다지만 공간 이동 마법진은 괜히 있는 것이 아니니까. 하지만 그렇더라도 우리의 일을 그 짧은 시간에 알다니… 그건 렐드의 능력이 그만큼 뛰어나다는 소리였다.

"피해자는 헥터 빌라인. 서부 시장에서 '빌라인 잡화상'이란 큰 상점을 운영하는 사람이었습니다. '빌라인 잡화상' 말고도 야시장에서 '헥터의 미소'란 음식점을 경영하고 있습니다. 비록 작은 가게지만 분위기 좋고 저렴한 가격에 맛이 좋아 꽤 잘되는 가게라고 합니다. 그리고 암시장에도 손을 뻗치고 있습니다. 암시장이 모두 그렇듯 등록된 가게는 '헥터 빌라인'으로 실명입니다."

렐드가 소개시켜 주었던 수사대 대장인 레베카 죠인은 우선 숨을 돌리기 위해 말을 멈추었다.

"그런데 어째서 여기 남부 시장에서 칼을 맞은 거지? 3개 시장에 모두 가게가 있으면 바빠서 여긴 힘들 텐데?"

렐드는 궁금하다는 듯이 물었지만 표정을 보아하니 그건 순전히 우리에게 알려주려는 것이고 그는 이미 내용을 알고 있는 듯했다.

"예, 그래서 그의 행적을 추적했습니다. 지난 한 달 간의 행적을 중심으로 살폈지만 특별한 것은 없었습니다. 그리고 사건 당일 아침 일찍 나갔다고 합니다. 집안 사람들 말로는 아침 6시 정도라고 합니다. 그리고 그 뒤는 어디서 무엇을 했는지 전혀 알 수가 없었고 같은 날, 그러니까 사건 당일 23시 정각에 발견되었습니다. 처음 발견한 사람들은 관광을 하던 여기 계시는 란셀 네르반 씨를 비롯한 여섯 분이십니다. 곧 이어 근처를 순찰 중이던 여러 대원들이 발견하였고 순찰대원 중에 렉스 아이악 대원이 직접 병원으로 옮겼습니다. 그리고 헥터 빌라인은 현재 의식 불명입니다."

사실 대단한 것은 없었다. 피해자가 너무 은밀히 행동해서 알아낼 것이 없다는 것 정도?

"그런데 한 가지 새로운 것을 알아냈습니다. 헥터 빌라인이 최근 들어 많은 돈을 사용했다고 합니다. 정확한 액수는 알 수 없지만 상당한 액수라는 것은 확실합니다. 또한 그 돈이 어디에 쓰였는지는 아무도 모른다고 합니다. 그런데 한 가지, 헥터 빌라인은 매우 구두쇠라고 합니다. 전 여기에 사건의 열쇠가 있다고 봅니다."

레베카는 말을 마치고 우리들을 돌아보았다.

"궁금한 것이 있으십니까?"

레베카의 말이 있은 후 난 한 가지 알아야 할 것이 생겼다.

"그런데 우린 대체 뭘 도와야 하죠? 도움을 요청했으면 뭘 해야 하는지 알려나 주셔야죠."

이건 적반하장이다, 확실히. 왜냐? 돕겠다는 말은 그들이 먼저 부탁한 것이 아니라 내가 먼저 했으니까. 하지만 한 가지 확실한 것은 다른 사람이 그러면 적반하장이지만 내가 했으니 당연한 권리 요구다. 흠.

레베카는 잠시 렐드를 보았다. 레베카가 비록 대장이긴 하지만 렐드가 이번 특별 수사대(?)의 총책임자인 모양이다. 렐드는 고개를 끄덕였고 레베카는 다시 우리를 바라보며 말했다.

"좋습니다. 말씀드리지요. 우린 한 가지 사건을 더 맡고 있습니다. 아니, 맡고 있다는 표현은 틀린 것 같군요. 한 가지 제보가 들어왔고 이번 헥터 빌라인 씨의 사건과 관련이 있다고 봅니다. 그런데 저희는 여러분께서 메스나 공국에서 한 일을 들었습니다. 저희 판단으로는 뭔가 신비로운 현상에 대해 많은 지식을 가지고 계신 것으로 판단되었습니다. 이번에 빌라인 사건과 관련있어 보이는 것이 바로 그런 이상한 일입니다."

그렇군. 그렇다면 할 일이 있지. 하긴 그런 것이 아니었으면 일개 관광객인 우리에게 도움을 청할 생각도 안 했겠지. 그런데 아무리 우리가 공국의 대공 부탁으로 일을 했고 렐드가 그 내용을 보고 말았다고 해도 생각보다 우리에 대해 상세히 알고 있었다. 정말 두 나라가 무척 긴밀한 관계인 모양이었다. 물론 렐드의 능력도 한몫했을 테고.

난 여기서 좀 고민했다. 우리 사실은 굉장히 유명해진 것 아냐? 혹시 이러다가 각 나라의 왕실에서 초빙하면 어쩌지? 그렇게 불려 다니는 것은 귀찮은데… 하는 즐거운 고민이었는데…

"아! 그리고 메스나 공국의 대공비가 프로먀뉴의 세 번째 공주님이십니다."

레베카의 말로 귀찮을 일에 대한 걱정은 없어졌다. 그런데 왠지 섭섭하다? 그건 그렇고 15살짜리 애가 장가를 갔다는 말인데… 부러워라… 하긴 전에 누구더라… 아! 그래, 뮤리스 그 아인 10살인데도 장가를 갔다. 나? 다시 말하지만 300살이 넘었는데 장가는커녕 에휴휴~

"그렇다면 지금 여러분이 하실 일을 설명하겠습니다."

레베카는 나의 명상—이냐, 이게? 잠생각이지—을 방해한 채 말을 이었다.

"여기를 봐주십시오."

레베카는 벽에 걸린 종이를 걷어냈다. 거기엔 그림이 하나 있었는데 어떤 식물 같았다.

"이 식물이 헥터 빌라인 씨와 연관이 있을 거라고 추측됩니다."

"말도 안 됩니다!"

렉스가 외쳤다. 렉스는 직접 피해자를 보고 병원으로 옮긴 관계로 렐드에 의해 이번 일에 동참하기로 한 것이었다. 사실 렐드가 아니더라도 렉스의 경우는 약간의 방법만 있으면 끼었어야 했다. 왜냐하면 렉스 같은 순찰대원에게 이런 사건에 동참하는 것은 그만큼 승진이나 진급에 좋은 영향을 주기 때문이다. 어쩌면 여기서 잘하면 수사대원이 될 수도 있고 그게 아니라도 남보다 빨리 진급할 수 있는 기회가 되기도 했다.

여기 프로마뉴는 암시장까지 국가 차원에서 허락한 곳인만큼 순찰대, 수사대, 경비대가 다 따로 있었다. 물론 군대도 따로 있었고 관청은 이런 순찰대 등과는 별개의 조직으로 오직 관청 고유의 업무만 했다. 다른 나라들은 경비대가 순찰, 수사까지 겸임하는 곳도 있었고 심지어 군대가 모든 것을 하는 경우도 있었다.

카샤니안의 경우는 경비대가 순찰의 임무도 같이하고 수사는 관청에서 한다. 하지만 일부 상업 도시—루미안도 포함—는 프로마뉴의 방식을 도입할 계획이라고 들었다. 테푸로니아프 사건 때 트리텔 시장을 통해서 들은 것이니 이제 곧 그렇게 될 것이다. 아무튼 그렇게 여러 개의 차별화된 조직은 직급의 차이가 있을 수밖에 없었다. 관청이나 군대가 위고 그 다음이 수사대, 경비대, 순찰대는 가장 아래였다. 따라서 여기서 렉스가 활약하기에 따라 렉스의 미래가 달라지는 것이다. 만약 여기서 바보같이 굴면 순찰대 내에서도 힘들어질 테고. 그래서인지 렉스의 목소리에는 힘이 있었다.

"제 부모님께서 남부 시장의 꽃화분 상점에서 일을 하십니다. 그래서 저도 약간은 아는데 저런 식물은 없습니다. 대체 잎이 아래 있고 뿌리가 위에 있다니……."

렉스의 말을 들은 다른 사람들도 웅성거렸다.

"정말 그러네? 그림을 잘못 그렸나?"

예나가 먼저 갸우뚱했고,

"잘못 그린 것이 아니라 그림을 거꾸로 건 거겠지."

이브린의 추측이었다. 그리고 다른 사람들도 동조했다. 나와 렉스, 그리고 수사대원만 빼고. 음… 다리온도 빼고?

"아닙니다. 저건 잘못 그린 것도 거꾸로 건 것도 아닙니다."

렉스가 다른 사람들의 의견을 반박했다.

"다른 나라도 마찬가지겠지만 우리 프로마뉴 수사대도 실수를 용납하지 않습니다. 사람이 하는 일이 실수가 없을 리 없지만 저런 중요한 그림을 잘못 그리거나 거꾸로 거는 일은 없죠. 그 실수가 무고한 사람을 살인자로 몰 수 있으니까요. 그건 순찰대도 마찬가집니다. 한순간의 방심이 사람의 죽음을 못 막을 수도 있죠. 따라서 그런 실수는 없습니다. 저 그림을 보십시오. 저 표시는 흙의 단면을 그린 것으로 저 무늬가 지하와 지상을 표시합니다. 그런데 저 그림을 보면 잎이 있는 부분에 지하 부분으로 무늬가 그려져 있습니다. 그러니 거꾸로 건 것은 아닙니다. 그리고 뿌리와 잎을 구분 못할 정도로 어리석은 사람도 여긴 없으니 분명 잎이 흙 속에 있고 뿌리가 흙 바깥에 있는 이상한 식물을 그린 것입니다. 하지만 저런 식물은 없습니다. 그래서 제 생각에는 혹시 수사대에서 잘못된 정보를 들은 것 같다는 생각을 합니다."

렉스의 말이 끝났다. 레베카와 렐드의 입에 야간 미소가 생겼다. 비웃음이 아닌 만족한 듯한 미소. 호오… 렉스, 시작이 좋다. 이거 출세할 조짐이 보이는데?

레베카는 말을 마친 렉스를 보고 말했다.

"렉스 아이악 대원의 말은 잘 들었습니다. 매우 정확한 지적이었습니다. 하지만 우리가 얻은 정보도 잘못된 정보는 아니란 판단입니다. 처음엔 저희도 장난 정보로 판단했지만 수사를 하면서 제대로 된 정보라는 생각이 더 강해졌습니다. 그래서 우린 외부에 도움을 청하려고 했죠. 다행히 먼저 도와준다고 해주셔서 매우 감사하게 생각합니다만."

어째… 날 말하는 것 같다? 아닌가?

"그럼 다른 분들의 의견을 듣고 싶습니다. 혹시 이런 식물에 대해 들으신 적이 계신지……."

이것이었다, 우리가 할 일은. 우리가 아니라 내가 할 일이다. 하지만 다른 사람들이야 그림이 거꾸로 걸린 것으로 알았으니 당연히 저 식물에 대해 모른다는 소리고 그렇다면 그들은 해결할 능력이 없다는 소리다. 그러니 결국 내가 해야지. 그런데 뭐지? 다리온의 저 의미심장한 표정은? 혹시 저것에 대해 아나? 정말 뭘 알고 뭘 모르는지 알 수가 없는 사람이다. 자칭 세계 제일의 현자니… 우리의 '지혜의 종족인 골드 드래곤 일족의 위대하신 고룡 카나이드님'과 붙여놓으면 죽이 잘 맞을 위인. 하긴 현자면 알 수도 있을 것이다. 특히 내가 보아온 다리온은 저 식물에 대해 알아도 전혀 이상할 것 없는 그런 사람이었지만… 책도 엄청나게 읽은 것 같았으니까. 혹시 모른다. 적어도 오래된 고서에 기록한 것이 있을지도. 하지만 난 고서가 아니라 몸으로 체험을 했다. 그때 정말 죽을 뻔했다.

저 식물(?)의 이름은 오도카도리. 저걸 식물인지 동물인지 어떻게 구분해야 할지 모르겠다. 아니지, 분명 식물은 식물인데… 정확히 말하자면 식물과 동물의 중간? 아니, 더 정확히 하자면 오도카도리를 100으로 잡고 식물 70에 동물 30 정도? 음, 식물 60에 동물 40 정도? 아니, 그래도 그 정도는 아니다. 아무튼 식물의 특성이 더 많기는 하다. 아무리 별의별 것이 다 있는 곳이 세계라지만 그런 식물이 어디 있냐고? 천만에! 그런 식물 있다. 바로 버섯. 분명 식물이긴 하지만 몸을 감싸고 있는 물질은 동물성인 키틴질이다.

키틴질이란 곤충의 몸을 이루는 물질이다. 세상에는 희한한 것이 많은 법. 오히려 흔하디흔해서 모르는 것이다. 세상 모든 물질이 액체에서 고체가 되면 부피가 주는데 오히려 그 반대로 고체가 되면 부피가 늘어나는 물이며, 고체여야 정상인 금속인데도 액체인 수은이며, 액체인데도 딱딱한 유리며… 유리는 원자학으로 액체라고 한다. 나조차도 아직까지 못 믿겠지만 카나이드가 말해 준 것이니… 아무튼 유리가 액체인 이유는 원자 배열이 액체와 같다나? 아! 지금 이런 말 할 때가 아니지.

"흠흠, 제가 한마디 하죠. 전 저 식물을 압니다. 저건 오도카도리란 식물입니다."

우선 난 내가 아는 것에 설명을 해주었다. 그리고 헥터의 일도 설명을 해줘야지. 난 오도카도리를 본 순간 헥터란 사람의 상태를 알 것 같았다.

"오도카도리?"

레베카는 흥미있는 얼굴을 했다. 렐드도 마찬가지고. 응? 다른 사람도 그런가? 아무튼 이런 일이 한두 번은 아니니까.

"자, 잠깐만요. 그런데 저 식물 칼렘과는 어떤 관계죠? 생긴 모습은 칼렘과 다른데 저 식물도 꼭 입이 뿌리 같고 뿌리가 잎 같네요."

죠세프가 궁금하다는 듯이 물었다. 그리고 다른 사람들은 죠세프의 말에 눈을 반짝였다. 하하, 죠세프. 칼렘은 여기서는 서식을 안 해. 따라서 여기선 칼렘을 모르는 사람이 있을 수 있다고. 난 우선 칼렘에 대해 설명을 했다.

"칼렘이란 식물은 방금 죠세프의 말처럼 잎이 뿌리 같고 뿌리가 잎 같이 생긴 그런 식물입니다. 대륙 동부에서는 흔한 식물이죠. 혹시 여기서도 쓰나요? 낚시나 사냥에 쓰이는 둥둥이란 것 말입니다."

사람들이 아! 하는 탄성을 냈다. 여기서도 쓰는군. 둥둥. 참 유명하다, 너.

"바로 그것을 만드는 원료가 칼렘입니다. 하지만 칼렘은 좀 전에 말했듯이 생긴 모습이 기묘하긴 하지만 뿌리나 잎이 모두 제자리입니다. 하지만 오도카도리는 완전 반대입니다. 뿌리가 땅 위에 잎에 땅속에, 그리고 정말 끔찍한 놈입니다."

사람들은 신기한 눈빛이었다. 하긴 그럴 거다. 칼렘을 보고 자란 사람은 많이 봐서 별로 감흥이 없겠지만 사실 정말 희한하게 생긴 풀이 아닌가? 난 계속 오도카도리의 설명을 했다.

"저 식물은—여기서 난 오도카도리가 식물과 동물의 두 가지 특성을 가졌다고는 말하지 않기로 했다. 그랬다간 그걸 이해시키느라 버섯을 설명하고 그러다 보면 물이며 수은이며 우리까지 다 설명해야 하니까—마도 시대부터 있었던 식물입니다. 저걸 부르는 또 다른 이름으로 저주받은 풀이라고 합니다. 뭐, 풀보다는 작은 나무처럼 보이지만 말입니다. 아니, 나무 맞군요. 정확히 말하자면 나무와 풀의 중간? 어쨌든 저 오도카도리는 저주받은 풀이란 별명답게 잎에 햇빛이 닿으면 죽습니다. 그래서 잎 부분이 땅에 뿌리가 땅 위에 있는 것입니다."

"그렇다면 어떻게 양분을 섭취하고 숨을 쉬죠?"

렉스가 말도 안 된다는 표정을 하며 물었다.

"이제부터 그것을 설명하죠. 우선 오도카도리는 다른 식물처럼 이산화탄소를 흡수하는 것이 아닙니다. 산소를 흡수합니다. 그리고 땅속이라고 꽉 찬 것이 아닙니다. 빈 공간도 많고 거기에는 산소도 있습니다. 그 산소를 흡입하죠. 그리고 양분은 땅속에서 얻지 않습니다. 저 오도카도리는 뿌리와 줄기가 뱀처럼 유연하게 움직이는데, 근처에 지나가는 동물이 있으면 뿌리로 잡고 그 뿌리를 동물의 몸에 박아 넣습니다. 그러면 그렇게 잡힌 동물은 반항하며 뿌리를 끊고 도망가겠죠? 하지만 그렇게 안 된답니다. 뿌리가 무척 질긴 데다 힘도 세고, 무엇보다도 뿌리의 끝에는 마취 성분을 지닌 독이 있는데 순식간에 동물을 마비시킵니다. 그리고 뿌리에선 효소액이 나오는데 동물로 치자면 소화액으로 생각하는 것이 이해가 빠를 겁니다. 우선 오도카도리는 뿌리를 박은 동물의 혈액과 체액을 빱니다. 그러면 그 동물은 마비되었지만 정신은 말똥말똥한 채 피와 체액을 빨리는 고통을 겪으면서 죽습니다. 그렇게

다 빨린 동물의 몸에 소화액을 주입하고 그 소화액으로 소화된 액체를 뺍니다. 그러면 나중엔 가죽만 남게 됩니다. 그리고 그 소화약이 얼마나 강한지… 제가 효소액이라고 했죠? 그 효소 작용으로 빨리 분해가 됩니다. 그런데 여기서 흥미로운 것은 그 오도카도리의 잎이 놀라운 효능을 지녔다는 겁니다(여기서 아르티닌이 치유 마법을 쓴 것은 말하지 않았다. 일을 더 크게 하고 더 깊이 관여하고 싶지 않으니까). 오도카도리의 잎에는 사람의 생명력을 강하게 해주는 성분이 있습니다. 헥터 빌라인이란 사람이 어쩌면, 아니, 확실할 겁니다. 오도카도리의 잎을 복용했을 겁니다. 아마 헥터 빌라인이 보인 강한 생명력은 그것일 겁니다."

"그런 식물이 있습니까?"

레베카는 얼떨떨한 얼굴로 물었다. 렉스는 아예 입만 벌리고 있었고.

"예, 있습니다. 저 그림에 나와 있잖습니까? 그리고 제가 그 오도카도리에 당할 뻔했으니까요(100년 전 일이니 묻지 마쇼라고 말하면 놀라겠지?). 제가 그 식물에 당할 뻔한 일이 있었죠. 그때 죽는 줄 알았습니다. 저 뿌리가 하나라도 제 몸에 박혔으면… 으휴, 아무튼 저 식물은 무척 희귀한 것입니다. 거의 멸종 단계의 식물이거든요. 그런데 대체 이런 게 여기에도 있을 줄이야… 아, 그리고 저것은 또 한 가지의 효능이 있는데 환각 작용입니다. 매우 강한 마약이죠. 마약으로 치자면 최상급 중의 최상급인 고급 마약이랄까? 만약, 정말 만약이지만 헥터 빌라인이 돈을 투자한 것이 이것이라면 아마 이 잎을 얻기 위해서일 겁니다. 마약으로 팔기 위해서겠죠. 그런데 오도카도리가 제대로 된 생명력을 강하게 하는 효능도 그렇고 마약의 효능도 사람을 양분으로 해야 강한 효능이 나오는데… 무슨 일인지 모르지만 일반 동물만을 양분으로 할 경우는 별 효과가 없다고 하더군요. 꼭 사람을 양분으로 써야 한다고 하더군요. 어쩌면… 혹시 요즘 실종 사건이 많지 않았나요?"

레베카는 얼굴을 찡그렸다.

"그게 이것과도 관련이 있었던가? 실종 사건이 좀 있었지요. 게다가 시장이 크고 사람이 많으니 미아 실종도 많았고. 젠장! 어떻게……."

레베카는 말을 잇지 못했다. 누군가 사람을, 특히 아이들까지 별 요상한 식물의 거름으로 이용되었다는 생각에 분노가 일어서였을 것이다.

"그럼 단지 마약에 이용하기 위해 사람을 희생시켰다? 어처구니가 없군요. 그런데 혹시 그걸 의약품으로 이용할 수가 없었을까요?"

렐드는 마법사쯤 되니 냉철한 면이 있었다. 의약품이라…….

"불가능합니다. 약효가 너무 강합니다. 환각 작용도 강하죠. 완전 이성을 잃는데, 그때 무슨 짓을 할지 모르죠. 또 중독성도 무척 강합니다. 그리고 무엇보다 사람을 치료하는 의약품을 만들기 위해 사람을 죽이는 일이 말이 되는 일입니까? 산 사람이 아니라 죽은 사람의 시체를 이용한다고 해도 윤리적으로 용납할 수 없는 일이 아닙니까?"

"그건 그렇군."

렐드는 고개를 끄덕이고 레베카를 쳐다보았다.

"레베카, 그럼 마약상을 중심으로 수사를 펼쳐 보는 것이 어떤가? 잘됐군. 이참에 마약상들을 아예 뿌리째 뽑아버리자고. 암시장을 더럽히는 해충 놈들, 두고 보자."

"예. 그리고 의약품상도 같이 수사해 보겠습니다."

레베카도 렐드의 의견에 동의하는 모양이었다.

"이건 마약 때문이 아닙니다."

다리온이 레베카의 말에 제동을 걸었다. 그리고 나를 쳐다보았다.

"란셀 씨도 오도카도리를 잘 알긴 하지만 모르는 것도 있군요."

"……?"

"저 오도카도리의 진짜 효능을 말입니다."

다리온은 무척 진지한 얼굴로—무서…—우릴 돌아보더니 말했다.

"우선 오도카도리는 꼭 식물로 볼 수는 없습니다. 식물에 더 가깝긴 하지만 식물과 동물의 중간이라고 할까요? 아니, 중간이 아니라 식물이자 동물이 더 맞는 말이군요. 음… 오도카도리를 10으로 잡으면 식물 7에 동물 3 정도?"

당연한 일이지만……

"그런 생명체가 어디 있습니까? 아까 란셀 씨가 말한 나무와 풀의 중간까지는 이해가 가요. 같은 식물이니까. 하지만 식물과 동물은 엄연히 다른데 어떻게 완전 반대되는 개념의 생명체가 동시에 융합되어 존재한다는 겁니까? 그런 상식을 뒤엎는 일이 어떻게 존재합니까?"

렐드는 마법사이다. 마법사라면 당연한 일이지만 많은 공부를 했을 테니 자신이 배운 상식을 뒤엎는 다리온의 말에 의문을 가지고 반박하는 것은 당연했다.

"있습니다. 왜 없다고 보십니까? 그런 경우는 많습니다. 여러분이 즐겨 먹는 버섯을 보면 분명 식물이지만 그 구성 성분은 키틴질입니다. 키틴질이란 아시겠지만 곤충을 이루는 물질로 동물성이죠."

"그, 그거야 어쩌다 있는 경우죠. 보통은……."

"아닙니다. 꼭 생물이 아니라도 우리의 상식을 벗어나는 일은 많습니다. 너무 자주 보는 것이라 못 느끼는 것이죠. 우선 물을 보면 대표적으로 유리가 있습니다. 유리는 원자학으로 분명 액체임에도 단단한 고체……."

다리온은 씁쓸한 표정의 얼굴이었다. 분명 오도카도리가 식물이자 동물인 생물이라고 말한 것을 후회하는 것일 것이다. 하긴 나도 말을 잘못했으면 저랬겠지? 크하하핫! 난 역시 딴 건 몰라도 눈치 하난 좋아.

"그, 그렇군요. 하지만 그게 효능인가요?"

렐드도 좀 떨떠름한 얼굴이었다. 어쨌든 다리온의 설명이 틀린 것도 아니니까. 그리고 다리온이 전해준 상식을 깨는 지식에 당황했나 보다. 아니, 동물과 식물이 섞인 게 효능이냐구? 쯧쯧.

"아닙니다."

다리온은 예의 아까의 진지한 표정으로—역시 무서—말했다.

"오도카도리의 열매는 잎에 있는 것과 같은 환각 작용이 없습니다. 하지만 다른 효능이 있죠."

"하하, 환각 작용 빼면 생명력을 강하게 하는 작용인데… 그럼 열매가 생명력을 강하게 하는 효능이 잎보다 더 강한가요? 저 잎만 해도 피를 거의 다 흘린 상태에서 저렇게 살게 하는데."

렐드의 질문에 다리온은 계속 진지한 표정으로—얼굴 펴요. 정말 무섭다구요—말했다.

"오도카도리 열매를 먹으면 영원히 삽니다. 오도카도리의 열매는 바로 영생을 주는 열매죠."

일순 조용… 나도 심장이 멈추는 느낌이었다.

영생? 저 괴물 같은 녀석에게 그런 능력이? 믿을 수 없어!

우리가 조용해지자 다리온은 피식 웃었다.

"믿기지 않습니까? 하지만 사실입니다. 란셀처럼 직접 본 것은 아니지만 제대로 된 기록을 보았지요. 분명 영원한 생명을 줍니다. 다른 효능은 전혀 없지만 영생을 주죠. 오직 영생만을요. 후훗."

으… 다리온이 저렇게 웃는 것이 오도카도리보다 더 무서~

다리온의 의견은 좀 황당했지만—당연하다. 열매 하나로 영생을 얻는다니 누가 믿을까. 무슨 거창한 조제 과정을 거친 환약이라면 또 몰라도—우선 다리온이 말한 영생이란 상황을 놓고 사건의 실다리를 풀기로 했다. 하긴 거꾸로 자라는 식물도 보았으니 무조건 황당한 의견이라고 덮을 수도 없었기 때문이었다.

"그럼 오도카도리를 키우기 위해 사람을 납치했다고 봅시다. 그렇다면 먼저 사람들이 어디서 얼마나 실종되었는지부터 파악해야 할 겁니다."

레베카는 우리를 보고 말했다. 그때 렉스가 레베카를 보았다.

"하지만 그전에 저도 궁금한 것이 있습니다."

"물어보세요."

"먼저 그 오도카도리가 사람에 의해 재배가 되었는지, 아니면 자연적으로 자생하던 것을 우연히 헥터 빌라인이 발견한 것인지도 밝혀야 한다고 봅니다. 그러려면 한 가지를 알아야 합니다."

렉스는 여기서 잠시 말을 끊었다. 레베카는 관심있는 표정으로 렉스를 보았고 렉스는 계속 말을 이었다.

"아까 말을 들으니 오도카도리에 관한 것에 대한 제보를 받으셨다고 들었습니다. 그렇다면 먼저 누가 제보를 했고, 또 그 사람은 어떻게 이 사실을 알았는지 알아야 한다고 봅니다."

호오~ 렉스, 저 사람 제법인데? 이거 수사대에서 인재 하나 건지는 것 아냐?

"아이악 대원의 말이 옳아요. 그럼 그것부터 말해야겠군요."

레베카는 렉스의 말에 동의를 했다.

"제보를 한 사람은 없습니다."

"예?"

"엥?"

이게 뭔 말이다냐? 제보를 받았다면서 제보자가 없어?

"제보자는 신이십니다."

"혹시 신탁을 받으셨습니까?"

레베카의 말에 뭔가를 느꼈는지 다리온이 물었다.

"예. 저희는 엘렌디아 여신도 모시지만 페튼 신도 모십니다. 여기 프로마뉴에는 도시마다 반드시 페튼 신의 신전이 있지요. 그리고 여기 바릴에는 페튼 신의 대신전도 있습니다. 전 대륙의 중앙 신전이죠. 여기 대신전의 한 신관이 꿈을 꾸었습니다. 신께서 예지를 내리신 꿈이죠."

페튼 신이라… 역시 대규모의 상업이 일어나는 국가라 그런지 재물을 관장하는 페튼 신을 모시는군. 하지만 페튼 신은 재물의 속성이랄 수 있는 행복과 불행을 상징하기도 하지. 그나저나 혹시 드래곤 사이에 페튼의 정원이라 불리는 나라가 바로 여기?

레베카는 말을 계속 이었다.

"우리 나라는 원래 페튼 신께서 예지몽을 잘 내려주신 답니다."

"여기가 페튼의 정원이었군."

아르티닌이 중얼거렸다. 그랬다. 여기가 페튼 신이 그토록 아낀다는 나라. 우리들—드래곤과 그 일당들?!—이야 그저 페튼의 정원이라고만 불렀지 어디 나라 이름으로 부른 적이 있어야지. 그래서 지금에야 프로마뉴가 페튼의 정원이란 것을 알았다.

전설에 따르면 프로마뉴는 페튼 신이 인간의 몸으로 강림해서 세운 나라라고 한다. 물론 이건 인간은 모른다. 드래곤 사이에서 내려오는 전설일 뿐. 약간 문제가 있다면 드래곤의 전설은 웬만해서는 사실이란 것. 당연한 것이 드래곤의 수명은 무려 만 년이었다. 드래곤이 두 눈 시퍼렇게 뜨고 놀고 있을 때 프로마뉴가 건국된 것이다. 그러니 솔직히 전설도 아니다. 그런데 내가 어떻게 프로마뉴가 페튼의 정원이란 것을 알았냐고? 당연하다. 페튼 신은 재물과 공기를 관장한다. 그런데 그중에 재물을 관장한다는 것이 이유다. 재물을 관장한다는 것은 그만큼 구두쇠란 소리. 신탁도 다른 신에 비해 짜다. 원래 신들이 신탁을 내려주는 것이 짠데 페튼 신의 신탁은 왕소금 신탁이다. 그런데 신탁만이 아니라 예지몽까지 준다면 더 살필 이유가 없는 것이었다.

"페튼의 정원이라뇨?"

레베카는 아르티닌의 말을 듣고 되물었다. 인간치고는 귀도 밝군.

"그, 그런 것이 있습니다. 흠흠. 제가 전에 여행을 할 때인데……."

어쩔 수 없이 드래곤 사이에서만 전해 내려오는 전설을 말하는 아르티닌. 이제 프로나뉴에는 또 하나의 전설과 자랑이 생기는 순간이었다. 특히 드래곤의 전설이었으니 더 자랑거리가 되겠지. 그리고 드래곤이 간직하던 전설도 드디어 인간에게까지 흘러 들어가는 것이다. 그렇다고 아르티닌의 잘못은 아니다. 알려줘도 무방한 것을 귀찮다고—드래곤 성격 알잖아—안 알려준 거니 오히려 늦게 알려준 거랄까? 아무튼 지금 그 늦은 전설이 아르티닌에게서 나오고 있었다.

"제가 전에 어떤 굉장한 마법 검사와 같이 모험을 다녔습니다. 그

마법 검사는 실력도 실력이지만 그 지식과 지혜가 놀라울 정도였습니다. 그때 들은 것입니다. 이 세계에 어느 날 페튼 신이 인간의 몸으로 강림을 하셨다고 합니다. 인간의 몸으로 강림한 페튼 신은 세상을 여행하셨죠. 그리고 나라를 세우셨습니다. 후에 페튼 신은 승천을 하셨고 페튼 신이 인간의 몸으로 있을 때 난 자손들이 그 나라의 왕이 된 것입니다. 그러니까 그 나라의 왕실은 비록 신으로서가 아닌 인간의 몸으로 생산한 자손이지만 신탁이나 다른 경로로 그 나라를 돕는다고 합니다. 그리고 그 나라가 페튼의 정원이란 나라라고 했는데 전 그 당시 그것이 그저 전설인 줄 알았습니다. 당연한 것이 지도를 찾아봐도 다른 기록들을 봐도 어디에도 페튼의 정원이란 나라가 없었으니까요. 하지만 알고 보니 페튼의 정원이라고 불리는 그 나라가 프로마뉴란 것을 알겠군요."

아르티닌은 진지하게 말했다. 그 이야기를 듣는 레베카를 비롯한 프로마뉴 사람들은 눈에서 빛이 나고… 왜 아니겠어. 신에 세운 나라라는데.

"에이, 그런 게 어디 있어요."

그러면서도 레베카의 입에선 저런 부정의 말이 나온다. 하지만 말투부터 바뀌었는데?

"믿으십시오. 저도 나중에야 알았는데 그 마법 검사가 드래곤이 폴리모프한 모습이었지 뭡니까. 드래곤은 원래 거짓말을 하지 않죠. 특히나 저에게 전설을 말해 준 드래곤은 드래곤 중에서도 인격이나 인품… 아니지, 용격이나 용품이 뛰어난 지혜로운 드래곤으로 아.르.티.닌.이라고 하는 드래곤입니다. 그러니 더 더욱 믿어야지요."

아르티닌은 씩 웃었다.

허억! 이거 토해야 할 시점이지? 잘도 그런 말을 주워섬긴다. 뭐? 용격? 용품? 이런 거짓말쟁이 드래곤 같으니!

내 이런 생각을 아는지 아르티닌은 계속 자기 자랑을 했다. 참 얼굴도 두껍지. 그나저나 아르티닌에게도 저런 면이 있었다니… 죠세프도 예나도 다리온까지 얼굴 표정이 바뀌었다. 이브린? 자기가 프로마뉴 사람인 줄 안다. 저 황홀한 표정… 으윽. 더 못 듣겠다. 과감히 일어나서.

"저… 사건… 해결 안 하나요?"

맞을까 봐 조용히 물어보는 나. 듣지 않는 사람들. 자기 자랑을 아직도 늘어놓은 아르티닌. 어흑! 점심때가 다 돼가는데 점심 못 먹을 것 같아~


"북부 시장에서 다섯 명 실종, 서부 시장에서 열두 명 실종, 동부 시장에서 예순다섯 명 실종, 남부 시장에서 마흔두 명 실종, 그리고 동부 시장에서 실종된 사람 중에 마흔한 명이 어린아이들이고 남부 시장의 실종자 중 열여섯 명이 아이들입니다. 모두 찾지 못한 미아로 처리되었습니다. 예상대로 동부와 남부에서 실종자가 많았습니다."

하미드 하렐이란 수사대원이 실종자에 대한 조사 결과 보고를 설명했다.

"자, 잠깐만요."

보고를 들은 우린 좀 황당했고 급기야 죠세프가 손을 들었다.

"이게 말이 됩니까? 그렇게 많이 실종되고, 특히 아이들이 그렇게 많이 실종되었는데도 아무런 문제가 없었습니까?"

"물론입니다. 이곳 프로마뉴는 많은 사람들이 찾아옵니다. 특히 수도인 이곳 바릴은 바릴 인구보다 관광객이 더 많습니다. 그래서 실종 사고가 많습니다. 실종 사고가 많으니 미해결된 것도 많을 수밖에 없죠. 게다가 납치 사건도 많고 끔찍한 일이지만 가끔은 아이를 버리는 부모도 있답니다. 솔직히 아무리 경비대원 수와 순찰대원, 수사대원 수가 많아도 일이 일어나는 것을 전부 막거나 해결한다는 것 자체가 불가능합니다. 그리고 실종도 그렇습니다. 이런 북적거리는 곳에서는 결국 스스로가 스스로를 챙겨야 합니다. 특히 아이들의 경우는 그 부모가 챙겨야 합니다. 여긴 별의별 사람들이 많아서 미아가 된 아이를 아직 노예제가 있는 나라에 팔아넘기기도 하죠. 저희도 최선을 다하지만……."

하미드는 씩씩대며 말을 잇지 못했다. 한마디로 열받은 것이다. 말하면서 자기 말에 취해 흥분하는 다혈질들… 하미드가 그런 사람이었다. 한마디로 수사대원으로서는 빵점인 사람이다. 말하다 자기가 흥분해서 해서는 안 될 말도 하고 증거를 놓치기도 하니까. 그래도 수사대를 하는 걸 보니 실력은 좋은 것 같았다.

"그리고 그 별의별 사람 중에는 아이들을 오도카도리의 양분으로 희생시킨 사람도 있겠지요."

하미드의 말을 레베카가 받았다. 정말 열받는 일이다. 몇 명이나 희생이 되었는지는 모르지만 아이들은… 드래곤 사이에서 살아온 나. 당연히 아이들을 아낀다. 나만이 아니라 아르티닌도 분노한 모양이다. 드래곤은 워낙 해츨링을 아끼기 때문에 그런지 다른 종족의 아이들도 아끼는 경향이 있었다. 그래서 웬만하면 직접 아이를 죽이거나 하는 경우가 없다. 특히 인간이나 엘프 등의 경우는 아이들이 귀엽기 때문에 더 아낀다―혹시 그 귀여운 것 때문은 아닐까?―그러고 보니 아르티닌도 전에 유아원에서 일한 적이 있다던가? 너무 애를 못 돌봐서 결국 쫓 겨났다지만. 어쨌든 무슨 이유를 떠나서라도 어린아이들을 잡아다 이 상한 식물에 거름으로 준다는 데 좋아할 사람은 없을 것이다. 아마 악 마라도 황당해할 테니.

"이번엔 헥터 빌라인의 근래 행적입니다."

쟈잉그 베이르란 대원이 보고를 했다.

"헥터 빌라인의 지난 한 달 간의 행적을 중심으로 살폈지만 특별한 것은 없었습니다. 그리고 사건 당일 아침 일찍 나갔다고 합니다. 집안 사람들의 말로는 아침 6시 정도라고 합니다. 그리고 그 뒤는 어디서 무 엇을 했는지 전혀 알 수가 없었고 같은 날, 그러니까 사건 당일 23시 정각에 발견되었습니다. 처음 발견한 사람들은 관광을 하던 여기 계시 는 란셀 네르반 씨를 비롯한 여섯 분이십니다. 그리고 곧 이어 근처를 순찰 중이던 렉스 아이악 대원이 발견해 병원으로 옮겼고 현재 의식 불명입니다."

어이, 쟈잉그. 그거 언젠가 한번 들었던 말 같은데?

"끝인가?"

레베카가 싸늘한 눈빛으로 쟈잉그에게 물었다.

"그, 그렇습니다만… 왜……?"

지금 레베카의 눈빛은 이걸 엘렌디아 여신의 품으로 돌려보내고 개 값 물어? 하는 그런 눈빛이었다.

"됐어. 헥터의 집이나 수색해 봐."

흠… 쟈잉그 베이르란 저 대원 잘하면 잘리겠다.

헥터의 집에선 아무것도 안 나왔다. 많은 대원들이 샅샅이 뒤졌지만 단서가 될 만한 것은 없었다. 한 대원의―쟈잉그였다―의견으로 비밀의 방을 찾았지만 그것도 없었다.

"아냐. 분명 비밀 장소가 있어요."

헥터의 저택을 수사한 뒤 돌아와서 레베카가 단언하듯 한 말이었다.

"어디 짐작이라도 가는 곳 없어요?"

레베카의 눈이 죠세프로 향한다. 수사대장의 날카로운 직감과 경험으로 죠세프의 배경을 어렴풋이 눈치 챈 듯한데… 보통 귀족의 집은 그런 이상한 곳이 많았다. 나라가 안정되지 못할 때는 정적에 의한 정난의 피난처로 보통 평화롭고 안정된 때는 비밀 창고로 이용된다. 그 외에도 가끔 저택의 액세서리의 역할도 한다. 귀족의 집에는 그런 공간이 있어야 한다나 뭐라나.

"글쎄요… 먼저 그 집에 가봐야 알 것 같은데요."

당연한 일이지만 헥터의 저택을 수색하는 일은 수사대원이 했다. 우린 그냥 도와주는 사람이었으니까. 그래서 우린 헥터의 집을 못 보았고 따라서 짐작이 안 가는 것이었다. 그런데 죠세프의 말이 끝나자 렉스의 표정이 어두워졌다.

"저… 지금 헥터 빌라인 씨 집에서 우릴 고소한다고 합니다. 가해자도 아닌 피해자의 집을 이유없이 수색했다고요. 순찰을 돌던 제 동료가 술집에서 우연히 들었답니다. 그 집 하인들 입에서 나온 소리라 정확할 겁니다."

그럴 만도 했다. 그렇다면 재수색은 어려운 일이었다. 거기다 헥터는 동부 시장에서 어느 정도 유지였고 세력도 있다고 한다. 그렇다면 수사대는 사직서를 쓰고 수색을 해야 한다는 소리. 어렵군.

"그래도 합니다."

나의 걱정과는 다르게 레베카는 결연하지만 간단히 말하고 일어났다.

　"갑시다."

　"예? 어딜……."

　멍한 우리들.

　"어디긴 어딥니까! 헥터 빌라인의 집이죠!"

　"저… 지금요? 지금은 때가……."

　"아닙니다. 지금이 좋습니다. 드래곤 뿔도 단김에 빼랬다고 지금 합시다. 그리고 시간을 끌면 정말 고소할 가능성도 있고 그럼 수색도 물 건너가게 됩니다."

　그러면서 그대로 먼저 나갔다. 허… 그런데 원래 쇠뿔 아냐? 이거 동방 대륙의 속담들이 여기 서방 대륙에 와서 많이 변질됐어. 하지만 이건 좀 심하군. 어떤 간 큰 인간이 드래곤의 뿔을 뺀다고… 암튼 가자. 가자구.

　헥터의 집. 부유한 상인답게 정말 큰집이었다. 5층이나 되는 건물. 여기 프로마뉴는 그렇게 큰 나라가 아니었다. 하지만 사람들은 돈이 많기 때문에 큰 건물을 짓고 싶어했다. 그래서 나온 대안이 대지는 작더라도 층수는 올리자. 이런 바 건폐율―대지 면적 분의 건축 면적 곱하기 100―은 작아도 용적률―대지 면적 분의 지상층 연면적 곱하기 100―은 크게 하자였다. 그래서인지 프로마뉴의 왕성은 10층이다. 헥터보다 더 부자인 사람은 더 높았는데 7층이나 되는 건물도 있었다.

　프로마뉴는 법으로 보통 일반인은 7층까지만 허용이 되고 공작, 후작, 백작의 경우 9층이고 나머지 하급 귀족은 8층까지 허용이 되었다.

만일 11층인 건물을 보았다면 그것은 페튼 신의 신전이다. 내가 프로마뉴에 와서 감탄을 한 것이 이렇게 높은 건물이었지만 지금은……

"그럼 부탁드립니다. 솔직히 이거 우리 밥줄을 담보로 하는 겁니다. 자~알 부탁드립니다."

이렇게 죠세프에게 부탁하는 레베카. 그리고 졸지에 단지 귀족이란 이유만으로 집 수색을 해야 하는 죠세프는 당혹해하고 있었다. 죠세프가 살던 나라는 카샤니안, 그리고 이곳은 프로마뉴. 죠세프도 여기 와서 높은 건물을 보았고 또 감탄을 했지만 그런 높은 건물들이 개인 주택이란 건 생각지도 못했을 것이다. 왜냐하면 카샤니안은 높아봐야 3층이다.

일반적으로 황궁과 관청, 및 공공건물, 신전, 귀족가를 제외하고는 대체로 3층을 넘게 짓지 않았다. 그건 카샤니안의 황궁이 9층이라서 황궁의 권위를 넘지 않겠다는 무언의 약속과 같은 것이었다. 물론 그 것은 강제 사항은 아니었다. 하지만 7, 8층을 지을 수 있더라도 그렇게 하지 않는 것은 황궁을 돋보이게 하기 위한 것이었다.

죠세프의 집도 귀족 가라 높이 지을 수는 있었지만 그런 이유로 3층이었다. 그러니 평면적으로 큰집에 살던 죠세프가 높이로 큰집을 보니 당혹해하는 건 당연한 일.

"할 수 있겠냐?"

난 그것 외에는 물어볼 것이 없었고, 사실 나도 당혹스러웠다. 상업이 발달해서 공공건물이 많다고 생각을 했는데 그게 다 개인 주택이라니.

"드, 들어가 보죠."

헥터의 집은 대지가 작아서인지 정원은 크지 않았다. 그래도 한 켠에 꽃밭이 있고 그 옆에 우물이 있고 꽃밭 너머로 큰 나무가 있고 또 그 너머로 큰큰 나무가 있고 그 밑으로 작은 집이 있는 등 구색을 갖출 것은 다 갖추었다.

"보통 다른 나라의 귀족의 경우는 저 우물 밑으로 비상 통로가 나 있는데……."

"살펴보았지만 없었어요. 덕분에 우물을 못 쓰게 되었다고 욕먹고 고소당할 판이죠."

죠세프의 말에 레베카가 대답했다.

"그리고 참고로 말하는데 건물 내의 각 복도나 방의 크기는 설계도를 보고 다 맞추어보았어요. 그리고 모든 길이와 면적이 설계도와 같았죠. 그 말은 복도나 방에 비밀의 방이 없다는 뜻이고, 또 지하실도 없었어요."

응? 그 말은 이 저택에 비밀의 장소가 없다는 말인데? 그럼 저 여자 왜 비밀 장소가 있다고 한 거야?

난 뒤에서 레베카의 말을 들으며 황당함을 감추지 못했다.

"대단한 여자군요, 그 정도까지 살피고도 발견 못했으면서 다시 수색하다니."

옆에서 다리온도 한마디.

"제 말이 그 말입니다. 정말로 현명한 여자가 아닙니까?"

어? 그 말이 아닌데. 난…….

"아니, 다리온 무슨 말입니까?"

"저 여자, 직감도 뛰어나고 현명합니다. 아마 사건을 해결할 것 같아요."

"……."

그러는 동안에 방들을 다 돌아보았다. 헥터 집의 사람들은 우릴 좋지 않은 눈으로 쳐다보고… 죠세프는 집을 다 돌아본 다음 헥터의 집의 설계도를 보았다.

"음… 만약 비밀 장소가 있다면 지하밖에 없는데요?"

죠세프의 결론이었다.

"하지만 문제는 지하로 내려가는 방법이 없잖아요. 우선 통로가 없어요. 그리고 마법의 기운도 살펴보았는데 감지되지 않았어요. 즉, 마법의 통로로도 연결되지 않았다는 뜻이죠."

"아뇨. 전 그 통로를 찾았는걸요?"

엥? 그건 무슨 소리? 우린 죠세프를 쳐다보았다. 수사대원들이 그토록 뒤져도 못 찾은 것을 단 한 번에 찾아?

"찾아요? 통로를?"

레베카는 어이가 없다는 듯이 중얼거렸다.

"예. 이건 너무 간단한 겁니다. 하지만 모르는 사람들은 생각을 못하죠. 그 통로는 바로 저 나무입니다."

죠세프가 자신있게 가리킨 곳은 작은 집 옆에 있는 큰큰 나무.

"솔직히 말하죠. 제 집안은 카샤니안의 후작가입니다. 그 때문에 전 수도인 톨루트에 자주 갔었습니다. 그곳에서 여러 사람을 만났고 한 가지 들은 것이 있습니다. 베겔나무에 관한 것인데 그 나무는 어느 정도 자라면 그 줄기 가운데가 뻥 뚫린다고 합니다. 그냥 나무 안만 뻥 뚫려 공간이 생기는 것이 아니라 나무뿌리도 중간이 없어지고 가장자리만 남는다고 합니다. 왜 그런지는 모르지만 아무튼 그것 때문에 비밀 통로로 이용했다고 하더군요. 지하에 공간을 만들고 출입을 나무로만 하게 만들면 집 안이나 다른 곳에서 출구가 발견되지 않는 거죠."

"그런… 말도 안 돼요! 그런 나무가 있다면 저희 궁정 마법사님께서 벌써…….."

"아닙니다. 베겔나무는 나무의 종류가 아닙니다. 베겔이란 이상한 약을 써서 키운 나무죠. 따라서 어떤 나무든지 베겔나무가 될 수 있습니다."

"그런데 그건 어떻게 알았지?"

나도 궁금해 물어보았다. 내가 그 오랜 세월 마도의 여러 가지에 대해 배웠지만 베겔나무는 들은 적이 없었다.

"그것도 들어서 아는 지식이 있어서죠. 처음 여기에 왔을 때 전 한 상인을 보았죠. 물장수였는데 톨루트에서도 몇 번 본 적이 있어서 자세히 살폈죠. 왜냐하면 톨루트의 물장수들은 이름난 약수나 온천수를 팔거든요. 그 말은 이 근처에 약수나 온천이 있다는 뜻이기도 하죠. 그런데 그게 아니더군요. 여기서 파는 물은 일반 물이고 사람들이 그 물을 사서 마시더라고요. 음료수로. 그때 전 상마레제의 생각이 났죠. 여기도 물이 나쁘구나 하고요. 확실히 여기 물은 수질이 좋지 않죠?"

"으응… 아무래도 사람이 많은 곳이라……."

레베카의 대답으로 죠세프의 말은 탄력을 받은 듯 계속됐다.

"그런데 여기서 들으니 우물물을 못 먹게 되었다고 들었습니다. 그 말은 우물물을 음료수로 이용했다는 뜻이고 수질이 좋다는 소리입니다. 여기서 알았습니다. 우선 베겔나무는 신선한 물이 필수입니다."

하아! 하고 저절로 나오는 감탄. 참나, 저 사람이 정녕 눈치없고 경험없는 죠세프란 말인가. 드래곤 레어지기 삼 년이면 와이번이 브레스 뿜는다더니 나와 돌아다니더니 많이 컸군. 하지만 알아볼 건 알아봐야지?

"그런데 베겔나무란 건 나도 못 들은 건데 어떻게 알지?"

"그거요? 베겔나무는 30년 전에 어떤 괴팍한 마법사가 만들어낸 것이라더군요. 자신만의 공간을 만들려고 만들었는데 이렇게 퍼진 것이죠. 뭐, 그래도 아는 사람만 알지만."

그렇군. 난 인간 세상엔 50년 만이다. 그러니 30년 전에 만들어진 것을 알 리가 있나. 그것도 비밀스러운 것을. 그나저나 나 갑자기 촌놈된 기분이야. 흑.

죠세프의 말대로 베겔나무 안에는 통로가 있었고 밑으로 지하 공간이 있었다. 그리고 그 안에는…

"아, 아무것도 없잖아."

레베카의 아연한 표정. 이제 수사대에서 잘리는 것이 걱정되나? 하긴 다른 사람들도 당황한 표정이다. 무슨 가구나 기구 등의 물건 쪼가리 비슷한 것도 없는 공간. 하지만 내 눈엔 보인다. 아마 오도카도리를 본 사람은 알 수 있는 것들, 바로 오도카도리에 희생된 동물의 찌꺼기였다. 그것이 비록 부패가 되기는 했지만 한 가지 특성이 있다. 그 부패된 찌꺼기에 아무 피나 떨어뜨리면 그 피가 허연 거품을 내면서 끓게 된다. 오도카도리의 소화액이 남았다가 찌꺼기가 부패됨에 따라 변질이 돼서 그런 이상한 반응을 보이는 물질이 되는 것인데, 오도카도리가 워낙 악명이 높아 더 이상의 연구는 없었다. 하지만 그 정도의 반응만 가지고도 충분했다. 난 그 사실을 레베카에게 말했다.

"그런 게 있어요?"

하지만 못 믿는 눈치.

"란셀의 말이 맞습니다. 기록에도 그렇게 나와 있습니다. 그리고 또한 가지, 어떤 종류의 동물의 피인가에 따라 반응이 조금 다르다고 하더군요. 가령 포유류나 조류의 피는 하얀 거품을 내면서 끓는데 사람의 피일 경우 그 반응이 다른 피와는 달리 무척 격렬하다고 합니다. 파충류나 양서류의 피는 끓지는 않고 하얀 김을 내려 증발한다고 하고 엘프의 피나 드래곤의 피일 경우 폭발을 한다고 하죠. 여기엔 사람도 있고 하프엘프이긴 하지만 엘프도 있고 드래곤의 피를 가진 사람도 있으니 한번 실험해 보죠."

다리온의 자세한 추가 설명. 하아~ 다리온이 읽었다던 그 책. 한번 읽고 싶다. 어떻게 드래곤이 알고 있는 지식보다 많은 게 담겨 있냐?

레베카는 다리온의 말을 듣고 잠시 고민하는 듯했다. 하지만 왜 고민을 하지? 길은 하나다.

"좋아요. 해보죠."

저런 대답이 나올 텐데.

"그런데 드래곤의 피는 누가 가지고 있죠?"

그때 아르티닌이 다리온에게 물어보았다. 다리온은 가만히 예나를 보았고… 아마 페디의 피를 말하는 거겠지. 불쌍해라. 그 조그만 몸에서 무슨 피를 뽑는다고.

"어? 왜 날 봐요?"

예나도 눈치를 채곤 다리온을 한번 째려봐 준 후 아르티닌을 보고 미소를 지었다.

"아울 오라버니."

순간 아르티닌의 얼굴엔 땀이 흐르고.

"응? 왜?"

"전에 듣기엔 아울 오라버니가 드래곤의 피를 가지고 있었다고 자랑했죠? 왜에 그 현명하고 용격이 뛰어난 아르티닌의 피를요. 그거 약간만 쓰면 될 텐데요. 저도 우연히 드래곤의 피를 얻긴 했지만, 그거 한 방울도 안 되는 거잖아요. 그러니 아울 오라버니 피를 써요. 예?"

"엉? 그, 그게 말야……."

아르티닌의 당황한 얼굴이 보인다. 그러게 안 하던 짓을 하니까 그런 일을 당하는 거라고. 자기가 놓은 덫에 자기가 걸린 거지 뭐. 다리온에게 묻지나 말지.

"왜요? 없어요?"

내가 본 바로는 아르티닌도 꼼짝 못하게 하는 위인이 우리 일행 중에 셋이 있는데 바로 이브린과 예나, 다리온이었다. 한마디로 왠지 지혜롭고 무게있어 보이는 다리온을 빼고는 여자한테 약하단 소리. 거기다 예나는 우리의 돈줄을 쥐고 있지 않은가? 지금 아르티닌은 다리온에게 드래곤이란 것을 숨기고 있기 때문에 우리와 같이 예나에게 돈 얻어 쓰는 처지. 안 들어줄 수 없지.

"아, 알았어. 저… 다리온 씨, 한 방울이면 됩니까? 귀한 거라… 저도 몇 방울 없어요."

"예, 그 정도면 충분히 될 겁니다."

우린 먼저 바닥에 있던 흙을 수거해 본부로 가서 실험을 하기로 했다. 그런데 드래곤 피가 귀하다… 그 말을 드래곤에게 들으니 좀 이상하군. 그 덩치에 코피만 흘려도 몇 통이나 나올 텐데 귀하다니.

실험은 헥터의 식구와 수사대와 관련된 사람들, 그리고 참관인으로 왕실에서 한 사람이 나온 가운데 진행되었다. 그리고 그 반응은 다리온의 말대로였다. 다만 예나의 경우는 하프엘프라 약간의 폭발 후에 사람과 같이 격렬하게 끓는 반응을 보였다.

"이것으로 확실해졌군요. 헥터 빌라인은 오도카도리를 재배한 겁니다. 그리고 사람들을 양분으로 희생시킨 혐의도 추가됩니다. 그런데 문제는 그 중요 인물인 헥터 빌라인 씨가 살해된 점입니다. 처음엔 사흘 후면 산다고 했는데 약 기운이 떨어져서인지 사망했습니다. 덕분에 사건은 미궁에 빠지게 되었죠."

그래? 그럼 참 일이 어렵게… 응? 가만…

"잠깐만요. 헥터 빌라인이 죽었다고요?"

"예, 오늘 아침에. 저도 좀 전에 보고받았습니다."

레베카는 헥터의 죽음을 다시 확인시켜 주었다. 난 아르티닌을 바라보았고 아르티닌도 당혹한 표정이었다. 우선 말이 되지 않았다. 오도카도리의 잎이나 열매를 먹었을 것으로 추정되는 사람이, 그것도 드래곤이 치유 마법까지 걸어주었는데 죽었다? 이게 말이 되나?

"그렇군요. 부작용이 나타나는군요."

다리온이 고개를 끄덕이며 말했다.

"저도 지금 기억납니다. 오도카도리의 잎은 사람의 생명력을 강하게 해주지만 그건 생명을 끌어 쓰기 때문이라고 했습니다. 예를 들면 노숙을 하면서 불을 피운다고 봅시다. 불을 피울 때 장작의 수는 한정돼 있다고 칩시다. 한 열 개 정도로. 그런데 어떤 사람은 열 개를 한꺼번에 피웠고 어떤 사람은 하나하나 피웠다고 볼 때 같은 열 개의 장작이지만 한쪽은 짧고 뜨겁게 다른 한쪽은 약하지만 길게 피우게 됩니다. 그것과 같은 이치라고 책에는 쓰여 있었습니다."

"그렇다면 이미 죽어야 했을 사람이 약 기운으로 생명을 끌어가면 산 것인가?"

옆에서 묵묵히 듣고 있던 렐드가 한탄을 했다.

"어리석은 인간… 그게 사는 건가… 아! 그런데 만일 오도카도리의 잎이 그렇다면 열매도 같은 효과라고 볼 수 있는 것이 아니오?"

"글쎄요… 잎과 열매는 차원이 다르니까요. 간단한 예로 사과와 사과나무 잎을 같이 볼 수는 없는 일이죠."

결국 열매를 먹으면 정말 영생을 하긴 한다는 것이다.

우린 여관에서 늦은 식사를 하고 있었다. 사흘 만에 늦잠까지 푹 자고 지금 일어난 것이었다. 우리가 도운 것은 오도카도리에 관한 것까지고 이젠 수사대가 해야 할 일이었다. 누구인지는 몰라도 헥터를 죽이고 오도카도리의 열매를 가져간 사람. 수사대의 추측에 따르면 아마 헥터는 동업을 했을 것이고 열매는 그 동업자가 가져갔을 것이란 것이었다.

여기서 렉스가 한 가지 추측을 더 했다. 어쩌면 헥터는 그저 이용당한 사람일지도 모른다는 것. 헥터는 그 잎의 효용만 알고 열매에 관한 것도 잎을 복용한 후의 부작용도 몰랐을지 모른다고 추측했다. 그리고 헥터가 오도카도리의 열매를 수확했을 때 그 동업자는 비밀을 지키기 위해 또는 열매를 혼자 차지할 욕심에 헥터를 죽였을 거란 것. 오도카도리에 열매는 단 하나만 열린다는 소릴 듣고 내놓은 의견이었다. 그리고 그 의견은 곧바로 수사대에 반영이 되었고 그것을 중심으로 수사를 펼치기 시작했다.

"우걱우걱. 혹시 그 범인도 오도카도리의 열매의 효능은 알았지만 잎의 효능은 몰랐던 게 아닐까요? 쩝쩝."

밥을 먹으면서 죠세프가 말을 꺼냈다.

"우물우물. 맞아. 그게 아니라면 그 정도만 칼로는 안 찌르지. 꿀꺽.

아마 목을 쳤을 거야."

아르티닌도 동의했고…

"밥 먹을 때 꼭 그런 이야기를 해야겠어요?"

예나의 한마디에 우린 다시 아무 말 없이 밥을 먹었다. 하지만 내 머리 속엔 아르티닌과 죠세프의 대화가 남아 있었다. 죠세프와 아르티닌의 말이 맞을 수도 있다. 하지만 그 반대로 잎의 효능을 알아서가 아닐까 하는 생각도 들었다. 생명을 빨리 불태우는 효능. 그러니 칼로 찌르고 피를 흘리게 하면 그에 대항해 강한 생명력이 발산된다. 그렇게 되면 그만큼 생명이 더 강하게 타오르고 또 더 빨리 사그라진다. 으… 복잡하군. 머리 아프다. 머리 복잡하고 아프니 밥맛이 떨어지려 한다. 밥 먹고 나서 생각해야지.

"그러면 최후의 인물은 누구일까요?"

밥을 먹고 휴식을 취할 때 우린 그 사건에 대해 다시 말했다. 아마 영생의 열매란 것 때문일 것이다. 그리고 대화를 하는 도중 난 한 가지를 생각하고 다리온에게 넌지시 물었다.

"흠, 현재는 전혀 감이 안 잡히는군요. 하지만 란셀도 이걸 생각하고 있지 않나요? 헥터의 배후에 있던 최후의 인물이 그 영생의 열매를 먹었을 거란 것, 그리고 그 열매는 인체에 어떤 작용을 하고 그것을 알 수만 있다면 범인이 누구인지 알 수 있지 않을까 하는 것?"

와~ 정확하다. 다리온은 지금 내 생각을 정확히 맞혔다.

"저도 그것을 생각하긴 했었지만 문제는 그 열매를 먹고 나타나는 반응은 없다는 것입니다. 알 수 있는 방법이라면 그가 수백 년을 산다는 것. 하지만 그때는 모든 일이 전부 잊혀졌을 때죠."

다리온의 말대로라면 지금은 범인을 알 수 없다는 소리. 하지만 모르지. 수사대에서 증거를 잡아 범인을 잡을지.

"훗, 영생? 인간은 어째서 그런 것을 원할까?"

다리온과 나의 말을 듣던 아르티닌이 차갑게 웃으며 말을 꺼냈다.

"영생이 좋은 것은 아니지. 누군가 영원히 살게 된다면 그건 행운이 아니라 불행이야. 아마 세상에서 가장 악에 받친 저주를 내린다면 영생을 주는 것도 좋은 방법이야."

아르티닌의 조소. 그건 드래곤만이 아는 것이다. 일만 년이란 긴 세월을 사는 존재, 그리고 만일 초룡의 단계로 넘어가면 영원한 삶을 사는 존재. 그 존재들은 언제나 즐겁게 인간의 세상이든 다른 종족의 세상이든 유희를 다닌다. 하지만 드래곤들의 유희는 즐기기 위한 것이 아니라 살아가기 위한 처절한 몸부림이었다. 시간 길이의 느낌은 드래곤이나 사람이나 같다. 그렇기 때문에 그 많은 세월을 살아야 하는 드래곤들은 무력감에 빠져 존재감을 잃지 않기 위해 끊임없이 자극을 주어야 했고 그것이 드래곤들의 유희였다.

드래곤들이 그 자극을 굳이 유희라고 하는 것은 드래곤이란 위대한 종족으로서의 자존심 때문. 자신들 수명의 무게에 짓눌려 살기 위한 몸부림으로 유희를 한다는 그들의 진실을 말하기에는 드래곤들의 자존심이 너무 강했다. 하지만 이 사실은 아는 사람도 존재도 없었다. 오직 있다면 신과 하이엘프 정도. 하이엘프도 일만 년의 생을 사는 존재라 드래곤의 심정을 잘 아는 것이다. 신도 무한한, 그리고 영원한 존재이고.

신은 태초신으로부터 받은 권능이 있었고 하이엘프는 스스로를 다스리는 능력이 있었다. 하지만 드래곤은 그것이 없기에 그런 유희를 즐기는 것이었다. 살기 위해서. 사람들이 드래곤에게 수면기가 있다고 착각할 만큼 오래 자는 것도 따지고 보면 그것이 이유였다. 수십 년을 잠을 안 자도 견디는 종족에게 수면기란 것이 있을 수는 없는 것이다. 하지만 어떤 드래곤은 정말 규칙적으로 자기도 한다. 규칙적인 생활이 삶을 무기력하지 않게 한다나 뭐라나. 그리고 드래곤들이 그 많은 물건을 모으는 것도 같은 맥락이었다. 취미 활동은 생활에 자극을 주는 일이다. 그런 것을 사람들은 그저 드래곤들은 놀고, 자고, 모으고 하는 속 편한 부러운 존재로 인식을 하는 것이다.

정말 드래곤들이 유희만 즐기는 존재라면 죽는 것을 두려워할 것이지만 죽음을 두려워하는 드래곤은 없었다. 오히려 자신의 이종족 친구의 죽음을 안타까워한다. 드래곤이 두려워하는 것은 오직 하나, 영 시답잖은 놈에게 죽는 것. 한마디로 체면 구기는 죽음이었다.

어쨌든 오래 살아 슬픈 종족이 드래곤이지만 살기 위한 몸부림이든 아니든 논다는 것은 재미있는 것이다. 또 삶에 자극을 줘서 활력을 주는 일이기도 하고. 이건 인간도 마찬가지니까.

"훗, 한 천 년만 살면, 아니, 그전에라도 스스로 자살할지도 모르지."

계속되는 아르티닌의 비웃음. 하지만 그걸 막을 생각은 없다. 지금 아르티닌은 인간의 어리석음을 비웃는 것이니까. 그리고 아르티닌의 말에 나도 동감이다. 나도 300년을 넘게 살아오면서 스승인 카나이드의 교육과 이따금 다녔던 여행이 아니었으면 그 세월이 짓눌러 미쳐버렸을지도 몰랐다.

"아울은 마치 수천 년을 산 사람같이 말하는군요."

순간 움찔하는 아르티닌. 아르티닌은 다리온에게 자신이 드래곤이란 사실을 말하지 않았고 알려지기를 원하지도 않았다. 아르티닌의 말에 따르면 이상하게 다리온에게만은 자신이 드래곤이란 사실을 알리고 싶지 않아서였다는데… 지금 들통날지도 모르는 상황. 아르티닌, 위기닷!

"아, 아니, 그저… 전 책도 읽고 생각도 했고… 그래서 그렇게 말한 거죠. 그리고 수천 년이라뇨, 제가 어떻게 수천 년을 살았겠습니까? 그런 황당한 말씀을……."

크큭, 맞다. 수천 년은 무슨… 아르티닌의 나이는 이제 천오백 살인데.

"그런가요? 흠, 그렇죠. 어떻게 생각하느냐에 따라 느껴지는 것이 다르겠죠. 하긴 저도 아울 씨 의견과 같답니다. 우선은 사랑하는 사람들과 헤어질 테니까요. 그리고 그 영생의 열매 문제인데… 그건 결과가 더 나쁩니다. 아주 나쁘죠. 오도카도리는 어둠의 생물. 악마와 계약하는 사람은 그 업보를 받듯이 그런 어둠의 생물에게 얻는 것도 반드시 반대급부를 같이 가져갑니다. 어쩌면 수사를 한다는 것이 그를 돕는 것일지도 모르죠."

알쏭달쏭한 다리온의 말. 우리가 그것이 무슨 소린지 물어봐도 곧 알게 된다며 웃기만 했다. 그러게 다리온이 읽은 책을 보고 싶다니까.

그리고 계속되는 토론. 그러고 보니 한심했다. 관광하러 와선 여관 방에 틀어박혀 이런 소리나 해대니…….

"그러지 말고 우리 나가서 구경이나 하죠. 이런 일을 우리가 말해 봤자 소용이 없으니. 어차피 수사대에서 할 일이고."

난 지금 이런 우리의 꼴이 좀 우습기도 해서 먼저 의견을 내었다. 다행히 다른 사람들도 내 의견에 찬성했다. 아무래도 창으로 비치는 밝은 햇살이 날 도운 듯했다.

"그래요, 시장 구경을 해야죠. 그리고 암시장도요. 암시장은 아예 못 돌아보았으니까."

"잠깐!"

그때였다. 죠세프가 급히 예나의 말을 막았다.

"암시장?"

"그래, 암시장. 설마 거기서 또 무슨 일이 벌어질 예감이 든다는 것은 아니겠지?"

예나는 샐쭉하니 죠세프를 흘겼다.

"아니야, 그런 말이. 한 가지 생각이 급히 떠올라서… 예나, 너 분명히 순찰대원 외에 다른 사람의 발자국 소린 못 들었다고 했지? 그리고 아울도요. 페디, 넌?"

모두 그렇다고 했다.

"그럼 생각해 보자. 거긴 매우 조용한 곳이야. 암시장의 분위기를 내려고 일부러 그렇게 했겠지. 내가 듣기론 각 구역의 암시장 분위기가 다르다고 들었어. 북쪽의 암시장은 북적거리게 만들고 동쪽과 서쪽도 분위기가 다르다고. 그런데 여긴 조용한, 아니, 일부러 소리를 없앤 음침한 분위기를 내려 한 곳이야. 사건이 일어난 시간으로 추정되는 시간은 분명 순찰대원이 순찰을 도는 시간이야. 그런데 그 순찰대원도 아무 소리를 못 들었다고 하지. 순찰대원의 신발은 가죽에 대륙 남부의 베레 섬 특산의 고무야. 그 고무는 흡음성이 강해. 그걸 신은 순찰대원은 발소리가 별로 안 나지. 그렇지만 일반인의 신발은 가죽으로 된 밑창. 소리가 크게 날 수밖에 없어. 우리도 경험했지? 그런데 범인의 발소리를 순찰대원도 못 들었어. 그게 말이 된다고 생각해?"

"그, 그렇다면……."

예나도 뭔가를 생각하는 눈치였다.

"그래, 그렇게 훈련이 잘된 순찰대원이 못 들었다면 그건 두 가지로 설명이 돼. 하나는 범인이 숨어 있었다. 하지만 아까 예나나 페디도 말했지만 아무 소리 못 들었다고 했지? 그러니까 그건 아냐. 그럼 남은 것은 하나야. 순찰대원 중에 범인이 있다는 것. 그래서 순찰대원들의 이동 경로나 시간을 잘 알 수가 있는 것이야."

호오… 죠세프도 역시 제법이군. 그런데 뭔가 빠진 느낌은 왜 들지?

"그런데 만약 범인이 마법으로 공간 이동을 했으면? 짧은 시간 내야 알 수 있지만 시간이 오래되면 어지간한 마법사가 아니면 알 수가 없잖아."

"그, 그건……."

죠세프는 예나의 반론을 듣고 아르티닌을 쳐다보았다. 하지만 외면하는 아르티닌. 불쌍해진 죠세프. 특히나 머리가 좋은 사람이 이런 일을 당하면 더 불쌍해 보이지. 그건 그렇고 내가 뭔가 빠진 것 같은 느낌이 들은 게 이건가 보군.

"아뇨. 순찰대원도 그렇고 경비대, 수사대 모두 마나 반응기를 가지고 다녀요."

문에는 레베카가 서 있었다.

"레베카?"

"저희 때문에 수고하셔서 밥이나 사러 왔더니 의외의 것을 듣게 되었군요."

"아, 아니, 저… 전……."

죠세프가 말을 더듬었다. 당연했다. 아직은 순수한(?) 죠세프는 순찰대를 의심했다는 것이 마음에 걸리는 거다.

"아뇨. 미안해하실 필요는 없어요. 저도 사실 순찰대를 의심했답니다."

레베카는 방에 들어와서 의자에 앉으며 말했다.

"방금 죠세프가 한 말과 같은 생각을 했죠. 어째서 범인이 순찰대원의 이동 경로와 시간을 알 수 있을까 하고 말이죠. 하지만 솔직히 말해 의심하고 싶지는 않아 곧 잊었죠. 그러다 여러분의 말을 듣고 생각이 난 겁니다. 사실 너무 간단하고 제일 먼저 생각해야 할 문제지만 사건이 하도 이상한 것이어서 미처 생각을 못했죠."

"그, 그럼… 수사대에서도?"

내가 묻자 레베카는 좀 침울한 표정으로 답했다.

"예. 그게 아니라도 처음부터 순찰대원들은 빼고 수사를 했답니다. 지금까지의 수사 내용을 알고 있는 사람들은 저희 수사대와 여러분뿐입니다."

"그래요? 그럼 범인이 누군지 알겠습니다."

"예?"

에베카는 눈을 동그랗게 떴다. 나도 고개를 돌렸다.

"아울, 그게 무슨 소리?"

"훗, 뻔하죠. 한 가지 묻겠습니다. 수사대와 저희 말고는 수사 내용을 아는 사람이 정말 없습니까?"

"예? 예."

"좋습니다. 수사대장님의 말이니 믿어야죠. 그럼 헥터 빌라인이 살아 있었다는 것도 마찬가지겠죠?"

"물론입니다. 하지만 비록 순찰대원들이 병원에 도착할 때까지 살아 있는 것을 보았고 의사가 죽지 않을 거란 말을 하는 것도 들었겠지만 그래도 그 후에 그가 어디에 있는지 어떤 상태인지는 모릅니다.”

“하지만 순찰대원이면서 헥터 빌라인의 일, 그리고 수사 내용을 아는 사람이 있습니다.”

우린 아르티닌을 보았다. 그리고 나의 머리 속에 생각난 한 사람…
그리고 다른 사람들도 나와 같은 생각인 모양이었다.

“렉스?”

아르티닌이 고개를 끄덕였다.

“예, 모든 조건에 부합되는 유일한 사람이니까.”

“하지만 그는… 그는 아시잖아요. 그는 우리 수사대보다 더 열심히
수사를 도왔어요.”

“그렇죠. 그런 사람을 범인으로 볼 사람은 아무도 없죠, 적어도 정상
적인 인간이라면.”

아르티닌의 말도 일리가 있었다. 그런 범인을 잡기 위해 가장 열심
이인 사람을 범인으로 볼 사람은 없었다. 물론 정상적인 사람 중에서
는. 흐… 그럼 우린 비정상적인 인간? …이 맞지. 인간이라곤 나와 다
리온, 이브린뿐인데 난 삼백 살 넘게 산 요상한 인간이고, 이브린은 드
래곤에게 덤비는 이상한 인간이고, 다리온은 알 수가 없는 사람이니까.

내가 이런 생각을 하는 동안 레베카는 돌아갔다. 다리를 휘청거리
며. 혹시 레베카가 렉스를 좋아하나?


레베카가 다시 찾아온 건 그로부터 이틀 후였다. 그동안 우린 시장
도 돌아보고 했지만 속은 편하지 못했었다. 그런데 그런 우리에게 레
베카가 찾아와서 더 부담 가는 말을 했으니…

“레, 렉스의 행동이 이상해요.”

"예?"

우린 좀 놀라고… 아무리 렉스가 범인이라고 아르티닌이 단정은 했지만 그러기에 렉스는 너무 순수하고 착하게 생겼다. 아무튼 그런데 왜 우릴 찾아온 거지?

"죄송해요. 하지만… 이젠 수사대도 못 믿겠어요. 뭔가… 수사대에도 한패가 있는 것 같아요."

레베카는 울먹였다.

"그래서 여러분들을 찾아온 겁니다. 어쩐지 여러분들은 믿을 수 있을 것 같아서……."

"그래요. 저희는 믿을 수 있습니다. 그리고 용기를 내세요. 아무리 자신의 신념과 긍지를 담아 일하던 곳이 실망을 시켜도 그건 한두 사람이잖아요? 나머지 사람들은 자신들의 의무를 열심히 수행하는 사람들이니까요."

다리온이 레베카를 위로했다. 역시 나이 든 사람이 위로도 잘한다. 나? 난 몸만 늙어서… 에고에고, 허리야~

레베카의 말로는 렉스가 어디론가 자주 사라진다고 했다. 우리와 같이 있을 때는 그렇지 않았는데 우리가 수사를 돕는 것을 그만두고 난 후 그런다는 것이었다. 레베카가 중간에 따라가기는 했지만 무슨 일인지 중간에서 놓친다는 것이었다.

그러던 중 바로 어젯밤, 레베카가 잠결에 목이 말라 깨었는데 수사대 공관 앞 그늘진 곳에서 렉스가 누군가와 말을 하고 있었다고 했다. 아쉽게도 레베카가 들어갔던 식당의 창으로는 렉스밖에 볼 수가 없었다고 했다. 더 아쉬운 것은 말소리가 거의 안 들렸다는 것. 그런데 말을 끝낸 후 렉스는 어둠 속으로 사라졌고 그 사람은 수사대 공관으로 들어왔다고 했다.

그 시간에 수사대 공관에 들어올 수 있는 사람은 오직 수사대뿐이다. 순간 놀란 레베카는 급히 숨었고 약간의 시간이 지난 후 나와보니 이미 그 사람은 사라졌다는 것.

"제가 아는 것은 그것뿐입니다. 그리고 마지막으로 제가 유일하게 들은 말은 열매란 말과 영생이란 말이었죠. 이것도 겨우 들었지만……."

우린 잠시 고민했다. 도와주느냐, 마느냐.

"먼저 렉스부터 미행하는 것이 어떨까요?"

이브린의 말이었다. 역시 우린 고민이 없는 일행이다. 쓸데없이 고민한 시간이 아쉽군.

"그럼 당장 시작할까?"

죠세프도 나섰다.

"하지만 준비를 좀 해야겠습니다."

아르티닌이 레베카에게 말했다.

"오늘 오후에 수사대장님이 여기로 오십시오. 그럼 그때 같이 움직이죠."

레베카는 고마워하는 얼굴로 돌아갔다. 난 아르티닌에게 물었다.

"준비는 무슨 준비?"

"준비가 준비지."

"한데 꼭 할 거야? 그리고 너희들도?"

난 솔직히 좀 마음에 들지 않았다. 뭔가 불안하기도 하고.

"난 렉스를 미행하는 것이 뭔가 꺼림칙해."

아르티닌이 뭔가 의미심장한 얼굴로 씩 웃었다.

"그래? 하지만 우리가 과연 렉스만 미행할까?"

"무슨 소리지?"

아르티닌은 씩 웃었다.

"예전에 이런 경험이 있었어. 난 그때 성룡이 돼서 처음 인간 세상으로 모험을 갔었는데 솔직히 내가 무슨 경험이 있어야지. 그만 어느 도시에서 폭력 조직이 싸움에 휘말린 거야. 두 가의 폭력 조직이 서로 세력 싸움을 하는 와중에 나도 휩쓸린 거지. 그런데 내가 속했던 조직에 배신자가 있어서 나와 내 동료가 같이 미행을 갔거든? 그런데 나와 같이 미행을 갔던 녀석도 배신자였단 말야. 어느 으슥한 골목으로 들어가더니 둘이서 같이 날 위협하는데… 참나, 기도 안 차더군. 가볍게 쓰다듬어 주고 전부 경비대에 넘겨 버렸지. 그리고 그 두 개의 조직도 같이 넘겼고. 어차피 그 녀석들 비리는 내가 다 아니까. 결국 내가 진정한 배반자가 되기는 했지만. 내가 무슨 소리를 하려는지 알겠지?"

그래, 알 것 같다. 불쌍한 녀석. 그래, 그 소중한 첫 모험을 폭력 조직에 휩쓸리고 배반자가 되다니… 라고 하면 난 멍청이겠지? 흠, 난 좀 멍청한가 봐.

"그럼 우리 중 일부만 렉스를 미행하고 나머지는 혹시 모를 일에 대비하자는 건가요?"

나보다 먼저 죠세프가 아르티닌에게 물었다.

"그렇지. 흠… 미행하는 쪽은 미끼랄까? 그런데 그 미끼 역할을 너 아니면 내가 해야 할 것 같군."

아르티닌은 날 힐끔 보며 말했다. 왜지? 이상하게 기분 나쁘네? 참 그리고 이 이야기를 다리온에게도 알려야겠다. 그런데 다리온은 어딜 간 거지?

 렉스는 골목으로 들어갔다. 우리 모두는 지금 렉스를 미행하고 있었다. 레베카가 가져다 준 순찰대원의 신발을 신고—웬만하면 그냥 가지고 싶다—검은 옷으로 갈아입고 조용히 뒤따라갔다. 그리고 만일을 대비해 아르티닌과 페디가 몰래 우릴 감시하고 있었다. 한마디로 아르티닌이 말한 대로 미끼. 어째 내가 지렁이가 된 기분이지?

 렉스는 다시 꺾어졌다. 왼쪽으로 오른쪽으로.

 이, 이거… 미로냐?

 대체 몇 번을 꺾는지 알 수가 없었다. 슬쩍 옆을 보니 예나도 당황하는 눈치. 길을 잘 찾는 예나가 저 정도면 우린 정말 아주 깊숙하게, 그리고 매우 복잡한 미로에 있는 것이었다.

 "란셀, 우리 아까부터 같은 곳만 계속 돌고 있어요. 미행을 눈치 챈 것이 아닐까요?"

 자그마하게 들려오는 예나의 목소리.

 뭐야? 같은 길만? 렉스 녀석, 날 바보로 만들다니. 나중에 두고 보자. 씩씩!

 내가 속으로 열을 삭이고 있을 때 렉스가 문득 걸음을 멈추었다.

 "훗, 지금까지 절 따라오시느라 수고가 많으셨습니다, 여러분들."

 렉스는 뒤로 돌아서 우리 쪽을 쳐다보았다.

 "그만 나오시죠, 다리온 씨, 란셀 씨, 그리고 다른 분들도."

 역시 렉스는 알고 있었다. 우린 렉스의 앞으로 나섰다.

 "훗, 여러분들이 저를 의심하고 미행하는 사실을 이미 알고 있었답니다. 그래서 여기까지 유인한 겁니다. 오실 때 느끼셨겠지만 여기가 매우 복잡하거든요? 완전 미로죠. 아마 여기서 빠져나가기 힘드실 겁니다."

"저… 죄송하지만 렉스, 당신은 그냥 같은 곳을 빙빙 돈 거잖아요. 길 찾을 필요 없이 저기로 가면 나가는데……"

예나의 말에 렉스는 비틀거렸다.

"그, 그런가? 어쨌든 너희는 스스로 무덤을 팠다. 조용히 있었으면 무사했을 텐데."

이런, 이젠 말을 막하는군. 하지만 렉스, 그런 험악한 말을 쓰면 쓰나. 자라나는 어린이들이 따라하면 어쩌려고.

"당신 말은 당신이 이번 일의 범인임을 시인하는 소리겠죠?"

별것 아닌 그저 험악한 말에서 증거를 찾은 다리온. 정말 놀랍다.

렉스는 피식 웃었다.

"물론."

렉스는 굳이 숨기지 않았다. 그리고 우리 쪽으로 손가락을 가리키고 계속 말했다.

"그리고 내 동료도 같이 이번 일을 했지."

렉스가 가리킨 곳은 레베카가 있는 쪽이었다.

설마… 가 역시 사람 잡았다. 레베카는 예나의 목에 칼을 대고 있었다.

"레베카, 당신이 일을 저지른 사람인가요?"

"그, 그래요. 내가 이 일을 했어요."

응? 뭔가 이상한데? 레베카의 목소리가 떨리고 있었다. 나도 눈치 하난 좋은 사람이다. 지금 레베카는 이상했다. 이런 엄청난 일을 저지른 사람치고는 너무 담이 약한 행동이었다. 나는 레베카에게서 시선을 돌려 렉스를 바라보았다.

내 생각에 레베카는 예나에게 작은 상처 하나 내지 못할 것이다. 나만 그런 생각을 한 건 아닌지 모두 렉스를 바라보았다. 예나조차도. 그러니 저렇게 태연하지. 하, 하품까지… 이봐, 예나. 그래도 인질인데 인질이 하품하면 레베카는 어쩌라고.

"레베카를 끌어들인 건가? 후, 재주 좋군. 하긴 아무리 먼저 피해자를 발견했다지만 순찰대원 주제에 너무 사건에 깊이 관여한다고 생각했어. 처음엔 그게 네 능력이라고 생각했는데 그것만이 아니었군."

"그래? 내 능력을 인정해 줘서 고맙군."

렉스는 여전히 이죽거렸다.

"나도 내 능력에 놀랐어. 특히 내 연기력에. 차라리 연극 배우를 할 걸 그랬나?"

"그랬으면 이런 일이나 없었지. 그래, 왜 이런 짓을 했지? 오도카도리 잎의 약효 때문에? 아니면 그 열매에 담긴 영생의 비밀이라도 알았나?"

난 우선 렉스에게서 그 이유를 듣고 싶었다. 솔직히 마도의사라고 자칭하는 내가 일반 사람들보다 모르다니. 그래도 다리온은 좀 낫지. 렉스도 아는 것을 내가 모르면 그 얼마나 창피한 노릇이냔 말이다.

"이유는 있지. 하지만 연극에서 보면 막판에 악당은 비밀도 다 털어놓고 말도 길게 하느라 주인공에게 상황을 역전시킬 시간을 주지? 난 그 꼴은 되기 싫어서 말야. 너희들, 죽어줘야겠어."

아, 글쎄, 그런 말을 자라나는 새싹들이 들으면 어쩌려고.

"미안하지만 너도 그 꼴이다."

난 절묘한 등장이라고 외쳐 주고 싶었다. 렉스가 막 말을 끝냈을 때 렉스의 목에 칼이 들이대어졌다. 아르티닌이었다.

"글쎄, 세상 돌아가는 것이 다 똑같다니까. 홍. 말을 길게 해 상황 역전되는 것이 싫다? 넌 그 말을 하면서 이미 충분히 시간을 끌었어."

렉스의 이 가는 모습이 보였다. 난 다시 내가 알고 싶은 것을 물었다.

"이젠 바쁠 게 없지? 그럼 어떻게 된 건지 자서히 듣기로 할까?"

"홋, 뭘 알고 싶은 거지?"

여전히 비웃는 듯한 렉스의 목소리.

"그건 네가 더 잘 알 거다, 렉스."

홍. 나도 똑같이 할 수 있다고.

"좀 전에 물어봤듯이 네가 어떻게 오도카도리 같은 식물을 알고 그 효능을 알았지? 그리고 헥터 빌라인은 또 뭐고?"

"그거? 맨 처음 일을 벌인 건 헥터야. 그가 오도카도리에 대해 알아 왔지. 난 그를 도와준 거라고. 그가 모든 일을 다 꾸몄지. 난 보조만 했어. 헥터가 어떻게 그 거꾸로 자라는 식물을 알게 되었는지는 나도 몰라."

렉스는 순순히 자백했다.

"헥터 빌라인이?"

헥터가 이번 일을 했다는 것은 이미 알고 있었다. 하지만 모든 일을 거의 그가 할 정도였을 줄이야…….

"그럼 넌 뭐지?"

"난 그가 사람을 납치할 때 알게 되었지. 정확히 말하자면 현장 검거를 했었거든. 그런데 헥터가 그러더군. 영생을 얻고 싶지 않냐고. 처음엔 무슨 미친 소린가 했는데 계속 날 설득하더군. 그리고 오도카도리를 보여주고 그 잎의 효능을 보여줬을 때는 믿을 수밖에 없었지."

"그럼… 넌……."

"맞아. 난 직접적으로 사람을 납치하지도 죽이지도 않았어. 전부 헥터가 했지. 난 그저 눈만 감아주는 것 같은 간단한 일만 했단 말이지. 훗."

"그런가요? 아무도 안 죽였다?"

다리온이 싸늘한 음성으로 렉스에게 물었다. 흐으… 다리온도 목소리 까니 정말 무서워.

"물론. 난 그저 눈감아주고, 은폐시키고, 심부름만 했어."

"그래요? 하지만 직접 죽이지 않아도 공범은 공범이죠. 그리고 또 하나 중요한 것. 그럼 헥터 빌라인을 죽인 사람은 누구지요?"

"그, 그건……."

렉스는 다리온의 말에 당황한 듯했다.

"그리고 헥터 빌라인이 일을 꾸몄어도 혼자 사람을 납치하고 뒤처리도 혼자 다 했을까요? 그는 상인이라 장사도 해야 하고 또 알리바이도 만들어야 하는데요. 그렇다면 일꾼이 있었다는 말인데… 제 생각엔 그들도 희생되었을 겁니다. 그럼 그들을 죽인 사람은 누구죠?"

난 다리온의 말에 앗! 하고 소리 지를 뻔했다. 중요한 사실. 어쩌면 헥터의 부하들, 아니, 헥터는 죽었으니 렉스에게 넘어갔을지도 모르지만… 그들이 우리를 숨어서 보자나 않을까? 하는 생각이 들었다. 그런데 다리온은 그들이 죽었을 거라 말하고 있었다. 과연 그럴까? 그렇다면 좋겠… 이 아닌데… 내, 내가 정말 사악해지는 것 같아…….

"난 아무런 상관 없어. 그들은 헥터가 죽였어. 헥터가 수면제를 탄

술을 먹이고 그들이 잠들자 묶어서 오도카도리 옆에 놨던 거야!"

렉스가 소리쳤다. 그런데 아까와는 다르게 흥분한 목소리. 내가 잘 못 보지 않았다면 분명 아까는 나에게 이죽거릴 정도로 당당했었다.

"이젠 겁이 나십니까?"

다리온은 밑도 끝도 없이 렉스에게 말하고 우릴 쳐다보았다.

"저자는 지금 겁을 먹었습니다. 제가 여기 법을 살펴보았죠. 거기에 이렇게 되어 있더군요. 살인한 자는 사형에 처한다. 이건 대부분의 나라가 같죠. 그리고 그 밑에 이런 조항도 있더군요. 사람을 죽인 자와 공범일 경우 그 공범이 살인에 직접 가담하지 않았으면 30년에서 50년 징역이라고 합니다. 렉스 아이악은 아마 50년 징역이겠지요. 아니, 본인은 어리석게 그렇게 생각했을 겁니다. 하지만 정말 어리석은 생각이었죠. 그는 헥터 빌라인을 죽인 살인자이기 때문에 사형입니다."

다리온은 그렇게 말하면서 렉스를 보곤 부드럽게 웃었다. 이, 이봐요, 다리온. 차라리 무섭게 쳐다보라구요. 그런 미소가 더 소름 끼친다니까.

"자, 잠깐! 그리고 보니……!"

죠세프가 갑자기 소릴 질렀다.

"다리온 말대로라면 저 렉스란 녀석은 50년 징역살이는 겁이 안 난다는 소린가요? 징역 다 살고 나오면 정말 저승 갈 날 멀지 않은 노인일 텐데? 그게 겁이 안 난다는 소리는……."

죠세프의 말을 듣고 뭔가 생각나는 듯했다.

50년 징역이 두렵지 않아? 그러면 늙을 텐데… 늙는 것이 안 두려운가? 그럼…….

내 생각을 다리온이 정리해 주었다.

"그렇습니다. 저자, 렉스 아이악은 이미 오도카도리의 열매를 먹었습니다. 영생을 얻은 것이죠. 영원히 사는 사람에게 50년은 아무것도 아니죠."

나는, 아니, 우리는 아무 말도 할 수가 없었다. 난 렉스를 쳐다보았고 다시 다리온을 보았는데 다리온은 싸늘한 미소를 지으며 렉스를 쳐다보고 있었다. 그런데 그게 무슨 느낌이랄까… 일의 실패로 얼굴이 굳은 상태에서 억지로 나오는 그런 미소가 아닌 승리한 사람이 자신에게 진 사람에게 보내는 조소의 느낌이랄까? 어째서일까? 분명 렉스는 열매를 먹고 영생을 얻었다. 그런데 왜? 혹시 렉스가 살인을 저질러서? 그것 때문에 사형을 면할 수가 없어서?

하지만 우리가 여기서 렉스를 우리 임의대로 즉결 처분하지 않는 이상 렉스는 빠져나갈 구멍이 있었다. 바로 영생을 미끼로 권력자를 구워삶는 방법. 가능성이 있는 방법이었다. 다리온처럼 지혜로운 사람이 그런 사실을 모를 리 없다. 그런데도 다리온이 저런 미소를 짓는 이유가 뭘까?

"그, 그럼 렉스가 영생의 열매를 먹었단 말인가요?"

레베카가 떨리는 목소리로 물었다.

"그럴 겁니다. 안 그런가?"

렉스는 다리온의 질문에 이를 가는 듯했다.

"물론 먹었지. 물론 모두 먹었어. 영원한 생명을 얻어야 하니까. 그런데 네놈이 내 영생을 망치려 하고 있어!"

"거짓말쟁이!"

레베카가 소리쳤다.

"넌 그 열매를 준다고 했잖아. 그래서 네가, 네가 무슨 일을 하든 눈감아주었는데… 그랬는데……."

"흥, 바보 같으니. 겨우 하나 열리는 열매다. 하나뿐인 열매를 네게
줘?"

"이 비열한……."

"너도 마찬가지가 아닌가? 영원히 살고 싶어서 내가 무슨 일은 하든
못 본 척했지. 영생의 열매를 얻는 대가로. 네가 그런 말을 할 자격이
있을까?"

"시끄러! 난 네가 아냐! 난 내가 먹으려던 게 아냐! 난 단지……."
레베카는 순간 말을 멈추었다.

"호오, 그래? 네가 원하던 게 아니었어? 그럼 누가 시켰군. 누굴까?
혹시 그 늙어 빠진 중늙은이 마법사 렐드?"

"시, 시끄럿! 네가 함부로 입에 올릴 이름이 아냐!"

"호, 정말이군. 네가 그 마법사를 좋아한다는 건 모르는 사람이 없
지. 그렇다면 렐드가 자신을 좋아하는 널 이용해서……."

"아냐! 그게 아냐!"

"흥, 아니긴. 확실히 렐… 우왁!"

쿵!

순간 아르티닌이 렉스를 벽으로 집어 던졌다.

"정말 화가 나서 못 참겠군."

아르티닌은 렉스에게 다가가서 멱살을 잡고 들어 올렸다.

"아, 아르… 아니, 아울!"

난 아르티닌을 불렀다.

"잠시만 나 하는 대로 놔두지 않겠나, 란셀?"

그, 그렇게 무게 잡으면서 말하는데 어떻게 안 된다고 하겠어. 겁나

잖아. 이거 오늘은 다리온도 그렇고 왜 이리 무게 잡지? 그러고 보니 다리온도 아르티넌을 안 말리고 오히려…

"놔두세요, 란셀. 그리고 오도카도리 열매를 먹었으면 웬만해서는 안 죽어요. 아울 씨가 아무리 패도 적당히만 패면 안 죽을 겁니다."

"그, 그런가요? 그렇다면 그, 그러지요 뭐… 아, 아울 맘대로 하라고……."

아르티넌은 우리의 허락(?)을 받고 렉스를 더 높이 올렸다.

"영생을 원한다고 했나?"

"쿠, 쿨럭……."

"영생을 얻어서 뭐가 되려고? 신? 악마? 뭐지?"

"쿠, 쿨… 여, 영원히… 사는 게… 뭐가 나빠……."

렉스는 숨 쉬기 힘든 와중에 겨우 말을 했다.

"그래? 어리석은 녀석, 넌 죽음이란 것이 인간에게, 아니, 살아 있는 생명체에게 축복이란 걸 모르나 보군. 죽음이란 가장 편안한 안식처다. 이별이 슬픈 것이지 죽는다는 자체는 두려운 것이 아니야."

"무, 무슨……."

"죽음의 축복을 모르는 어리석은 놈. 넌 그 오랜 세월 사는 드래곤이 왜 인간들 틈에 끼어서 유희를 즐기는지 아나? 왜 그 자존심 강한 존재가 자신보다 못한 존재로 치부하는 그런 존재들 틈에서 그런 우습지도 않은 짓거리를 하는지 아느냔 말이다. 왜 그렇게 오랜 시간을 자는지 아나? 모두 세월의 힘에 눌려서다. 그렇게 유희를 즐기지 않으면 세월의 힘에 미쳐 버리기 때문이다. 드래곤은 원래가 오래 살게 만들어진 생명체다. 그리고 강한 힘과 지식, 지혜가 있다. 그런 드래곤도 살기 위해 유희를 한다. 드래곤의 유희는 살기 위한 몸부림이야. 그런데 영원을 살겠다고? 영원이란 시간 앞에선 고작이란 말도 과분한 일 만 년의 시간을 사는 드래곤도 이러는데 100년도 안 되는 시간을 배정 받은 인간이 영생을 바래? 네놈 미쳐 버리겠다고 다른 생명을 죽였나? 아까 말했지, 죽음은 두려운 것이 아니라고. 하지만 네놈한테 죽은 개 죽음은 정말 안타깝고 화나고 억울한 것이다."

아르티닌의 말이 대충 끝난 것 같다. 아마 저 말은 모든 드래곤이 하고 싶은데 자존심 때문이라도 못하는 그런 울분일 것이다. 사실 고룡에서 초룡이 되면 영원히 산다. 하지만 초룡이 되기도 힘들지만 초룡이 안 되려 한다. 왜? 영원히 사니까. 나의 스승인 카나이드는 당장이라도 초룡이 될 수가 있다. 하지만 그는 자신의 힘으로 그것을 억누르고 있는 것이다. 그도 영원한 생을 사는 초룡이 되고 싶은 것은 아닌 것이다.

세상에는 초룡이 단둘 존재한다. 하지만 단둘뿐인 초룡도 원해서 된 것이 아니라 신을 보좌하기 위해 된 것이었다. 아마 원해서 초룡이 된 드래곤이라면 에레시스가 유일할 것이다. 그의 연인인 마나스가 영생을 사는 신이기 때문이다. 하지만 다른 드래곤은 영생을 원하지 않는다. 아마 일만 년의 수명 속에 세월의 무게를 뼈저리게 느끼기 때문이었다.

만일 인간이 영원을 산다면 그건 불행한 일일 것이다. 드래곤보다 감성이 풍부한 인간. 영원히 반복되는 이별의 슬픔 속에서 그는 감정이 메마르고 인간성을 잃어갈 것이다. 그리고 영원한 삶 속에 그는 지겨움을 느끼게 될 것이고, 계속되는 권태로움은 그에게 강한 자극을 원할 것이다. 그 자극을 위해 더 자극적인 일을 할 것이고 아주 잔혹한 일도 눈 하나 까딱 안 하고 하게 될 것이다.

그렇게 변해 버린 인간이 마지막에 되는 건 단 하나. 악마보다 더 악마적인 그런 인간이 될 수밖에 없는 것이다. 어떻게 보면 영생을 사는 사람은 스스로 목숨을 끊은 것이 현명할지도 모른다. 하지만 자살이라… 말이 쉬운 거지. 아무리 영원한 삶에 권태를 느껴도 막상 죽음이 다가오면 살려 할 것이고 자살은 더 더욱 안 할 것이다. 돈이 많으면 많을수록 약간의 돈에도 더 집착하듯이 영원한 생명이란 재산을 가지면 그것에 더 집착하게 되는 것이 인간이다. 그렇게 권태로움과 삶의 집착. 두 개의 악순환은 계속되어 영원한 삶을 사는 사람의 영혼을 파괴할 것이다.

난 이렇게 영원한 생명에 대해 생각에 빠졌다가 다리온의 질문으로 정신이 들었다.

"저… 란셀, 아울 씨가 마치 드래곤처럼 말하네요. 혹시 아울 씨가 드래곤은 아니겠죠?"

헉! 자, 잠갠다!

"무, 물론… 아니죠……."

불 뿜는 도마뱀 비스므리한 겁니다. 도마뱀은 아니고 모양만 비스므리한 거… 이, 이런 거짓말 하면 착한 어린이가 못 되는데… 내가 어린이가 아니라 다행이야…….

레베카는 감옥에 가기 전에 렐드를 한번 보고 싶어했다. 물론 레베카 자신이 말한 건 아니지만 예나와 이브린이 그렇게 말했다. 정말로 사랑했었다면 분명 보고 싶어할 것이라고. 레베카가 싫다고 했지만 실제 속마음은 만나보고 싶어할 거라고. 내가 여자 마음을 아나? 내가 여자도 아닌데… 여자인 예나와 이브린이 그렇다면 그런 줄 알아야지.

어차피 범인은 우리가 잡은 것이었다. 따라서 경비병도 우리가 레베카를 렐드와 만나게 해주든 한바탕 춤추게 해주든 아무런 말을 할 처지가 못 되었다.

"레베카."

렐드는 레베카를 보고 더 이상 말을 하지 못했다.

"죄송합니다."

단 한 마디. 그리고 레베카는 스스로 감옥으로 걸어가기 시작했다.

"훗, 끝까지 보호를 하다니 충성심이 대단하군. 왜 렐드는 안 잡아넣는 거야?"

이런. 저 인간을 왜 같이 끌고 왔을까.

렐드와 레베카를 만나게 해주면서 우린 그만 렉스도 같이 끌고 왔다. 그런 실수를 하다니.

픽!

"조용 안 해? 또 한 번 떠들면 더 팬다? 어휴~ 어쩌다 이런 놈을 같이 데려와서……."

렉스의 머리를 한 대 치는 이브린. 렉스는 곧장 입을 다물었다. 흠… 이브린의 주먹이 보통이 아닐 텐데… 렉스도 금방 입을 다문 것을 보면 그 위력을 실감한 모양이다.

"놔두세요, 이브린. 솔직히 전 레베카 씨와 렐드 씨, 그리고 렉스 놈이 있는 곳에서 모두에게 다 같이 들려줄 말이 있답니다. 예나, 레베카 씨 좀 붙잡아주세요."

다리온이 이브린을 말리면서 한 말이었다. 훗, 처음 들었다. 놈. 렉스 놈. 렉스, 너 다리온에게 찍혔어. 그런데 모두에게 들려줄 말? 그게 뭐지?

아무튼 그렇게 해서 모두 한자리에 모였다. 수사를 같이 했던 수사대도 함께 있었다. 인원은 전에 헥터의 수사를 할 때와 같았지만 그때와는 달라도 너무 달라져 있었다.

"레베카, 네가 이런 일을 하다니… 왜 그랬니? 넌 그럴 아이가 아니었어."

"죄송합니다. 흑."

"후우… 네게 말 못할 고민이 있구나."

"아, 아니에요. 그게 아니에요."

"아닌 게 아닌데요. 아시그님, 이걸 보십시오. 레베카의 집에서 찾은 겁니다."

누군가 렐드에게 뭘 건네주었다. 대충 보니 책 같은데… 그걸 본 레베카의 얼굴이 흙빛이 되어 그 책을 뺏으려 했다. 하지만 현재 레베카는 범인이라 묶여 있어서 그것은 몸짓에 불과했다. 그리고 책을 읽던 렐드의 얼굴빛이 하얗게 변했다.

"레, 레베카, 이게……."

렐드는 망연자실한 듯 중얼거렸고 레베카는 그런 렐드에게서 고개를 돌렸다. 우린 렐드가 건넨 책을 보았다. 그건 레베카의 일기였는데…

"이, 이런……."

"이건 비극이에요."

"말도 안 돼. 어떻게……!"

우리도 이런 반응이 나올 수밖에 없었다. 일기에 쓰여진 대충의 내용은 레베카가 렐드에 대한 사랑을 쓴 것이었다. 그런데 문제는 그것이 아니었다. 나이 차가 있더라도 남녀가 사랑을 하는 데 지장은 없는 것이다. 카나이드와 세리아의 경우를 봐도 일만 살이나 차이가 난다.

문제는 레베카가 렐드를 위해 영생의 열매를 선물하려고 한 내용이었다. 짐작은 했지만 실제로 그녀의 일기로 내용을 알게 되니 역시 충격이었다. 사랑하는 사람을 위해 영생을 선물한다. 매우 낭만적인 발상인지도 모르지만 결과는 잘되든 잘못되든 참혹한 것이다. 지금처럼.

"죄송해요, 전 다만……."

레베카는 눈물을 흘렸고 렐드는 한숨을 쉬었다.

"휴우, 결국 내가 원흉이구나."

"아니에요, 아니에요! 제 잘못이에요! 제 잘못……."

서로가 자기 탓이라고 하지만 이건 결국 사랑하는 사람을 위하는 방법이 잘못된 건가?

"흠흠."

분위기라 너무 침울해지자 다리온이 헛기침을 하면서 사람들의 시선을 유도했다.

퍼억!

"커억!"

그리고 나서도 시선 집중이 잘 안 되자 애꿎은 렉스의 머리를 한 대 쳐서 확실히 사람들의 시선을 집중시켰다.

"제가 여러분들을 여기로 오시게 한 것은 이유가 있어서입니다."

다리온은 말을 하면서 그림을 펼쳤다. 오도카도리였다.

"제가 이 식물에 대해 한 가지 잘못 말한 것이 있습니다."

그리고는 시선을 렉스에게 향했다.

"당신은 정말 오도카도리의 열매를 먹었습니까?"

"그래, 먹었다! 안 먹는 사람이 바보지."

이런 무례한 렉스의 말에 다리온은 살짝 미소를 지어 보였다.

"그렇군요. 렐드 아시그 수석 마법사님, 제가 부탁할 것이 있습니다만."

"말하십시오. 제가 들어드릴 수 있는 거라면 뭐든지……."

"뭐, 간단한 겁니다. 여기 렉스를 무기징역형만 주시고 사형은 면제해 주셨으면 합니다."

난 다리온의 말을 듣고 놀랐다. 다른 사람들도 놀란 표정이었다. 렉스까지.

"아, 아니, 다리온 씨!"

"놀라셨습니까? 하지만 제 말을 들으시면 이해가 가실 겁니다."

다리온은 사람들이 놀라든 말든 말을 계속했다.

"이 식물의 이름은 오도카도리, 그리고 이 식물의 열매는 영생의 열매라 불립니다. 그리고 실제로 영생을 줍니다. 하지만 영생만 줍니다."

여기서 다리온은 우릴 둘러보았다. 왜 보는데? 원하는 게 대체 뭐요?

"이해가 안 가시는 표정이군요. 그럼 정확히 설명하죠. 전 분명 영생만 준다고 했습니다. 영원히 살죠. 하지만 영원히 사는 것과 영원히 젊은 것과는 절대로 다릅니다."

순간 나의 머리 속에 스쳐 가는 이 생각은?

"표정을 보니 이제 대충 알아차리신 것 같군요. 이 열매는 사람을 영원히 살게 해주지만 노화를 막지는 못합니다. 살아가는 동안 계속 노화가 되죠. 생각해 보셨습니까? 수백 년, 아니, 수천 년 간 계속 늙는다는 것을요. 영생의 열매를 먹었으니 죽지는 않고 계속 늙어갈 수밖에요. 뼈는 계속 약해져 가고 피부는 쭈글쭈글해지고… 으흐흠, 생각만 해도 끔찍한 게 몸서리가 쳐지는군요. 솔직히 영원한 젊음을 가지고 있어도 저주나 다름없는 생이 영생인데 영원히 늙어간다니……."

여기서 다리온의 말이 끝났다. 모두가 멍한 기색, 그리고 갑자기 렉스가 소릴 질렀다.

"거, 거짓말이야! 그럴 리가 없어! 어떻게 그런 일이……!"

하지만 렉스의 절규에도 다리온은 태연히 말을 이어갔다.

"그리고 어느 정도 늙으면 몸도 못 가누죠? 그럼 자살도 못하겠군요. 그때까지만 자살을 못 시키게 하면 나중엔 자살도 못합니다. 그때 약간의 양분만 주면 계속 살게 되죠. 아마 영생을 사는 사람이란 이름으로 전시를 하면 돈도 벌 수 있을걸요?"

으~ 다리온도 상당히 잔인한 부분이 있군.

아무튼 그 말에 모두 정신을 차렸다. 렉스는 계속 소리를 질렀고 모두들 그런 렉스를 불쌍하게 쳐다보았다.

"뭐, 좋습니다. 헥터를 렉스가 죽였는지는 확실히 모르니 그냥 50년 징역살이시키죠. 아니, 수사를 방해한 혐의도 있으니 좀 더 추가시켜야겠군요."

렐드도 레베카 문제로 화가 났는지 다리온의 의견에 당장 동의했다.

"날 죽여라! 헥터는 내가 죽였어!"

렉스가 떠들었지만 다리온과 렐드는 렉스의 말을 무시하는 듯했다. 렐드가 손을 들어 데리고 나가라는 신호를 한 것으로 보아 확실했다.

"내가 헥터를 죽였단 말이닷!"

렉스가 계속 소리를 질렀지만 결국 헥터의 사건은 미결 처리가 되었다. 난 수사계의 비리를 보고 있는… 건가?

레베카는 의외로 죄가 가벼웠다. 실제로 대부분의 범죄는 헥터가 저

질렀고 그런 헥터를 눈감아주고 도운 것은 렉스가 한 것이었다. 레베카는 우연히 그 일을 알게 되었지만 그때는 이미 일의 대부분이 끝나 결실을 보던 시점이었다. 그래도 죄는 어쩔 수 없어 10년형의 징역형을 받았다. 헥터의 경우 그는 이미 죽었기 때문에 그의 모든 재산이 몰수되었고 렉스는 70년형을 언도받았다.

"그런데 렉스가 헥터를 죽인 정확한 사건 정황은 어떤 겁니까?"

난 궁금해서 렐드에게 물었고 렐드는 친절히 알려주었다.

"글쎄… 우리도 몰라서 미해결 사건으로 남았지."

치, 친절하긴 하군. 어쨌든 사랑하는 사람에게 영생을 주고 싶었던 여인만 피해를 본 건가? 아닌가? 어쩌면 그 혼자만의 사랑이 결실을 맺었을지도……. 난 보았다, 렐드가 예쁜 도시락통을 산 것을. 여기 바릴 시의 감옥 밥은 형편없기 때문에—에이, 부자 나라가 쫀쫀하게…—이렇게 친척이나 친구, 또는 사랑하는 사람이 도시락 싸서 면회를 간다고 한다.


"어디로 갈까요?"

난 바릴 시를 떠나며 다리온에게 물었다.

"글쎄요, 잠시 하루 정도 조용한 마을에서 쉬고 싶군요. 바릴같이 혼잡한 곳 말고요."

"저도 그렇습니다."

우린 이렇게 의견을 통일했고…

"저기 다리온, 여기서 얼마 안 떨어진 마을에 일이 있는 모양인데 거기로 가볼까요?"

"그럴까요?"

난 다리온에게 물었고 다리온은 역시 모르는 척 내 말에 맞장구를 쳐주었다.

"다 들었어요. 아까 둘이서 의논한 거. 괜히 연극하지 말라구요."

헉! 들켰다!

"그럼 예나 씨는 어디로 갈 건가요?"

다리온이 예나에게 물었다. 내가 급히 항의의 눈빛을 보내자 다리온은 이렇게 물었다.

"란셀 씨, 용돈 누가 주죠?"

"예나가……."

"누가 밥 주죠?"

"예나가……."

"그럼 말 잘 들어야죠?"

"예."

"그럼 예나 씨, 어디로 가고 싶으신가요?"

"글쎄요… 잠시 하루 정도 조용한 마을에서 쉬고 싶어요. 바릴같이 혼잡한 곳 말고요."

휴우~ 다행이다. 흠. 그런데 이젠 예나도 우릴 놀리고… 예나가 많이 튼 건가, 아니면 그만큼 우리가 친해진 건가. 에고, 모르겠다. 좀 쉬자. 그런데 나에겐 한 가지 의문점이 있었다. 헥터는 어떻게 오도카도리를 알았을까? 마치 목에 걸린 생선가시처럼 계속 불안하게 신경 쓰이는 의문이었다.

프로마뉴의 수도 바릴을 떠난 지 닷새째. 우린 아무 마을에서나 하루를 쉰 후 길을 가고 있었다.

"에이, 시장이나 제대로 둘러볼걸."

예나는 지금에야 후회가 되는 모양이었다.

"그래도 그때는 정말 있기 싫었어. 시끄럽고 복잡하고. 조용히 쉬고 싶었잖아. 안 그래?"

이브린이 변명을 하듯 예나의 말을 받았다. 하지만 난 느낄 수 있었다. 싸움을 잘하든 못하든 성격이 어떻든 의외로 마음이 여린 우리 일행. 우리가 바릴을 그렇게 빨리 빠져나온 것은 시끄러워서도 복잡해서도 아니었다. 레베카의 안타까운 모습을 더 이상 보기가 힘들어서였다.

"그런데 란셀."

다리온이 내게 말을 걸었다.

"이제 어디로 갑니까?"

"그, 글쎄요……."

내가 언제 그런 걸 정하고 다녔나? 그냥 발길이 닿는 대로 다니는 나그네… 흠흠. 어디가 물이 좋지?

"란셀, 제 생각엔 어느 목표를 정하고 다니는 것이 좋을 것 같군요. 무슨 물건을 찾는다든지, 일을 찾아다닌다든지. 아무런 목적 없이 다니면 금방 힘이 빠질 겁니다. 그렇다고 우리가 물 좋은 곳에 놀러 다니자니 우선 란셀이 일을 몰고 다니는 사람이라 그것도 사실상 불가능하고요."

마, 맞는 말이긴 한데… 어째 좀 그렇다? 아닌 게 아니라 다들 난 쏘아본다. 어이, 이봐들. 그러다 내 몸 뚫리면 책임질 거야?

"히잉, 정말 다리온 말이 맞아요. 바릴까지 가서 시장 구경도 못했고 전에는 축제란 축제는 다 놓치구."

예나의 투정으로 시작해서…

"다리온, 그렇다면 우린 그냥 다녀도 되지 않을까요? 일을 찾아다니지 않아도 저절로 찾아오니까요."

죠세프의… 죠세프, 너 비꼬는 거냐? 나 때는 안 그랬는데—드래곤을 비꼴 순 없으니까—요즘 애들은 쯧쯧… 나, 삼백 살 넘었다니까.

"그 말도 맞긴 하지만 그렇게 오기만 기다리면 지친다니까요."

다리온이 더 미워…

"그만 하고 어디 밥 먹을 곳이나 찾자구요."

"저… 방금 밥 먹고 나오는 길 아니었습니까?"

다리온의 말도 있긴 했지만 사람이 아침만 먹고 살 수는 없는 일이다. 점심때쯤 다음 마을에 도착했다.

"…우, 우리 여기서 밥을 먹어야 해?"

우리가 들어간 식당은…

방금 병이 하나 날아갔다. 또다시 의자 하나가 날아갔고… 사람도 한 명 날아가는군. 생긴 건 용병인데 마법사인가 봐. 멋지게 날아가는 군. 비명 소리 좋고. 그 외에 저 구석의 탁자는 깨져 있는 것을 대충 다시 붙여논 것이었다. 의자는 많은 수가 다리 색과 등받이의 색이 달랐고. 한마디로 지금 이 식당은 거칠디거친 사람으로 꽉꽉 채워져… 아니, 우리 앉을 자린 있군. 하지만 여기서 어떻게 밥을… 먹어야겠지? 식당 주인이 우릴 흘낏 쳐다보았다. 얼굴에 칼 자국 두 개. 다른 식당으로 간다고 하면 맞을 것 같아.

"그, 그냥 앉을까요?"

우린 식당 밥이 맛있어(?) 보이고 분위기가 좋아(?) 보여서 그냥 거기서 밥을 먹기로 했다. 절대로, 절대로 식당 주인이 무서워서는 아니다. 우린 소드 마스터인 죠세프와 드래곤인 아르티닌이 있는데 뭐가 두렵겠어.

"우와~ 정말 살벌하네요. 특히 저 주인, 무서워서라도 다른 데 못 갈 것 같아요. 안 그런가요, 아울?"

"죠세프도 그런 모양이네? 정말 딴 데로 간다고 하면 맞을 것 같지? 그냥 들어오길 잘한 거야."

아무튼 뭘 도와주지 않는 인간과 드래곤이다.

우리가 자리에 앉았을 때 주인이 다가왔다. 무지막지한 덩치, 팔뚝이 내 다리만했다.

"저… 손님, 불편하지 않겠습니까? 여긴 원래 거친 용병들이 오는 식당이랍니다. 같은 부류의 사람이 아니면 견디기 힘드실 텐데 제가 이 마을에서 조용한 식당을 따로 소개시켜 드릴까요?"

생각 외로 친절히 말하는 주인. 이래서 사람을 겉만 보곤 모른다던가? 바릴에서 렉스를 봐. 사람은 얼마나 성실하게 생겼었는데.

우린 식당 주인의 말을 듣고 그러자고 할 뻔했다. 이 식당은 아무래도 우리 취향이 아니어서. 하지만 한곳을 본 순간 우린 여기서 밥을 먹기로 결정했다. 우리가 본 곳에는 정말, 정말, 정말 아름다운 여인이 있었다. 그 옆으로 마법사가 있었다. 그리고 같이 앉은 용병으로 보이는 사람 다섯. 용병까지는 모르지만 저 여자, 아니, 마법사는 왜 여기에 있을까? 저 여자, 아니, 마법사에게는 전혀 어울리지 않는 곳인데… 난 궁금증에 그 아름다운 여, 아니, 마법사에 눈길이 갔다. 분명 저 여, 아니, 마법사는 무슨 일이 있어서 여기에 왔을 것이다.

하하핫. 보시라, 나의 절제력을. 난 분명 마법사를 보았다. 절대로 저 물결치듯 찰랑거리는 연한 금갈색 머리카락에 반듯하고 고운 이마 밑으로 기러기 날개 같은 눈썹, 빠져들듯 깊은 호수 같은 샤파이어 빛의 푸른 눈동자, 시원하게 쭉 뻗은 콧날에 약간 작은 붉은 입술, 입술 옆으로 있는 보조개, 백옥 같은 피부에 계란형의 갸름한 얼굴을 가진 아름다우면서도 기품이 있어 보이는 여자를 본 것이 아니라 마법사를 보고 호기심이 든 것이다. 대체 저 여인의… 아니, 마법사의 나이는 몇일까? 그리고 직업은? 그리고 왜 여기 있는 거지? 그러다 질 안 좋은 놈이 집적거리면 어쩌려고… 아, 아니, 뭐 남자가 남자한테 집적거릴 수도 있지 않겠어? 저 마법사 말이야. 이 넓은 세상에는 다양한 사람들이 많으니까 말야.

아무튼 우린 친절한 주인이 있는 식당에서 밥을 먹기로 결정했다. 뭐, 예나와 이브린이 항의하는 눈으로 쳐다보긴 하지만 언제까지 여자에게 지고 살 순 없지 않겠어?

"이상하군요."

그 여자, 아니, 마법사의 일행을 보던 다리온이 이상하다는 듯이 말했다.

"저 여자, 아니, 마법사 일행 주위가 한산하군요."

흠… 그렇긴 했다. 비록 그 일행인 용병들이 상당히 삭막, 냉막, 냉혹하게 생겼지만 그래도 여기 있는 사람들도 다 한가락씩 하는 사람들처럼 보였다. 우리가 들어올 때도 병이 날아다녔고… 음… 병 하나 날아다닌 것 가지고는 비약이 좀 심했나? 의자랑 사람도 날았으니 결코 비약이 심한 건 아닌데… 아무튼 거칠 대로 거친 사람들이 모인 곳인데 저런 일행의 주변에 아무도 집적거리지 않는다는 것이 이상했다.

"어이, 아가씨들. 우리랑 합석하지 않을래? 그런 너저분한 녀석들이나 기생오라비 같은 녀석보단 우리처럼 사나이답게 생긴 분들이 나을 거야."

이렇게 우리한테 말하듯이 말야.

"어쭈? 이것들이? 내 말이 안 들리… 죄, 죄송합니다……."

죠세프와 아르티닌이 동시에 칼을 꺼내 들고 검기를 주입시켰다. 아무리 간 큰 용병이라도 소드 마스터가 둘이나 있는 일행에게 감히 시비를 걸지는 못했다.

"아무래도 저쪽 역시 우리와 같은 상황이었던 것 같군요."

우리에게 집적이던 용병이 한순간에 꼬리 내리는 것을 보고 다리온이 내게 말했다. 나도 방금 그것을 생각했다. 용병도 강한 데다 저 마법사도 의외로 높은 클래스의 마법사일지도 몰랐다. 그리고 저 여자도 숨겨진 능력이 있던가.

그때 그 여자, 아니, 마법사 일행이 일어나서 우리에게 다가왔다.

"실례 좀 해도 될까요?"

오옷. 얼굴만 아름다운 게 아니라 목소리까지 ……

"무슨 일이십니까?"

무심한 죠세프의 말. 어이, 죠세프, 사람이 감정이 있어야지.

"예? 예, 실은……."

"여보."

여자가 말을 하려는데 누군가 식당에 들어오며 자기 아내를 불렀다. 웅? 아내? 자, 잠깐! 여기에 여자라곤 예나랑 이브린, 그리고 이 여자뿐인데… 설마 잘못 들어왔겠지. 참나, 이상한 사람이군. 왜 이런 곳에서 아내를 찾는지. 아무래도 맛이 살짝 간 사람이군. 쯧쯧.

"어머? 페린, 당신 벌써 알아냈나요?"

엥? 아, 아닌가? 이, 이, 이런… 이상한 사람도 맛 간 사람도 아니잖아? 그때 그 별로 안 아름다운 여자—유부녀잖아, 유부녀. 에잉—가 페린이라고 부른 사람이 대답하는 소리가 들렸다.

"물론. 내가 누군데."

그런데… 페린이라고 불린 남자는… 무, 무섭다… 얼굴이 우락부락한 건 아니다. 얼굴은 그저 강인해 보이는 얼굴인데 풍기는 기운과 눈빛이 냉혹함 그 자체였다. 드래곤인 아르티닌조차 움찔할 정도면 말 다한 거다. 저런 사람이 살기라도 띠면 심장 약한 사람은 심장 마비가 생길지도 모를 일이었다.

"그런데 멜리사, 이분들은 누구시지?"

페린은 풍기는 기운과는 달리 목소리는 브드러웠다. 하지만 그의 기운 때문일까? 우리 쪽을 보고 물었는데 으… 떨려~

"예, 이분들은 방금 만났어요. 상당한 능력을 가지신 분들이죠. 지금 인사를 하려던 참인데……."

"그래? 당신이 그렇다면 그런 거겠지. 난 페린 하헬이라고 합니다. 이쪽은 제 아내인 멜리사 하헬이라고 하죠."

이, 이건 신의 실수야. 어떻게 이렇게 안 맞는 짝이 있을 수가… 그리고 멜리사는 별로 나이가 들어 보이지도 않는데? 차라리 나이가 많으면 나이 때문에 아무하고나 결혼했다고 생각이나 하지. 암만 봐도 아직 결혼은 생각할 필요 없이 연애를 즐길 젊은 청춘의 여자가… 그래, 좋아. 여자야 워낙 아름다우니 청혼하는 사람이 줄을 서서 일찍 결혼했다고 치자. 그런 경우야 심심찮게 많으니까. 그런데 어떻게 이런 무시무시한 남자랑 결혼을… 이거 혹시 말로만 듣던 납치혼? 으… 신이시여, 어찌 법치 시대에 이런 일이……!

하지만 나의 마음속의 절규와는 달리 인사는 계속되었고…

"전 덴 라스크라고 합니다. 5써클에 4클래스의 마법사입니다. 그리고 이쪽은 베릭 메스토, 토움 겔리, 게인 스퍼, 유스 골리타, 제모스 아람스라고 합니다. 겉보기엔 용병 같지만 용병은 아니랍니다, 지금은요."

덴이라고 자신을 소개한 마법사가 다른 사람들도 소개했다. 그런데 왜 우리에게 자신들을 소개하지? 그리고 보니 좀 전에 멜리사란 여자도 우리와 인사를 하려고 했었지.

"잠깐! 덴 라스크라면 모노르 왕국의 케스 공작가의 차석 마법사 아닙니까?"

죠세프가 놀라서 물어보았다.

모노르는 프로마뉴와 국경을 맞대고 있는 나라였다. 모노르 왕국엔 모노르의 두 기둥이라 불리는 두 개의 공작가가 있는데 기사 가문인 세란 공작가와 마법 가문이라는 케스 공작가 둘이었다. 특히 마법 가문으로 공작가를 이루는 경우는 매우 적어서 케스 공작가는 그만큼 유명했다. 그래서 카샤니안과는 상당히 멀리 떨어진 모노르지만 죠세프가 알고 있었던 것이다.

"예, 그렇습니다. 절 아시다니… 예, 제가 바로 케스 공작가의 차석 마법사였던 덴 라스크입니다. 지금은 공작가의 영애이신 멜리사 양을 보필하고 있습니다."

"예?"

난, 아니, 우린 놀랐다. 덴의 말로는 멜리사가 케스 공작의 딸? 그러면 저 페린은 뭐냔 말야? 공작가의 딸이 납치혼당할 일이 있냐구. 설마 페린이 왕족이거나 모노르를 구한 영웅이라도 돼?

"멜리사님은 우연히 공작가의 일을 했던 용병인 페린님과 만나 사랑에 빠져 결혼하셨죠. 저 다섯 명도 그때 페린님의 일행이었습니다."

이런 일이 전에도 있었는지 담담히 멜리사와 페린의 관계를 설명하는 마법사 덴. 하아~ 어떻게 그런 일이… 공작의 딸이 용병과 그것도 저런 삭막한 용병과 결혼? 무지무지 오래 사신 카나이드 스승님, 스승님 일생에 이런 일을 보셨나요…….

"란셀."

그런데 다리온은 나와는 다른 생각을 한 고양이다.

"저 사람들이 저 정도까지 소개를 했는데 우리의 소개를 안 하면 안 되겠군요."

어? 그리고 보니… 음… 저 사람들이 저 정도까지 소개를 한 건 분명 이유가 있다는 것이 내 생각이다. 물론 다리온도 나와 같은 생각을 했을 것이다. 저 사람들은 우릴 자신들 일행에 끼워 넣으려는 것이었다. 그런데 대체 왜? 모르긴 몰라도 상당한 실력의 용병 출신 6명에 마법사까지 있으면 우리보다 더 나은 상태인데…

"전 란셀 네르반이라고 합니다. 그리고 이쪽은 다리온이라는 자칭 현자이고, 이쪽은 죠세프 라만, 아울 트린… 검사들이죠. 그리고 이쪽은 이브린 퀘르센, 여검사고 다음은 예나. 보시다시피 하프엘프입니다."

난 우리 소개를 했다. 응? 성이 이상하다고? 나와 이브린의 성은 맞고… 다리온은 정말 모르고—들은 것 같기는 한데… 생각하려니 골치 아프다. 에이, 못 들었겠지—예나는 성이 없고… 죠세프와 아르티닌은 내가 즉석에서 지은 것이었다. 음… 말은 여태 안 했지만 성을 말하지 않아서 사람들이 이상하게 본 적이 몇 번이던가. 구태여 말하기 귀찮기도 했고 죠세프의 경우는 대륙에서 알아주는 나라인 카샤니안의 후작가의 사람이라 다른 나라에서도 아는 경우가 많아서 엉뚱한 일이 생길까 봐 말을 안 한 것이다. 아르티닌의 경우야 드래곤이라고 말할 수도 없고… 그래서 내가 즉석에서 만든 것이었다.

음… 내가 만든 것이지만 멋있군. 까먹지만 않으면 계속 써먹어야지. 뭐, 죠세프나 아르티닌도 별말없으니… 그리고 예나야 원래 성이 없는 하프엘프라 상관없었지만 다리온의 경우는 어떻게 붙일 성이 금방 안 떠올랐다. 나중에 다리온과 상의해 만들어야지. 아무튼 그렇게 인사가 끝나자 그들은 우리와 같이 앉았다.

"단도직입적으로 말하겠습니다."

덴이라는 마법사는 앉자마자 입을 열었다.

"짐작하셨으리라 믿습니다. 저희는 나라의 명을 받고 한 가지 일을 하려고 합니다. 그 일을 하기 위해 능력있는 사람을 모았지만 일의 성격상 조용히 해야 하기에 겨우 이 정도 인원입니다. 그런데 우연히 여러분들을 보니 상당한 능력을 지니셨더군요."

덴은 말하면서 죠세프와 아르티닌을 보았다. 하긴 소드 마스터가 길 가다 발에 채이는 돌멩이는 아니니까. 어쨌든 저 덴이란 마법사는 죠세프와 아르티닌을 자신들 일에 동참시키고 싶은데 우리는 저 두 사람과 같은 일행이니 덤으로 끼워 넣겠다고 하는 걸로 들리는데? 기분 나쁘군.

"그런데 국가의 일이라뇨? 모노르가 큰 나라는 아니지만 작은 나라 역시 아니라고 압니다. 그리고 모노르에도 인저는 많다고 알고 있습니다. 그런데 국가의 일을 이미 결혼한 공작가의 딸과 사위, 그리고 차석 마법사에게 맡긴다는 것이 이해가 안 갑니다."

죠세프가 예리한 질문을 던졌다. 맞아, 가끔 나오는 저런 예리함이 죠세프가 천재란 것을 다시금 일깨워 주지. 아, 겨우 저 정도에 천재란 건 좀 그런가?

"그런 생각이 드실 겁니다. 거기에는 이유가 있습니다. 원래 우린 국가에 속한 단체도 아니고 용병도 아닙니다. 전에는 공작가의 마법사였고 용병인 사람들이지만 지금은 그저 평범한 일반 국민일 뿐입니다. 뭐, 직업이야 어쩔 수 없지만… 아무튼 국가에 속한 사람들은 아니죠. 그렇기 때문에 우리가 하게 된 겁니다. 국가에서는 이 일을 조용히 처리하려고 한 것이죠. 그리고 능력있는 사람을 알아보다 보니 우리가 남은 겁니다. 능력있고 눈에 안 띄는 그런 사람들로요."

글쎄… 저 삭막한 얼굴이나 풍기는 냉혹한 기운을 가지고 눈에 안 띄게라… 하핫. 모노르 사람들이 그렇게 둔하단 말인가? 그럼 모노르에서는 드래곤이 나타나도 도마뱀으로 알 정도란 말야?

내가 이렇게 속으로 생각하고 있을 때 다시 죠세프가 물었다.

"좋습니다. 이해는 가는군요. 그럼 다른 것을 묻죠. 어떻게 우릴 믿고 그런 말을 하시는 겁니까? 비록 내용은 말하지 않았지만 국가가 행하는 비밀스런 일이란 말을 한 자체는 중요한 일입니다. 그런 말을 처음 보는 우리에게 하시다니요. 그리고 우리가 나중에 배신을 하기라도 하면 어쩌려고 그러시죠?"

죠세프의 말에 덴은 씨익 웃더니 소매에서 뭔가 꺼냈다. 그리고 그것을 탁자에 놓았는데 그건 그저 작고 둥근 유리판이었다. 돋보기도 아닌 그냥 투명한 유리판. 좀 특이하다면 유리 표면에 이상한 무늬가 있다는 것일까? 보통 사람이 보기엔 그저 평범한 유리였다. 그러나…

"다할라?"

난 놀라지 않을 수 없었다. 왜? 난 평범한 사람이 아니니까.

덴이란 마법사가 꺼낸 것은 다할라. 진실의 눈 또는 진실의 창이라고 불리는 것이었다. 진실의 눈이라고 해서 사람의 속마음을 보거나 하는 것은 아니었다. 하지만 그것을 통해 보면 어느 정도 상대방이 마음먹은 것을 알 수가 있는 것이다.

가령 누군가 자신을 죽이기 위해 온다면 다할라를 통해서 볼 때 그 사람 주위에 어둡고 살기가 어린 기운이 어려 있고, 자신에게 사랑을 고백하기 위해 오는 사람일 경우 사랑스런 기운이 어려 있다는 것이다. 하지만 다할라는 워낙 귀해서 그것을 가지고 있는 사람이 몇 안 된다고 알고 있다. 그런데 그걸 덴이 가지고 있었다. 다할라는 덴의 위치로는 절대로 가질 수 없다. 다할라가 여러 개 있어도 왕자나 다른 왕족에게 갈 것이고 귀족에게 가도 결국 공작 등이었다. 그것도 다른 사람 모르게 은밀히 전해지기 때문에 덴의 위치에 있는 사람은 자신이 국변에 다할라를 가지고 있는 사람이 있는지조차 알 수 없는 물건이었다. 왜냐하면 다할라의 가장 큰 쓰임새는 암살 방지인데 암살자가 그런 사실을 미리 알고 있다면 다할라의 효과는 반감하기 때문이었다. 그래서 공작들에게 들어가도 그건 왕이 가장 신임하는 고위 귀족에게 준 것이 대부분이었다. 그나마 다할라가 많다면 어떻게 소문이라도 퍼질 텐데 정말 세상에 몇 개밖에 없는 물건이었다. 그러니 덴이 가질 수는 없는 물건이었다. 그런데 그런 물건을 가지고 있다니… 설마… 누가 줄 리는 없고… 훔쳤나?

"이건 국왕께서 제게 잠시 빌려주신 물건입니다. 이번 일을 하는 데 필요할 것이라고 하시면서 주셨죠. 정말 쓸모가 있었습니다. 이걸로 여러분을 보니 전부 맑은 기운을 가지셨더군요. 그래서 다시 염원을 했죠. 여러분이 저희 일을 도울 수 있고 또 믿을 수 있는 분들이면 붉고 밝은 기운이 어리게 해달라고요. 그랬더니 정말 붉고 밝은 기운이 어렸습니다. 그래서 이렇게 말할 수 있는 겁니다. 다할라는 거짓말을 안 하니까요. 그나저나 대단하시군요. 어떻게 다할라는 아시죠? 이건 몇 명만 아는 것인데 말입니다. 왕이나 왕을 보필하는 고위 마법사만 알죠. 저도 이런 것이 있다는 것을 이번에 처음 알았습니다. 그런데 여기서 이걸 아는 분을 만나다니. 역시 능력이 대단하신 분들이군요. 란셀 네르반 씨라고 하셨죠? 혹시… 마법사이십니까?"

딸꾹. 이, 이런, 그런 질문을… 받으니 할 말이 없네…….

"마, 마법사는 아니고… 음… 건달인데요."

아, 말하고 나니 정확한 내 직업이었다. 말이 의사지 마병이나 겨우 고칠 줄 아는 마도의사인데 그나마 몇 번 고치기라도 했어? 그러고 보니 대부분 한 일이라고는 돌아다닌 것 외에는 없었다. 그것도 놀러. 그러니 건달이지. 쩝.

그런데 난 말을 정말 잘못했다는 것을 알게 되었다. 덴이 내가 건달이라는 말을 듣고 화를 냈냐고? 그거라면 일도 아니지. 문제는…

"오… 그렇습니까? 건달이시라… 보통 진정 뛰어난 마법사는 자신을 마법사라 안 하고 최대한 낮추어 말하죠. 란셀 네르반 씨가 그런 마법사였다니… 위대하신 대마법사님을 이렇게 만난 것만으로도 제겐 영광입니다. 앞으로 많은 지도를 부탁드립니다."

이렇게 말하고는 나에게 깍듯이 인사를 하는 것이 아닌가? 그리고 죠세프가 나에게 귓속말로 전해준 한마디.

"저… 란셀, 이건 들은 말인데요. 모노르는 마법 귀족들로 유명하거든요. 그런데 그렇게 마법이 활성화된 나라라서 그런지 모노르의 마법사들은 실력이 높을수록 자신을 낮추어 말한다고 해요. 그러니까 여기 모노르에서는 겸손한 소개일수록 고위 마법사라고 해요. 아니, 그렇게 생각을 한다고 하던데요? 그런데 제가 듣기에 자신을 건달이라고까지 말한 마법사는 아직 없었어요. 있었다면 벌써 들었겠죠. 그런 마법사는 정말 위대한 마법사니까요. 저도 마법을 배웠기 때문에 관심이 많거든요."

지, 진작 말하지… 그럼 난 모노르 역사상 가장 위대한 마법사야? 이, 이런… 이 융통성없는 마법사 같으니! 내 말을, 그것도 말실수를 그대로 믿냐? 게다가 난 모노르 사람이 아닌 외국에서 온 이방인이란 말야. 그런데 그런 나를 모노르 사람과 똑같이 보다니… 멍청이들… 에고… 덴이 저렇게까지 말했으니 날 그냥 마법사도 아니고 위대한 마법사로 볼 텐데… 그나저나 이젠 어쩌지? 휘유유유유~ 에라, 모르겠다. 난 내 입으로 위대한 마법사라고 한 적은 없어. 건달이라고 했을 뿐. 그리고 난 모노르 사람이 아니라 카샤니안 사람이란 말야.

어쨌든 나의 활약(?)으로 인해 우린 그들과 잠시나마 일행이 되기로 했다. 뭐, 사실은 그들이 한 이야기에 마음을 빼앗겨서지만.

"모노르의 북쪽 지방에서 많은 괴수들이 발견되었답니다. 처음엔 몬스터라고 생각했지만 처음 보는 종류의 몬스터라고 하더군요. 그런데 그런 처음 보는 형태의 몬스터가 많이 발견되었다고 생각해 보시죠. 그것이 무엇이겠습니까? 몬스터는 아니죠. 마수나 괴수일 거란 겁니다. 그런데 그런 말이 퍼지면 나라에 혼란이 일어납니다. 우리 모노르는 북부 산지의 광산이 나라 경제를 좌우하는데 거기서 일이 생기면 나라가 흔들립니다. 그래서 조용히 처리하기 위해 우리에게 그 일이 맡겨진 겁니다. 또 이렇게 다할라까지 주셨지요. 이건 우리가 다른 사람들을 쓰는 것을 위임한다는 뜻이죠."

덴의 말은 이것이 전부였다. 하지만 나와 다니며 별 희한한 걸 다 본 우리 일행들. 괴수란 말에 호기심으로 눈빛을 빛내며 눈빛만으로 나를 협박… 덴의 일행과 함께하게 한 것이었다. 호기심이 많으면 오래 못 산다는데 우리 일행은 어째서 그리도 호기심이 많은지… 그런데… 왜? 어째서 이런 일은 내가 결정해야 하지? 이건 잘돼야 본전이고 못 되면 피해 입는 일이잖아. 다른 좋은 일은 다리온에게 결정하게 하면서… 이거 차별 대우 아냐? 일이 잘못되면 나만 욕먹는 것 아냐? 이건 억울해~ 난 주인공이란 말야~ 크흐흑.


여긴 모노르의 북부 지대 마을 중 하나인 네드르란 시에 속한 그리 크지 않은 마을 움토르. 모노르의 모든 마을이나 도시는 희한하게도 르 자로 끝났다.

우리가 움토르에 도착했을 때는 점심 무렵이었다. 우린 여기서 하루 묵기로 했다. 근데 소설 같은 데서 볼 때는 이런 경우는 저녁때 마을에

도착하는데 우린 왜 이러냐? 마을이 별로 안 크고 산골 마을이라 별로 볼 것도 없는데 뭘 하지?

"오늘 여기서 묵고 하루 정도만 더 가면 우리가 가려는 곳에 도착할 겁니다. 그곳에 가면 굉장히 힘들고 피곤한 일들이 기다리고 있을 거라고 생각됩니다. 그러니 이 마을에서 미리 푹 쉬고 가야 할 겁니다."

마을에 들어서면서 덴이 말했다.

"그런데 마을 분위기가 안 좋아요."

예나가 나에게 다가오더니 말했다.

"그래? 그거야 이런 산골에 있는 마을은 사람의 왕래가 적은 마을이니까 아무래도 우리 같은 이방인이 몰려 들어오니 좀 이상하게 보는 거겠지 뭐."

"그게 아닌 것 같아요. 이 마을 무슨 일이 있는 것 같아요. 음… 이런 느낌… 란셀과 같이 다녔던 마을 중에 무슨 일이 있었던 마을에서 느끼던 그런 분위긴데……."

난 좀 긴장했다. 또 일이 생긴 거야? 그것도 나중을 위해 푹 쉬고 가자던 마을에? 난 설마 하고 생각은 했지만 워낙 감이 좋은 예나의 말이라 불안해졌다. 그때 멜리사와 무슨 말인가 하던 덴이 나에게로 왔다.

"아가씨가 좀 마을 분위기가 이상하다고 하네요. 뭔가 가라앉은 듯한 느낌이라고 하시는데……."

난 슬쩍 멜리사를 보았다. 멜리사도 느낀 모양이지?

"저도 그래요. 뭔가 침울한 느낌 같은 것이……."

이브린도 내 앞으로 나오면서 말했다. 여자들 모두 마을에서 이상한 느낌을 받았다는 것이다. 나도 그렇고 다른 사람들도 뭘 느낀 것 같지는 않은데… 역시 여자가 남자보다는 이런 직감이 뛰어나서 느낀 건가? 난 다리온을 쳐다보았다. 역시 이런 일이 생겼을 때 가장 정확히 판단할 수 있는 사람은 다리온이라는 생각이 들어서였다.

"그렇군요, 이상해요. 전 여자가 아니라서 그런 미묘한 것을 느낄 직감은 없어요. 하지만 이성적으로 보아 한 가지 이상한 것이 있어요."

그렇게 말한 다리온은 마을을 훑어보았다. 마치 우리가 무엇이냐고 질문하기를 바라는 듯이.

"그것이 뭡니까?"

페린이 궁금하다는 듯이 물었다.

"우선 이 마을은 너무 조용해요. 아무리 크지 않은, 아니, 솔직히 작은 마을이죠, 이 움토르는. 아무튼 이 마을, 비록 작고 발달된 마을이 아니긴 하지만 사람 사는 듯한 활기가 없어요. 그리고 그런 분위기를 만드는 가장 큰 이유는 아이들이 없어서죠. 보세요, 여기 아이들이 보이나."

정말이었다. 이런 마을에 아이가 한 명도 없다? 물론 구석의 변두리 가난한 마을에서 도시로 나가 살거나 돈을 벌러 가는 경우 아이들이 없을 수도 있다. 하지만 그건 젊은 사람이 빠져나가 노인만 남은 그런 경우고 지금 보이는 많은 사람들은 분명 젊은 사람들이었다.

"아직 결혼하지 않은 사람이 많아서가 아닐까요?"

난 이렇게 다른 이유를 생각했지만 이건 틀린 생각이었다.

"아닙니다. 우리 모노르에선 시집을 간 여인들은 집 밖에서는 어깨에 숄을 걸치는 풍습이 있습니다. 저도 보시다시피 이렇게 숄을 걸치고 있고요. 저기 보이는 여자들도 모두 숄을 걸치고 있죠? 시집을 갔다는 증거입니다. 그리고 나이로 보아 분명 아이가 있을 나이죠. 또 아무리 마을이 작고 사람이 없어도 젊은 사람들 모두 결혼을 안 한 마을이란 것은 있을 수 없죠."

멜리사였다. 멜리사는 자신의 어깨에 걸쳐진 숄을 가리키며 말했다. 멜리사의 설명을 들으니 이 마을엔 분명 아이가 있어야 정상인데… 지금 여기 움토르는 정상이 아니었다. 그럼 무슨 일이 생긴 거야?

"여기서 이러지 말고 우선 더 들어가서 알아봅시다."

생각보다 행동이 먼저인 용병 출신답게 페린이 먼저 걸음을 옮겼다.

"우선 여관을 잡고 나서 무슨 일이 있는지 알아봅시다. 혹시 우리가 하려는 일과 관계가 있을지도 모르니까요."

우린 페린의 말대로 마을에서 유일하게 하나 있는 움토르의 별이란 여관에 자리를 잡았다. 그리고 여관 1층에 있는 식당으로 내려갔다. 이런 작은 여관은 보통 1층에 식당에 술집을 겸하는데, 마을에 무슨 일이 생기면 낮에도 술집에 손님이 온다는 다리온의 말에 따라 우선 식당 안에서 사정을 알아보기로 한 것이었다. 그리고 다리온의 말대로 아직 낮인데도 불구하고 식당은 사람들이 상당히 많았다. 하지만 그다지 시끄럽지는 않았다. 본래 이 정도의 사람이 있으면 와자지껄해야 정상인데 축 가라앉은 분위기가 그대로 묻어났다.

"이거 분위기가 영 아니군요."

덴이 내 옆에 있다가 말했다. 정확히 말하자면 지금 덴은 내 옆에 그냥 있는 것이 아니고 필사적으로 붙어 있는 것이었다. 그렇다고 이상한 상상은 하지 마시라. 덴이 나한테서 안 떨어지는 이유는 나를 위대한 대마법사—글쎄, 그 위대하다는 것의 기준이 뭐냐고—로 알고부터 내 옆에 항상 있는 것이었다. 분명 나한테 뭐라도 배우려는 것이겠지만… 이 사태를 내가 골치 아프게 되었다고 해야 할지 아니면 덴이 불쌍하다고 해야 할지…….

그러는 사이 다리온과 예나가 사람들에게 뭔가를 물어보고 있었다. 하긴 텐은 나한테 달라붙어 있지, 용병 출신들은 너무 삭막하게 생겨 사람들이 겁먹고 도망치기 딱 좋지, 멜리사는 출신이 공작가의 여식이라 이런 일은 잘 못했지 결국 우리가 해야 했다. 그래서 감이 뛰어난 예나와 생각이 깊은 다리온이 알아보기로 했던 것이었다. 우리? 밥은 이 마을 오기 전에 먹었고… 놀아야겠지? 라고 말하면 너무 무책임한 일일 것이다. 예나와 다리온이 알아보기로 했지만 우리도 같이 물어봐야 했다. 그런데… 어떻게 하면 움토르에 무슨 일이 일어났는지 제대로 알아볼 수가 있을까?

"후우, 그게 말이죠."

남자는 맥주를 그대로 들이켰다. 릭스라고 했던가? 40대 정도 되어 보이는 남자로 매우 지쳐 보이는 모습이었다. 릭스가 마시는 맥주는 지쳐 버린 몸과 마음을 달래주는 약인 것 같았다. 지금 나이가 서른다섯이라고 했던가? 이런 시골 사람들이야 일을 많이 하니 실제 나이보다 좀 더 들어 보이지만 지쳐 보이는 그는 더욱 나이가 들어 보였다. 그가 지금 한 잔 마시고 하려는 말도 우리가 한 질문에 대한 충실한 답이 아닌 답답한 가슴의 울분을 우리에게 하소연하는 것일 것이다.

"나에겐 5살 난 아이가 있지요. 매우 귀여운 아이로 언제나 밝고 명랑한 아이였어요. 그런데 그 애가, 그 애가……."

그는 흐느꼈다. 아무래도 감정이 복받치는 모양이었다. 잠시 흐느끼던 그는 말을 계속했다.

"잠에서 깨어나지 않는다오, 그 아이가……."

그것이 그 릭스란 남자의 이야기였다. 릭스 외에 다른 사람의 이야기를 종합하면 이 마을의 아이들, 정확히 10살 미만의 아이들이 잠에서 깨어나지 않는다는 것이었다. 그렇다고 죽은 것은 아니었다. 또 죽은 것처럼 정신을 잃고 누워 있는 것도 아닌 것 같다고 했다. 아이들의 모습은 마치 편안한 잠을 자는 것 같다고 했다. 그래서 처음엔 아이들이 늦잠을 자는 것이라고 생각했는데 아침이 지나고 점심이 지나도 아이들은 깨어나지 않았고 이상히 여긴 사람들이 아이들을 깨웠지만 일어나지 않았다고 했다. 그리고 그런 상태가 벌써 한 달 가까이라고 했다.

그러니 마을이 이런 분위기지… 그래서 사람들은 의사도 부르고 신관도 불렀지만 아무런 소용이 없었다. 심지어는 마녀에 의한 짓이란 말까지 나왔다고 했다. 200년 전의 마녀 사냥이 또 시작되는 것이 아닌가 걱정도 되었지만 마녀설에 대해서는 신관들이 먼저 부인하여서 들어갔다고 한다.

그런데 이상한 것은 아이들이 아직까지 살아 있다는 것. 물론 이건 마을 사람들이 한 말은 아니었다. 그 사람들은 이런 이상한 일까지 신경 쓸 정신은 없었던 것이다. 제3자로서 사정을 듣던 우리니까 안 것이지. 물론 사람이 아무것도 안 먹고 한 달 넘게도 버틸 수는 있다. 하지만 그건 어느 정도 체력이 되고 최소한의 수분 섭취라도 했을 때의 일이지 이 마을 아이들처럼 아직 체력이 현저히 낮은 아이들이 물조차 먹지 않고 견딘다는 것은 불가능한 일이었다. 그렇다고 아이들이 살이라도 많이 쪘냐 하면 그것도 아니었다. 여기 움토르는 가난한 마을이라 아이들이 말랐으면 말랐지 살찐 아이들이 있을 수는 없었다. 또 당연한 말이지만 이 아이들은 분명 사람이었다. 다른 이상한 생물이 아닌 평범하디평범한 사람. 그것도 어린아이들.

"아이들을 한번 보고 싶군요."

난 릭스에게 말했다. 한번 아이들을 봐야 할 것 같아서였다. 솔직히 난 이런 증상에 대해서는 듣지 못했다. 아니, 배우지 못했다. 하지만 내 생각에 이것도 마병의 일종이 아닌가 하는 생각이 들었다. 만일 그렇다면 나도 어느 정도 도움이 될지 모르는 일이었다.

아이는 릭스의 말대로 잠들어 있는 모습이었다. 숨도 새근새근 쉬면서 가끔이지만 눈꺼풀과 입술도 움직이면서 평온한 얼굴인 것이 모르는 사람이 봤으면 어린아이가 낮잠을 자는 귀여운 모습이라고 했을 광경이었다. 다만 아이가 좀 말라 있다는 것이 눈에 들어왔다. 그리고 보통 사람은 잠을 자면서 어느 정도는 움직이면서 잔다. 하지만 아이는 멜리사가 머리를 매만져 주어도 그 자세 그대로 자고 있었다.

"움직이지 않는 것만 빼면 보통 아이들 자는 모습과 별 차이가 없는데……."

여기서 아이가 좀 말랐다는 말을 하진 않았다. 이미 알고 있고 걱정하고 있는 일을 구태여 상기시켜 줄 필요는 없어서였다.

"다른 집도 그런가요?"

멜리사가 아이에게서 떨어져 릭스에게 물어보았다.

"그렇습니다. 다 똑같아요. 모두……."

릭스는 힘없이 말하고 창문 너머에 있는 다른 집들을 바라보았다.

"이 마을은 아이들의 웃음소리가 끊이지 않던 마을이었죠. 그런데 하루아침에 이런 꼴이 되니 지금은……."

릭스는 말끝을 흐렸다. 그 이상 말하면 울 것 같은 분위기.

"우린 다른 아이들을 보러 가죠."

분위기가 너무 무거워져서 질식할 것 같았다. 난 사람들을 끌었고 다른 사람들도 나와 같은 생각이었는지 순순히 내 말에 따랐다.

"참, 릭스 씨, 아이 몸을 가끔씩 뒤척이도록 하세요. 안 그러면 나중에 아이가 깨어나도 몸을 움직이지 않았던 것 때문에 더 큰 탈이 납니다."

다리온은 집을 나서기 전에 릭스에게 말했다. 릭스는 다리온의 말을 듣고 급히 아이를 뒤척이며 다리온에게 고개를 약간 끄덕여 주었다. 아마 고맙다는 표시일 것이다. 그런데 정말 그런가? 난 다리온을 쳐다보았다. 다리온은 내 생각을 알았는지 설명해 주었다.

"그럼요. 우선 뼈가 굳습니다. 사람이 몸을 움직이지 않고 가만히 오래 있으면 관절이 굳어버려서 움직이기 힘들게 되고 심하면 아예 움직이지 못하게도 됩니다. 일반적으로 사람들은 자면서 약간씩 움직이기 때문에 그렇게 뼈가 굳는 일은 없는 거죠. 그리고 그게 아니더라도 피가 몸 밑으로 몰리게 됩니다. 그렇게 몰린 피가 썩으면 욕창이 되지요."

욕창? 그래, 많이 들었지. 애들이 그런 거에 걸리면 안 되지. 보기 흉한 욕창 자국은 평생 가는데…….

우린 다음 집으로 갔지만 릭스의 아이와 마찬가지였다. 다른 집들도 마찬가지고.


"병이 아닐까요?"

여관에 돌아와 이 마을의 상황을 이야기하던 중에 죠세프가 던진 말이었다.

"아무래도 아이들은 면역력이 약하니 병에 들었다고도 볼 수가 있지 않나요? 어른들이야 병에 노출이 되었어도 체력이 강해서 안 걸린 거고."

"그렇지 않아요."

덴이 죠세프의 말에 반론을 폈다.

"그렇게 생각할 수도 있지만 문제가 하나 있어요. 노인은 안 걸렸다는 것이죠. 면역력 떨어지고 체력 약한 것을 보자면 노인들도 마찬가지 아닌가요?"

덴의 말도 일리는 있었다. 이 마을에서 본 노인 중에는 젊어서 고생을 많이 하고 술에 찌들어 지금은 찬바람만 약간 맞아도 감기에 걸리는 노인도 많았다. 하지만 그 어느 누구도 저런 이상한 증세를 가진 노인은 없었다. 하지만 희한한 병 중에 어린아이들만 걸리는 병이 없으리란 것도 없었다.

"그나저나 어째서 이런 일이 알려지지 않았죠? 수도인 볼니르에 어째서 알려지지 않은 거냐구요!"

멜리사가 화를 내었다.

"한 달이라고요! 한 달이면 아무리 시골 마을이라고 해도 이 정도의 일이 알려지지 않을 이유가 없어요. 좋아요. 마을 사람들이 경황이 없었다고 해요. 그렇다면 의사나 신관들은요? 왜 그런 사람들까지……."

"오래 기다리셨죠? 주문하신 음식 나왔습니다."

멜리사가 화를 낼 때 여관에서 일하는 점원이 우리 앞에 음식을 놓았다. 그런데 우리는 음식을 시킨 적이 없었다. 용병 출신의 사람들만 맥주 한 잔씩 시켰을 따름이었다. 그나마도 이미 마셔 버렸으니 나올 것은 없었다. 하지만 잘못 가져온 게 아님이 확실한 것이 점원은 우리, 아니, 멜리사에게 눈짓을 했다. 말을 그만 하라는 듯한 눈짓을. 점원은 음식을 내려놓더니 의자에 앉았다.

"그럼 부탁하신 대로 우리 움토르의 향토 음식에 대해 설명하죠. 이 음식은 움토락이라는 음식입니다."

점원은 음식을 가리키며 몸을 길게 숙였다. 점원이 앉은 곳과 음식을 놓은 곳과는 탁자의 반대 편이었기 때문이다.

"떠들지 마세요. 시장이 잡아갑니다."

그리고 자그마하면서 빠르게 들려오는 말.

"시장은 이런 불미스런 일이 외부에 알려지기를 원하지 않아요. 이 마을의 일을 외부로 알리려는 사람은 신관도 의사도 잡아갔어요."

점원은 거기까지 말하더니 다시 몸을 일으켰다.

"하하핫, 죄송합니다. 왜 여기 앉았을까? 음식은 저기에 두고… 아무튼… 이 움토락은 소, 돼지, 양의 창자를 길게 자르고 뼈를 푹 고운 국물로 소스를 만들어 뿌린 다음 거기에 소, 양, 돼지의 양념한 뇌를 얹은 겁니다. 꼭 스파게티 같죠? 창자의 쫄깃함과 뇌의 부드러움이 어우러진 아주 맛있는 음식이랍니다. 그럼 맛있게 드십시오."

한마디로 먹지 말라는 소리다. 어디 그런 소리 듣고 먹겠냐? 먹던 사람이나 먹지 처음 보는 사람은 비위가 상해서 먹을 수 없지. 저 거친 용병 출신의 사람들이나 덴 같은 마법사나 다리온, 죠세프, 에나, 이브린, 멜리사라면 저렇게 맛있게 먹겠지만… 응? 누구? 에나? 죠세프? 멜리사? 덴? 이브린? 다리온? 어어… 이, 이럴 수가! 저 맛있다는 표정들… 지, 지금 먹는 거야?! 용병 출신들이야 워낙 가릴 것이 없이 먹어야 하니까 저런다지만… 오크 창자 구이도 먹어본 나도 망설이는 것을 저런 귀족 출신—에나만 빼고. 그래도 에나도 반은 여자인데…—들이 먹는단 말야? 황당… 더 황당한 것은 난 맛도 못 봤는데 벌써 다 먹었다는 것이다. 이런 황당한 일이……!

"맛있군. 자넨 이름이 뭔가?"

덴이 입을 닦곤 점원에게 물어보았다.

"예, 전 어밍이라고 합니다. 그보다 음식 정말 맛있죠? 전 움토락이 모노르 최고의 음식이 될 것이라고 믿고 있습니다."

어밍은 그렇게 말하고 자리를 떠났다. 그리고 우린 잠시 멈추었던 의논을 계속했다. 물론 조용히.


"그런 문제가 있었군요."

멜리사는 고개를 끄덕였다. 나도 이유를 알 것 같았다. 모노르에 대해서는 여기에 오는 길에 멜리사에게 들었다. 모노르는 영지가 없는 나라였다. 각 지역을 시로 삼아서 정부에서 시장을 내려 보내는 식이었다. 시장의 임기는 5년. 그 5년 간의 실적을 따져 원하는 시로 보내주기도 하고 중앙으로의 진출도 가능했다. 그런데 도시를 잘못 다스리는 등의 일이 벌어지면 처벌을 받기도 했다. 감옥에 갈 수도 있고, 벌금형을 받을 수도 있고, 마을 이장으로 강등을 당하기도 했다. 모노르의 시는 여러 개의 마을로 이루어졌는데 각 마을의 이장도 나라에서 내려보낸 사람들이었다. 여기서 일을 잘한 이장은 시장으로 승격되기도 하는 것이다. 그러니 움토르가 속한 네드르 시의 시장이 자신이 책임을 맡고 있는 마을에서 나쁜 일이 벌어진 것을 숨기고 싶어하는 것은 당연할지도 몰랐다.

"바보죠."

멜리사는 시장을 이렇게 평가했다.

"모노르의 관료들은 바보가 아니에요. 이상한 병이 퍼지거나 하는 일들은 이미 시장의 한계를 넘어선 자연 재해죠. 따라서 당연히 시장의 실적에는 아무런 영향을 못 미치죠. 정작 문제는 그 다음 어떻게 대처를 하느냐가 실적에 영향을 주죠. 지금 같은 행위? 이런 행위가 실적을 나쁘게 만드는 요인이죠. 최악의 경우 무기징역도 받을 큰 실책인데……."

결국 제 무덤 제가 파는 어리석은 시장으로 인해 움토르의 일이 묻혀질 뻔했다는 소리다.

"우선 시장부터 처리해야겠어요, 덴."

"예, 멜리사님."

"아버지께 좀 다녀오셔야겠어요."

"고, 공작님께 말입니까?"

덴의 이마에서 땀방울이 쏟아져도 이상할 게 없는 상황. 덴은 말까지 더듬을 정도로 당황했다. 지금 이번 일을 해결하는 데는 시간이 가장 큰 문제였다. 아무리 아이들이 한 달이나 지나도 저런 상태라고는 하지만 언제 무슨 일이 생길지는 모르는 일이었다. 따라서 일은 빨리 처리해야 했다.

그런데 일을 해결하기엔 시장이 방해가 될 것 같았다. 아무래도 외부와 연락을 취해야 할지도 모르는데 시장이 방해를 하면 일 처리가 불가능하기 때문이었다. 그래서 시장을 먼저 제압하려는데 빠른 시일에 하자면 공간 이동을 해야 했다. 그래서 멜리사는 덴을 지목한 것이다. 말을 타고 갈 거라면 차라리 용병 출신의 다른 사람을 시키는 것이 빠를 테지만 그렇게 되면 시장에게 방해를 받을 것이 뻔했다. 결국 시간상으로나 안전상으로 공간 이동이 최선의 방법이었다.

하지만 공간 이동이 쉬운 건가? 공간 이동은 4써클의 마법이었다. 따라서 5써클의 마법사인 덴이면 당연히 할 줄은 알 것이었다. 문제는 덴이 비록 써클은 5써클이지만 4클래스의 마법사라는 것. 공간 이동을 수월하게 하려면 5클래스는 돼야 했다. 만일 4클래스의 덴이 공간 이동을 한다면 나중에 낑낑대고 앓을 것이 분명했다. 덴도 그것을 알고 있을 테고. 그러고 보니 전에 랑드르에서의 일이 생각났다. 그때 마을의 마법사인 홀드는 덴보다 훨씬 떨어지는 실력이었다. 하지만 마법진이 있어서 쉽게 공간 이동을 했는데 여기엔 마법진 같은 것은 아예 없었다. 순전히 덴의 힘으로 해야 한다는 것. 그것이 문제였던 것이다.

"예. 아무래도 아버지의 힘으로 시장을 제압해야 될 해도 할 수가 있을 것 같군요."

하지만 사정을 모르는지 멜리사는 덴에게 계속 공간 이동을 명령했다. 하아~ 정말 마법 공작가의 딸이 맞나? 마법 가문이라고 꼭 마법을 할 줄 알아야 하는 것은 아닐지라도 마법 지식은 있어야 하는 것 아닌가?

"하, 하지만 멜리사님… 차라리 이 사람들 중 한 명이 빠른 말을 타고 다녀오는 것이… 전 아무래도……."

"아네요. 사람까지 잡아서 불미스런 일이 퍼져 나가는 것을 막을 정도의 시장이에요. 그렇다면 빠른 말을 타고 가는 사람을 보면 분명 잡으려고 할 겁니다. 그렇게 되면 자칫하다간 사람이 죽을 수도 있어요. 그건 막아야 하지 않을까요? 물론 덴이 4클래스의 마법사라 무척 힘이 들 거라는 건 알아요. 하지만 불가능한 건 아니잖아요? 그리고 전 덴을 믿어요. 덴이라면 분명 충분히 할 수 있을 거예요."

오호… 멜리사 저 여자, 사람 부리는 재주는 타고났군. 저렇게까지 말하면 당연히…

"아, 알겠습니다, 멜리사님……."

"고마워요. 덴."

이렇게 되는 것이다. 불쌍한 덴. 덴이 날 쳐다보았지만 난 과감히 무시했다. 분명 나보고 도와달라는 거겠지. 날 대마법사로 아니까. 하지만 난 1써클의, 아니, 0.00000000001써클의 마법도 못 쓰는데 나보고 어쩌라고. 난 남의 불행을 모른 척 무시하는 것이 아니라 돕고 싶어도 하늘이 허락하지 않는 것이다.

오오, 하늘이여, 신이시여, 감사합니다. 덕분에 귀찮은 일 안 합니다. 비록 덴의 눈빛이 따갑지만 뭐, 일개 인간 마법사가 드래곤보다 더 하겠어? 그리고 내가 마법을 쓸 줄 안다고 쳐도 내가 가서 뭘 해? 생판 모르는 사람한테 가서… 간다고 해도 누가 내 말을 믿어… 주겠지. 만약 내가 가면 멜리사가 편지를 써줄 테니. 하지만 난 마법을 못 쓰고 아르티닌과 죠세프가 있지만 지금 아르티닌은 이브린 때문에 공간 이동을 쓸 여력이 없었다. 아르티닌은 요즘 이브린에게 더 많은 힘을 불어넣고 있기 때문이었다. 그리고 죠세프는 공간 이동 마법을 모르고. 그러니 누가 가겠어. 덴이 가야지. 어이, 덴, 수고하셔.

이리하야 덴은 떠났다. 이제 덴이 앓아 누울 자리만 마련하면 되는 건가?

덴이 오려면 며칠 걸릴 것이다. 아무리 공작이라도 멋대로 시장을 잡을 수는 없었다. 먼저 감찰관에 알려야 하고 그 감찰관에서 암행 감찰사를 파견해 사정을 알아보고 다시 그 보고서를 올리면 최소 하루의 검토를 거쳐 시장을 잡아들인다고 했다. 이번의 경우는 공작가의 딸이 직접 보고(?) 들은 것을 알린 것이라 일 처리가 빠르겠지만 그래도 최소한의 기간은 필요했다. 그동안 우린 아이들의 상태를 알아보기로 했다.

그런데… 우이씨, 시장 눈치 봐가며 하려니 제대로 알아볼 수가 없잖아. 지금 우린 시장의 명령이나 허락없이 일을 하는 것이었다. 그건 시장이 우릴 의심할 구실을 주는 행동이었다. 아무리 밖으로 말이 퍼지는 것을 막는다고 해도 안에서 해결하려는 사람까지 막을 이유는 없는 시장이었다. 따라서 우리가 먼저 말을 한다면 시장이 허락을 할 것이다. 그러니 우리가 시장의 허락 없이 하는 것은 시장 몰래 마을의 정세를 살피는 행위로 볼 수가 있는 일이었다. 하지만 이미 제압하기로 한 시장에게 허락을 받을 이유가 우리에겐 없었다. 또 시장이 움트르에서 일어난 일을 조사하는 사람들을 잡아가는 상황에서 허락을 맡는다는 것은 우릴 잡아가 달라는 것이나 다름없었다. 결국 우린 조용히 일을 해야 하는 것이었다, 적어도 시장에게 잡히기 전까지는. 그러니 일이 제대로 진행될 리가 있나? 아닌 게 아니라 우리가 여관에서 아이들의 상태에 대해 이야기를 하고 있을 때였다. 텐이 간 지 한 사흘 됐나?

쾅!

여관문이 거칠게 열리더니 경비대원들이 들어왔다.

"너희들!"

경비대장처럼 보이는 사람이 우릴 가리켰다.

"뭡니까?"

페린이 경비대장에게 물었다.

"훗, 역시 범죄형으로 생겼군. 모두 끌고 갓!"

경비대장이란 자의 말이었다. 그 말을 듣고 가장 화를 낸 사람은 멜리사였다.

"뭐라고? 아니, 정작 죄를 저지르는 건 누군데 선량한 시민에게 함부로 범죄형이라니!"

"선량한? 훗. 너희가 한 일이 그럼 범죄가 아니란 건가?"

"당연히 아니지. 깨어나지 못하는 아이를 위해 일을 하려는 우리가 무슨 죄를 지었다는 거지? 오히려 이런 심각한 일이 있는데도 입을 막는 너희가 범죄자 아냐?"

"의사를 부르고 신관까지 불렀는데 뭘 막았다는 거지?"

"의사? 신관? 그거야 마을 사람들이 자기 돈 들여 부른 거잖아. 그런데 그걸 자신의 공로로 돌리다니 뻔뻔스럽기는… 아니, 자기 돈 들여서 의사와 신관을 억류시켰긴 했군."

의외로 멜리사의 입심은 대단했다. 역시 사람은 겉 보고는 모른다니까. 하긴 페린과 같은 삭막하게 생긴 사람과 결혼한 걸 보면… 어쨌든 멜리사의 말에 경비대장은 화가 난 모양이었다. 정확히 보자면 말에서 밀려 화가 난 것처럼 보였다.

"내가 대체 저런 놈들과 무슨 말을… 모두 끌고 가!"

이렇게 우린 경비대에 붙잡혀 갔다. 그리고 감옥에 갇혔다. 하긴 이상한 것은 우릴 신문도 안 한다는 것이었다.

"아마 우릴 가둬두는 것이 목적인 모양입니다. 어쩌면 우리가 중앙에서 내려온 사람일지도 모른다고 생각을 했겠죠. 따라서 긁어 부스럼을 만들고 싶지 않아서일 겁니다. 그냥 이렇게 가둬둔 다음에 몰랐다고 변명하려는 것이겠죠."

페린의 설명이었다. 페린의 말대로면 시장은 바보란 소리다. 대체 사람을 잡아놓고는 심문도 안 한다? 그것 자체로도 범법 행위였다. 죄의 유무를 따지지 않고 일방적이며 임의적인 구금인 것이었다.

"시장이 바보면 시민이 괴로운 법인데……."

"란셀 씨 말이 맞습니다. 원래 이런 바보는 시장에 앉히지 않는 법인데 위에서도 가끔 실수를 하나 보죠."

페린도 내 말에 동의하며 웃었다. 그러고 보니 페린도 보기보다 똑똑했다. 그리고 화통하기도 했고. 멜리사가 반한 것은 이런 모습 때문인 걸가? 아무튼 감옥에 갇혔지만 밥도 꼬박꼬박 나오고—정말 맛없는 밥이었지만 죠세프가 만들었던 음식을 생각하며 먹으면 먹을 만했다—심문도 없으니 편하긴 했다. 다만 걱정이 되는 것은 다른 방에 갇힌 여자들과 잠든 듯 누워 있는 아이들이었다.

내가 걱정을 하자 페린이 말을 했다.

"음, 이건 들은 말인데요. 여기 시장이 좀 둔제가 있다고 하던데요. 전에 사고를 당해서 남자 구실을 못한다나? 그래서 다른 사람도 자신이 못하는 것을 하는 꼴을 못 본다고 하더군요."

음… 남자 구실을 못한다? 어째서? 무슨 일이 있었길래? 난 너무나 순수하고 순진해서 모르겠… 캐캑. 가, 갑자기 가래가 목에 걸려 숨이 막혀… 에, 엘렌디아 여신님, 사람이 농담도 못해요?

어쨌든 여자들 문제는 걱정을 안 해도 된다는 거지?

"훗. 란셀, 뭘 그리 걱정하죠? 우릴 신문 안 한다는 건 그만큼 켕기는 것이 있어서인데 딴 짓 할 여유가 있겠어요? 거기다 아마 시장은 우리 일행 중에 한 사람이 없어졌다는 것을 알고 있을걸요? 그러니 거기에 정신을 쏟느라 다른 것을 생각할 여유가 없겠죠."

음… 가끔은 죠세프가 천재라는 것을 다시금 상기하게 된다니까. 솔직히 난 덴에 대해서는 생각을 못했었다. 덴이 있었구나.

우리가 감옥에 갇힌 지 사흘이 지났다. 그리고 드디어 덴이 왔다. 초죽음이 되어서. 시장은 중앙에서 내려온 감찰관에게 잡혀갔다. 중앙의 사정을 잘 아는 멜리사가 잡은 시기는 열흘 정도였다. 덴이 가서 보고를 하고 처리가 돼서 다시 감찰관이 오고 일을 처리하는 시간을 따진 다음 공작의 배경을 생각해 최대한 빨리 된다는 계산을 해서 나온 시간이었다. 하지만 그 시간은 반이나 단축이 되었다. 덴이 직접 감찰관 일행을 공간 이동시킨 것이었다. 덕분에 저기서 끙끙 앓고 있지만.

"전 모노르 왕실에서 내려온 아츠인 아슬힌이라고 합니다. 이곳 움토르의 사정을 잘 들었습니다. 그리고 이곳 일을 해결하시기 위해 애를 쓰시는 여러분에 대해서도 들었습니다. 그래서 제가 여러분을 돕고자 내려온 것입니다."

자신을 아츠인이라고 소개한 사람이 우리를 돕겠다고 나섰다.

"그렇습니까? 전 란셀 네르반이라고 합니다. 그저… 여행가죠. 그리고 이쪽은 죠세프 라만, 예나, 다리온, 아울 트린, 이브린 퀘르셴입니다."

후유~ 하마터면 또 건달이라고 할 뻔했다. 저 아츠인이란 사람도 마법사 같아 보였는데… 흐유~ 언제나 입조심, 말조심…….

"그렇습니까? 여행자셨군요. 그런데도 아무런 상관 없는 우리 나라 일에 이렇게 발벗고 나서주시니 정말 감사합니다."

"아닙니다. 저희는 여행 중에 많은 일을 보았습니다. 그중에는 희한한 일도 많았기에 어쩌면 도움이 될지도 모른다는 생각에 여기 멜리사양 일행의 일을 돕는 겁니다. 오히려 저희가 도움이 된다니 영광입니다."

좀 간지럽긴 하지만 어쩌랴, 상대방이 저렇게 예의 바르게 나오는데.

"호오, 그렇습니까? 그렇다면 잘되었군요. 마침 제 직업이 세상의 알려지지 않은 희한한 병을 고치는 겁니다. 어쩌면 여러분의 경험과 제 지식이 잘 어울리겠군요."

응? 저 아츠인이란 사람의 말 어디선가 많이 듣던…

"저 말 란셀이 쓰던 말과 비슷한데요? 그럼 설마 저 사람도 란셀과 같은 사람인가요?"

예나가 옆에서 작게 말했다. 그러고 보니 그랬다. 음… 저 사람도 나와 같은 마도의사인가? 물론 카나이드의 제자는 아니겠고… 그럼 다른 드래곤의 제자란 말인가? 하지만 나와 같은 사람이 또 있다는 그런 말은 들은 적이 없는데…….

아츠인은 스스로의 소개처럼 매우 많은 지식을 가지고 있는 사람이었다. 마법사로서도 차석 궁중 마법사일 정도로 뛰어났다. 6클래스에 6써클의 마법을 쓴다고 했다. 그리고 의사로서도 그 실력이 뛰어났고 약제사와 연금술사로서도 매우 뛰어난 실력을 지닌 사람이었다. 그러니 당당하게 희한한 병을 고친다고 말할 수 있었을 것이다. 물론 내가 볼 때 감히 내 앞에서 그런 말을… 하고 생각이 들긴 했지만… 역시 나 같은 사람은 세상에 나 혼자였다. 캬하하하!

"우선 사람들이, 아니, 아이들이 왜 잠을 자는 것 같은가 하는 겁니다. 보통 저런 병이 있다면 무슨 이상 징후가 있어야 합니다. 열이 난다거나 몸이 차가워진다거나 하는 그런 일 말입니다. 또 한 달이란 기간 동안 먹지도 마시지도 못했다면 죽었어야 합니다. 하지만 좀 마르긴 했어도 살아 있습니다. 그건 아이들의 신진 대사가 매우 느리게 진행된다는 소리이기도 합니다. 이건 병으로 생각해서는 될 일이 아닙니다."

아츠인은 자신의 조사한 것에 대해서 말했다.

"그럼 약물에 의한 것이라고 보십니까?"

난 아츠인에게 물어보지 않을 수 없었다. 물론 나도 약 때문이 아닌가 하고 생각하긴 했지만 약으로도 저런 효과를 내기는 힘들었다. 적어도 이 시대에 그런 약물은 없었다.

"전 그렇게 봅니다. 물론 약물로 이런 효과가 힘들긴 하지만 그래도 지금 가장 유력한 것은 약물 중독 외에는 없습니다."

나도 아츠인과 같은 생각이긴 했다. 하지만 역시 그런 약물이……

우리—나와 아츠인, 다리온, 죠세프, 예나, 멜리사. 다른 사람들은 별 도움이 안 된다며 이 일에서 빠졌다. 쩝. 아르티닌은 아쉬운데… 아르티닌은 이브린에게 검 수련을 시킨다고 했다. 덴은 아직도 비몽사몽간이다—는 우선 아츠인의 의견대로 아이들의 피를 뽑아 실험을 하기로 했다. 많이 뽑는 것은 아니고 대여섯 방울이지만 그래도 아이의 부모님에게는 허락을 받아야 했다.

"제가 낸 의견이지만 힘들 겁니다. 아이가 저런데 피까지 뽑히게 할 부모는 없으니까요."

아츠인이 고개를 저으며 말했다.

"그렇지 않을 겁니다, 아츠인 씨. 그 부모들도 이젠 지푸라기라도 잡고 싶을 겁니다. 그러니 도움이 될지도 모른다면 기꺼이 피를 뽑게 할 겁니다."

다리온은 이렇게 확신하고 피를 뽑으러 갔다. 그리고 다리온의 말대로였다. 오히려 어떤 집에서는 병을 고치기 위함이라니까 음식 대접도 해주었다. 그리고 나와 아츠인은 피를 검사하기로 했다.

"뭔가 있습니까?"

난 이츠인에게 물어보았다.

"글쎄요… 여러 가지 시약을 써보았지만 아무런 변화가 없어요."

아츠인은 피곤한 얼굴로 말했다.

"보십시오. 전 다섯 가지 시약을 썼습니다. 하지만 어느 것 하나 별다른 반응은 없어요."

글쎄… 내가 보기엔 아닌데? 아츠인이 쓴 시약은 데인산, 도락콜, 덱수신, 메이코움, 딜렘포 이렇게 다섯 가지였다. 그리고 그 시약을 썼을 때 당장 보이는 것으로는 별 이상이 없었다. 하지만 아츠인에게 보이지 않는 것이 나에게는 보였다. 역시… 아츠인, 당신 말야, 나에 비하면 아직 멀었어. 앞으로 마도의사 행세 하지 갈라고.


우선 약에 대해 알아보자면 데인산은 산성의 시약으로 피에 이상 물질이 있으면 그 물질의 성분에 따라 각기 다른 반응 속도로 끓게 되는 약이다.

도락콜은 이상 물질에 따라 피가 굳으면서 크거나 작게 또는 각이 지거나 둥글게 모양이 달라진다.

덱수신은 피에 떨어뜨리면 피에 섞인 성분에 따라 피의 색이 달라진다.

메이코움은 피만 따로 응고시키기 때문에 이상 물질이 있으면 그 물질만 분리되는 것이다.

마지막으로 딜렘포는 피와 반응해서 빛이 난다.

그런데 지금의 반응은 이상했다. 데인산은 피를 끓게 하는 약이었다. 물론 이상 물질이 있을 때만이라 보통의 피에는 물이나 같았다. 보통의 피에서는 전혀 안 끓는다는 소리다. 따라서 보통인 피에 데인산을 떨어뜨리면 피의 색이 묽어져야 정상인데 더 붉게 되어 있었다.

도락콜의 경우는 이상 물질이 없는 순수한 피라면 표면장력으로 둥글게 한 덩이로 굳어야 정상이었다. 저렇게 납작하게 굳지는 않는 것이 정상이었다.

또 덱수신의 경우 데인산과 마찬가지로 아무런 이상 없는 순수한 피에는 반응을 안 하니 피가 묽어져야 하는데 마찬가지로 붉어졌다.

메이코움의 경우 정상적인 반응이라면 물과 피가 분리되어 피만 응고가 되고 물과 체액이 남거나 물과 체액, 그리고 이상 물질이 남아야 하는데 그런 것 없이 전부 응고됐다.

마지막으로 딜렘포의 경우 딜렘포에서 빛이 나는 이유는 피와 반응을 보여서였다. 따라서 이상 물질이 있으면 빛이 적게 나는 것이었다. 하지만 이번 피의 경우는 순수한 피에서 나는 빛보다 더 많은 빛이 났다.


"이상하지 않습니까? 이 시약을 넣은 피들의 반응이 말입니다."

내가 이렇게 말해 주었어도 아츠인은 무슨 말인지 모르는 듯했다. 아츠인 정도면 처음엔 모르고 넘어갔어도 누가 슬쩍 알려만 줘도 알아챌 텐데 아마 시약 반응을 너무 의식한 모양이었다.

"이 피들 말입니다……."

결국 난 내가 발견한 것을 말했고 아츠인은 눈이 빛났다.

"그렇다면 이건……."

"그렇습니다. 분명 피 속에 어떤 이상 물질이 들어 있는 겁니다. 다만 일반적으로 알고 있는 반응이 아닌 이런 알려지지 않은 반응이 나타난다는 건 우리가 알지 못하는 물질이 들어 있다는 것 외에는 없습니다."

아츠인도 내 말에 고개를 끄덕이며 동의했다.

"저도 같은 생각입니다. 그런데 대단하시군요. 저도 발견하지 못한 건데… 이거 란셀 씨에게 하나 배웠군요. 제가 가르쳐 드려야 하는데… 어쨌든 감사합니다."

어이, 아츠인. 당신이랑 나랑은 배운 수준이 다르다니까. 내가 가르치면 몰라도 누가 누굴 가르친다고…

"그, 그런가요? 하아… 네에… 많은 가르침 부탁드립니다."

하지만 결국 난 이렇게 말할 수밖에 없었다.

"그건 그렇고 문제인데요."

"뭐가 말입니까?"

"우리가 모르는 물질이 피에 섞였다면 그 물질이 뭔지를 알아야 찾아도 보고 해결도 할 것이 아닙니까? 하지만 알 수가 없는 물질이니 찾을 수도 없고 해결도 못하고……."

그, 그만. 아츠인, 그만. 머리 어지러워진다. 그나저나 아츠인 말 들으니 걱정이네. 정말 뜬구름 잡기도 아니고 이걸 어떻게 알아내야 하지?

우린 일행들에게 우리가 알아낸 사실을 말했다.

아이들의 피를 검사한 우리가 할 일은 마을을 살펴보는 것. 물론 살펴보는 것은 나와 아츠인, 다리온, 에나, 조세프, 멜리사가 하기로 했다. 다른 사람들은 그대로 하던 일(?)을 하기로 했다.

"그럼 이제 뭘 하죠?"

"우선 간단한 것부터 말하자면 마을 주변이나 냇가나 우물 등에 이상한 식물이 자라거나 흙색이 다르다거나 마을에 새로 들어온 무엇이 있다던가 하는 것을 살피면 될 겁니다."

아츠인이 우리가 살펴야 하는 것을 설명했다.

"란셀, 어째서 란셀이 주도하지 않고 아츠인이 다 하는 거죠?"

"그거야 나서면 귀찮으니까."

예나의 물음에 대충 이렇게 대답했지만 사실 지금의 상황은 아츠인이 하는 것이 더 나았다. 물론 아츠인보다 내가 이런 일은 더 잘하고 지식도 많지만 여기는 모노르고 아츠인은 모노르의 차석 궁중 마법사였다. 그리고 스스로 희한한 병을 고친다고 할 만큼 실력은 있는 인물이었다.

사정이 이런데 처음부터 내가 고룡의 제자 운운하며 말을 하지 않은 이상 이런 사람을 제치고 내가 나선다면 관계가 불편해질 건 뻔한 일이었다. 또 이번 일에는 어느 정도 모노르 중앙의 직접 개입이 있었다. 아츠인이 온 것이 바로 그 증거였다. 따라서 아이들이 걸린 병을 해결하는 일 이외의 다른 잡다한 일도 있을 것이 뻔했다. 그러니 모노르와 아무런 상관이 없는 난 뒤로 물러서는 것이 일하는 데 편했다.

"그럼 예나는 죠세프와 같이 살펴보고 난 다리온과 살펴보는 것이 좋겠군. 어이, 둘이서 연애만 하기 없기다."

"라, 란셀!"

"말도 안 돼요!"

난 얼굴이 벌게져 화를 내는 두 사람을 뒤로하고 다리온과 같이 마을 주변을 살피러 갔다.

"저 두 명 가지고 괜찮을까요? 둘 다 지식도 부족하고 경험도 부족한데……."

다리온이 예나와 죠세프를 걱정했다. 하지만 왜 걱정하지?

"걱정 마세요. 예나와 죠세프만 있는 것이 아니라 페디도 있으니까요."

예나와 죠세프는 걱정할 필요가 없었다. 내가 걱정하는 것은 아츠인과 멜리사였다. 아츠인이 많이 안다지만 얼마나 알지는 모르겠고 멜리사의 경우도 이런 일에 관해서는 전혀 모르는 상태였다. 하지만 뭐 어떻게든 되겠지. 내 예상으로는 결국 나와 다리온이 해결해야 할 것 같았다. 아츠인이 희한한 병들을 고치는 것이 전문이라고 당당히 말하지만 내가 볼 때는 희귀한 병을 고치는 것이지 지금 같은 보도 듣도 못한 일을 해결할 능력은 없어 보였다. 음… 한 수 가르쳐 줘야겠어.

"우선 마을부터 살펴볼까요?"

다리온이 의견을 내었다. 나도 다리온의 말이 옳게 생각되어 마을 주변부터 살피기로 했다. 난 오랜만에 팡이를 꺼냈다.

"야! 팡, 일어나."

흔들흔들.

『우웅… 아, 오빠? 오랜만이네요. 그런데 왜요?』

엉? 오빠? 아니, 언제 주인님에서 오빠로 됐지?

『에이, 뭘 그렇게 봐요. 아저씨라고 하는 것보단 오빠가 낫지. 뭐, 나이도 있으니 할아버지로 부를까요? 아무래도 오빠가 낫죠?』

그, 그건 그렇지만… 그래도 너무 갑자기 호칭이 달라지니 당황스럽구만……

『그런데 잘 자는 날 왜 깨웠어요?』

하아… 다른 건 몰라도 드래곤의 능력 중 한 가지는 확실하게 받은 녀석이다. 잠자는 능력 하나만큼은.

"음… 왜 깨웠냐 하면 …이거든. 그러니까 우리가 마을을 돌아다닐 테니 지나치는 것들을 좀 살펴봐 줄래?"

『하암… 그러죠 뭐.』

"그럼 우물부터 가볼까요?"

나와 다리온은 우물로 갔다. 움토르에서 쓰는 우물은 하나였다. 이걸 우물이라고 해도 옳은지 모르겠다. 우물 주변은 돌로 되어 있었다. 그 돌바닥 한가운데 사람 무릎 높이로 돌이 쌓여져 있었다. 그것이 우물이었다. 대략 10길드 정도 넓이의 둥근 우물. 우물 바닥은 자잘한 조약돌이 깔려 있었고 가끔씩 기포가 올라왔다. 아마 지하수가 끊임없이 올라오는 모양이다.

"물은 맑군요."

"글쎄요… 겉으로 봐서는 깨끗해 보이지만… 하지만 소금물이나 설탕물도 겉보기에는 맹물과 같다는 것을 보면 확신할 수는 없군요."

다리온은 우물이 의심스러운 모양이다. 하긴 물이 맑다고 다 좋은 물도 아니긴 하지만, 그래도 함부로 의심을 할 수는 없었다. 우선은 이 우물이 마을의 유일한 식수원이고 더 중요한 것은 우리가 머무는 여관에서 제공하는 물은 모두 여기서 떠온 물이었다. 난 우선 물을 조금 떠서 마셔보았다. 말 그대로 물맛, 별다른 맛은 나지 않았다.

"흠… 그냥 물맛인데요?"

"그렇겠죠. 우리가 마신 물도 모두 여기서 길어온 물일 테니까요. 저도 머리에서는 우물이 의심스럽지만 가슴에선 그 의심을 거부하는군요. 저도 아무래도 이 우물물을 마셨으니까요. 하핫."

"그, 그렇죠? 그럼 마을 외곽의 산을 뒤져야 할 것 같군요."

우린 마을 주변의 산을 살폈다. 움트로 주위에 산이 많기는 했지만 마을 사람들이 가는 산은 정해져 있었다. 하지단 그래도 산이 많다 보니 그 산들을 다 뒤지려면 시간이 부족했다. 결국 우린 별 성과 없이 여관으로 돌아와야 했다. 여관에는 다들 모여 있었다.

난 탁자에 늘어진 것들을 보았다. 다른 사람들이 마을과 마을 주변, 마을 외곽의 산들을 돌아다니며 조금만 이상하다 싶으며 채집해 온 것이었다. 참, 나와 다리온은 그냥 빈손으로 왔는데 정말 많이도 가지고 왔다. 대충 보니까 그냥 잡풀도 섞여 있는데… 그런대로 지식이 있는 아츠인이나 멜리사는 아닌 것 같은데… 난 페린과 그 일당들을 흘겨보았다. 그들은 딴 데를 보고 있지만—뭐 볼 거나 있나? 예쁜 여자도 없는데…—그들의 손에 묻은 흙은 나를 외면하지 않았다. 으이그, 이 위생 관념 없는 인간들. 손이나 씻지… 그래도 정성은 갸륵했다. 끝내는 멜리사를 도와서 일을 했으니… 그에 비하면 아르티닌과 이브린은… 동지가 아니라 적이다, 적.

"그럼 한번 살펴볼까요?"

아츠인도 탁자 위에 보이는 잡풀이 한심했는지 한숨을 쉬고 살펴봤다. 나도 살피기 시작했다.

"음… 이건 잡풀이고… 응? 이건… 독초네? 그리고 이건… 독버섯… 설마 이런 것들을 맨손으로 뜯어온 것은 아니겠지?"

나 같은 사람도 조심해서 골라내는 독초를 뜯어온 인간들이 한심했다. 자고로 용병이라 하면 어느 정도 약초에 대한 지식이 있었다. 그것이 자신의 목숨을 살리는 생명줄 중의 한 가닥이기 때문이다. 그런데… 보인다. 손 씻으러 가는 사람들.

어쨌든 난 탁자 위의 식물들을 바라보았다. 그런데 내 눈에 보이는 것들… 대체로 아츠인이 살피면서 잡풀이라고 빼놓은 것들이었다. 하지만 아츠인은 몰라도 난 알고 있었다. 저 푸른 줄기에 붉은 마름모꼴의 잎을 가진 식물은 헤모라스라는 독초고 저 다섯 갈래로 갈라진 보라색 버섯은 기로스탄이란 독버섯이었다. 그리고 대롱 모양의 잎을 가진 식물은 케이톤, 빨간 실 같은 꽃잎이 뭉쳐 있는 저 식물은 네린, 내 앞의 둥글면서 가시가 숭숭 난 밤송이 모양의 버섯은 켈포, 저 접부채처럼 생긴 풀은 로시름이었다. 이렇게 여섯 가지 식물이 내 눈에 띄었다. 난 그것들을 한데 모았다. 아츠인은 그런 나를 이상하다는 듯이 쳐다보았다.

"왜 그것들을 따로 모으십니까? 뭐, 특별한 풀들이기라도 한가요?"

물론 그랬다. 다른 것들은 모르겠다. 갓 달렸으면 버섯이요 잎 달렸으면 풀이겠지. 그건 이츠인에게 맡기고… 내가 제대로 아는 이 여섯 가지의 식물들은 지금의 사람들은 모를 식물들이었다. 바로 마도 시대에 존재했던 식물들.

어떻게 이것들이 여기 있는지 모르겠다. 어쩌면 우리가 가려고 했던 곳에서 나왔을지도 모르겠다. 아니, 그게 중요한 것이 아니라 어떻게 아직까지 살아 있는지가 더 중요한 문제인가? 하지만 불가능한 일은 아니었다. 비록 마도 시대가 멸망했어도 그때 살던 모든 것들이 멸종한 것은 아니었다. 만일 그랬으면 우리 사람들도 존재할 수가 없는 일이었다. 어쨌든 마도 시대가 멸망했지만 식물들은 동물들보다는 환경 적응이 좀 약하더라도 강인하고 질긴 면이 있었다. 더군다나 지금 내가 보고 있는 식물들은 그 생명력이 무척 질긴 것들이었다. 물론 그런 강인한 생명력이 문제는 아니었다. 진짜 문제는 이 식물들은 오염된 환경에서 특히 잘 자란다는 것. 문제는 그 점이었다.

"아니, 란셀 씨, 안색이 안 좋습니다?"

언제 왔는지 페린이 날 보며 물었다.

"예? 아… 예……."

음, 내 표정이 안 좋았었나? 거울이 없으니 알 수가 있어야지. 내가 마도 시대의 식물을 보고 표정이 안 좋아졌군. 어쨌든 저 사람들도 이 식물들에 대해 알면 나 같은 표정일걸?

"흠흠. 아츠인 씨. 이것들을 왜 따로 모았는지 물으셨죠?"

"예, 좀 특이하게 생기긴 했습니다만……."

아츠인은 내가 골라놓은 식물들을 보며 고개를 갸웃거렸다.

"특이하게 생긴 정도가 아니라 아마 지금 처음 보는 것일지도 모르지요."

"그렇군요. 그러고 보니 한 번도 못 본 것들입니다. 제가 워낙 도시에서만 살아서 그런가? 하지만 식물도감에도 없던데……."

이것들이 식물도감에 있을 리는 없었다. 식물학자도 평생 가야 볼까 말까한 마도 시대의 식물들이 그런 보편적인 지식을 담는 도감에 있을 리가 없었다.

"그럴 겁니다. 이것들은 워낙 특별한 것들이죠. 그럼 우선 제가 골라놓은 이 식물들에 대해 설명부터 해야겠군요. 이것들은 맨 오른 쪽부터 헤모라스라고 합니다. 헤모라스는……."


헤모라스. 독초의 일종으로 마나에 작용하는 독을 가지고 있었다. 무슨 소리인가 하면, 마나를 접하는 마법사나 소드 마스터의 경우 이 독에 중독이 잘 되었다. 헤모라스 자체가 마법의 풀이기 때문에 마나에 접하면 반응을 하기 때문이었다. 그래서 마도 시대에는 마법사, 소드 마스터 암살용으로 쓰였었다. 하지만 제대로 된 실력있는 마법사나 소드 마스터의 경우 먼저 알아채기 때문에 그렇게 큰 효과는 볼 수가 없었다. 헤모라스 독에 톡 쏘는 듯한 독특한 냄새가 나기 때문이다. 하지만 독으로만 쓰인 것은 아니었다. 마나에 반응하는 성질 때문에 마법 시약으로도 쓰였다. 줄기와 뿌리는 파란색, 잎은 마름모꼴로 새빨간색으로 잎 뒷면은 회색 솜털로 덮여 있고 번식은 뿌리에서 나는 구근으로 하며 3월경 구근이 생기고 7월에 번식을 했다. 독은 5월경 구근에서 채취한다.

기로스탄. 독버섯의 일종이었다. 땅속으로 있는 갈색의 기둥 위로 다섯 갈래로 갈라진 갓을 가진 버섯이었다. 갓의 앞면은 청보라였고 뒷면은 붉은 보라였다. 사람으로는 맡을 수 없는 냄새로 곤충을 유인하고, 그 냄새에 이끌린 곤충이 기로스탄에 붙으면 기로스탄의 독에 의해 죽게 되는 것이다. 그리고 죽은 곤충은 기로스탄의 양분이 되었다. 마도 시대 때 한 학자가 기로스탄에 곤충이 모이는 것을 보고 연구를 한 적이 있었다. 그리고 밝혀진 바로는 그 곤충을 모이게 하는 냄새가 비록 사람의 후각으로는 맡을 수 없지만 이성을 끄는 효능을 지닌 것을 알아내었다. 곤충이 기로스탄에 가는 것도 그 때문이라고 했다. 그 연구 결과로 만들어진 것이 이성을 유혹하는 향이었고, 그 효능이 탁월해 폭발적인 인기를 누렸다고 한다. 하지만 그 향은 어느 정도 쓰다 보면 중독이 돼 온몸이 마비되어 죽는 것으로 밝혀졌다. 그 후 판매가 금지되었지만 무색무취란 점 때문에 역시 암살용 독으로 쓰였다. 10월쯤 갈라진 갓의 끝에서 포자를 쏘듯이 퍼뜨려 번식을 한다.

케이톤. 아기 손목 굵기의 뭉툭한 식물이었다. 그 줄기로 가느다란 줄기가 나 있었고 그 줄기에서 대롱 모양의 잎이 달렸다. 겨울이면 빨간색의 열매가 열리고 봄이면 까맣게 숙성을 한다. 케이톤은 환각 성분이 매우 강한 식물이었다. 한때 대롱 모양의 잎을 따다 피우는 행위가 성행한 적이 있었다. 그런 행위는 범죄 행위로 간주되어 법으로 금지가 되었는데, 단 한 모금만 피워도 극심한 환각에 사로잡혀서 살인도 저지르기 때문에 그것을 이용해 범죄 집단이 사용하곤 했다. 물론 케이톤 잎 하나면 한 사람 폐인 만들기에는 충분하였다. 그만큼 중독성이 강했다. 하지만 그런 점 때문에 마취제나 진통제로도 이용을 했다. 케이톤은 반원 모양의 잎이 두 개 달린 둥근 꽃이 피는데 케이톤에서 유일하게 환각 효과가 적고 중독성도 낮아서 약용으로 이용이 되었다. 하지만 그런 꽃잎도 많이 쓰면 환각을 일으키기 때문에 능력이 되고 자격을 가진 사람만 취급하게 했었다. 마도 시대가 그랬으니 지금은 이용할 수 있는 사람은 없었다. 나도 이용은 가능하지만 지식만 있을 뿐이었다. 실제로 본 것은 이번이 처음이었다. 꽃은 5월부터 12월까지 피는데 가장 환각 효과가 약해지는 10월에 채취한 것만 약용으로 쓰인다.

네린. 네린의 또 다른 이름은 마녀의 털실이었다. 빨간 실 같은 꽃잎이 엉클어지듯 피어 있는 풀이었다. 잎이나 줄기 모두 민들레같이 생겨서 꽃이 피기 전까지는 식물 전문가라도 보는 것만으로는 구별이 불가능하다고 한다. 가을에 꽃이 피는데 그 꽃은 겨울을 지나 봄까지 계속 피는데 봄이 되면 꽃이 검붉은 색으로 되고 꽃잎 표면에 가루가 생기게 된다. 그 가루가 피부에 닿으면 극심한 가려움을 느끼게 되고 가렵다고 긁거나 하면 물집이 생기기도 하는 풀이었다. 그렇다고 내버려두면 피부병이 되고 매년 봄마다 그 피부병이 재발하게 되어 괴롭게 하는 골치 아픈 풀이었다. 치료약은 의외로 간단한데 무 즙과 수세미 즙을 반반씩 섞고 거기에 소금을 탄 물로 네린 가루가 닿은 부분을 씻어주면 된다고 한다. 문제는 가루가 닿고 10분 안에 치료를 해야 한다는 점이었다. 10분 이상이 지나면 그 가루가 피부 속으로 침투하기 때문이다. 네린은 한해살이풀로 늦봄에 꽃이 지고 열매가 열리는데 열매 안에는 작은 씨들이 들어 있었다. 씨앗에 독 같은 것은 없었지만 매우 매운 맛을 내었다. 열매는 초여름에 봉숭아 열매처럼 터지면서 씨를 뿌려 번식한다.

켈포. 생긴 것은 꼭 밤송이같이 생긴 버섯이었다. 땅속에서 자라는 버섯인데 가끔 산에서 장난치던 아이들이 넘어지면서 켈포의 가시에 찔리기도 했다. 그건 켈포가 땅속 깊숙하게 자라는 버섯이 아니기 때문이었다. 물론 켈포 가시에 찔린 아이들은 좀 아프기만 하고 아무런 이상은 없었다. 사실 켈포는 사람의 인체에 아무런 피해를 주지 않는 버섯이었다. 약간의 독이 있어 켈포를 많이 먹으면 배탈이 나긴 하지만 그건 억지로 먹은 사람 잘못이었다. 왜냐하면 켈포는 무지 쓰기 때문이었다. 먹어서 영양 가치도 없고 쓰기만 하고, 많이 먹으면 배탈도 일으키는 버섯을 억지로 먹을 바보 같은 사람은 없다. 하긴 마도 시대 말엽에 짧았지만 켈포가 약으로 각광받던 시절이 있었다고 한다. 바로 살을 빼겠다고 먹은 것이다. 음식을 먹고 켈포를 먹으면 먹은 게 소화가 잘 안 되기 때문이었는데 나중에 켈포 복용이 금지가 되었다. 켈포를 남용하다 보니 위궤양이 생기는 사람이 속출했기 때문이었다. 또 먹은 것이 소화가 안 되고 배설되다 보니 몸이 약해져서 병에 잘 걸리는 부작용도 생겼다. 나중에 켈포가 쓰인 곳은 죄수에게였는데 악질 죄수에게 고문 겸 처벌의 도구로 쓰인 것이 켈포였다. 고문 겸 처벌의 효과는 살을 빼려고 켈포를 쓴 많은 사람들이 입증했으니 따로 실험할 필요는 없었다고 한다. 이렇게 일부러 많이 쓰지만 않으면 별 문제가 없는 켈포지만 정말 골치 아픈 점이 있었는데 그건 켈포의 생존 방식 때문이었다. 켈포는 나무뿌리가 있는 근처에서 자라는 버섯이었다. 사실 켈포의 가시는 양분을 빨아들이는 뿌리관이었다. 나무뿌리에 기생하며 가시를 나무뿌리에 꽂아 수액을 빨아먹었다. 그게 한두 개라면 상관이 없는데 켈포는 많은 개체가 한 공간에서 사는 버섯이었다. 따라서 켈포가 있으면 그 나무는 이미 죽었다고 봐야 했다. 이것 때문에 마도 시대에는 과수원을 하는 사람들은 골머리를 썩혔다고 한다. 켈포는 없애야겠는데 켈포를 발견하자니, 흙을 파야 했고 그러자니 나무뿌리에 가시를 단단히 박은 켈포로 인해 나무가 다치지나 않을까 걱정도 되었던 것이다. 켈포는 균사로 번식을 하는데 번식하는 시기는 일정하지 않고 주위 환경이 번식에 알맞을 때마다 했다.

로시름. 접부채 같은 잎만 땅 위에 나온 귀여운 풀이었다. 외부에서 자극을 받으면 활짝 펴져 있던 잎이 순간적으로 접혀지는데 어느 정도 시간이 지나면 다시 빠끔히 펴지기 시작했다. 색깔이 형형색색인데다가 워낙 땅속줄기로 퍼져 나가는 풀들이라 한 지역에 군집을 이루고 있는 풀이었다. 그 때문에 로시름이 피어 있는 것을 보면 무척 아름다운 장관을 이루었는데 접혀지고 퍼지는 잎 때문에 나비풀이란 별명도 가지고 있는 풀이었다. 로시름에도 독이 있는데, 로시름을 먹으면 구토 등으로 고통을 받았다. 하지만 사람을 죽일 정도의 독은 아니었다. 오히려 그런 특성 때문인지 민간 요법에 쓰이기도 했는데 음식을 잘못 먹거나 상한 음식을 먹었을 때 로시름을 먹여 토해내게 하는 데 쓰였다. 사시사철 피는 잎인데 계절에 따라 색의 농도가 차이가 난다고 한다. 아름다운 풀이긴 하지만 인위적으로 재배하기가 어렵고 또 로시름이 자라는 곳에서는 다른 식물들이 절대로 자라지 못하는 특성 때문에 관상용으로는 재배되지 못하는 풀이었다. 꽃은 잎자루 부근에 아주 작게 피는데 자세히 보기 전에는 보이지 않았다. 비록 땅속줄기로 퍼져 나가기는 하지만 그건 줄기로 이어진 하나의 개체였다. 번식은 가을에 수정된 씨앗이 바람을 타고 멀리 가는 것으로 한다.

"이것이 이 여섯 가지 식물들의 특징입니다. 그리고 이 식물들에게는 공통점이 세 가지 있습니다. 우선 그 성분이 강하든 약하든 기본적으로 독을 지닌 독초라는 것이고 두 번째로 마도 시대에 존재했던 식물들이란 겁니다. 아니, 지금도 존재하긴 하는군요. 이렇게 눈앞에 있으니까요. 하지만 마도 시대에는 이렇게 희귀할 정도로 적지 않고 무척 많았습니다. 제 생각입니다만 지금은 아마 멸종 단계일 겁니다."

이츠인, 아니, 다른 사람들은 멍한 표정이었다. 다들 황당하다는 표정이랄지, 아니면 감탄하는 표정이랄지, 그것도 아니면 불신하는… 흠흠… 아무튼 새로운 지식을 얻었을 거다. 나중에라도 기억을 할지는 모르지만.

"오오… 역시 대마법사님이십니다!"

내가 설명을 끝내고 나자 누군가 뒤에서 감탄을 했다. 뒤를 돌아보니 덴이었다. 으휴, 저 인간은 왜 깨어났지?

"역시 대마법사님이시라 지식이 남다르시군요."

다른 사람은 몰라도 덴은 정말로 감탄하는 것 같았다.

"이봐요, 덴 마법사 양반. 이런 황당한 말을 믿어요?"

용병 중의 한 사람이었다. 이름? 모르지. 기억 못한다. 내가 왜 저런 냉막하게 생긴 남자 이름을 기억해야 해? 아름다운 여인이라면 몰라도… 페린을 기억하는 것도 기적이다, 기적.

"믿습니다, 게인. 이분, 란셀 대마법사님의 말씀은 확실한 진실입니다. 제가 보증합니다."

호오~ 저 용병 이름이 게… 구나. 그런데 덴은 내 말을 어떻게 믿고 보증한다는 거지? 나야 배웠다지만.

"다른 건 모르겠습니다. 하지만 이것, 이름이 케이톤이었군요. 이건 저도 압니다. 란셀 대마법사님 말씀대로 강한 환각 효과가 있습니다. 이것이 아직까지 있군요. 전에는 이 케이톤을 이용해 범죄를 저질렀습니다. 사이비 교주들이 이 식물의 환각 성분을 이용해 충성의 약을 만들었습니다. 충성의 약으로 중독시키고 약간의 암시로 최면을 걸면 환각 상태에서 시전자의 명령대로 움직입니다. 물론 그런 이유로 케이톤에 대해 아는 사람은 극소수입니다. 저야 모노르의 두 기둥 중 하나인 마법 공작가의 차석 마법사였으니 어떻게 알게 된 겁니다. 그리고 호오, 로시름이라… 말로만 듣던 전설의 나비풀이 바로 이 로시름이었군요. 전 그저 이야기 속의 풀인 줄 알았는데… 이름이 로시름이라… 별로 예쁘지는 않군요. 하핫. 그나저나 이 식물들이 마도 시대의 식물들이라니 몰랐습니다."

호오라… 그래? 케이톤이 그런 기능이 있단 말야? 역시 세월이 지나니 없던 지식이 계속 생겨나는구먼. 재미있는 걸 배웠네? 그나저나 덴도 역시 마법사는 마법사군. 이런 것을 다 알고 말야.

"그런데."

내가 잠시 딴생각을 할 때 멜리사가 나에게 고개를 돌렸다.

"아까 당신은 이 여섯 가지 식물 중에 세 가지 공통점이 있다고 했어요. 그런데 란셀, 당신은 아직 두 가지만 말했어요. 나머지 하나는 뭐죠?"

아차차, 잠시 잊었다. 역시 사람은 늙으면 기억이…

"아, 마지막 공통점을 말 안 했군요. 덴이 나타나는 바람에 저도 깜빡했습니다."

이렇게 덴에게 책임을 미루고…

"어쩌면 이 마지막 공통점이 이번 일의 열쇠일지도 모른다는 생각이 듭니다."

난 태연히 설명을 한다. 우하하하핫. 아, 물 좀 마시고.

"마지막 공통점은 이 식물들이 오염이 심한 곳에서 자란다는 겁니다. 아마 모르시겠지만 마도 시대는 무조건 마법이 강하고 발달되었던 때가 아닙니다. 마법도 발달했지만 그 외에 다른 문명도 발달했었죠. 이 세계가 시작된 이후로 가장 발전한 시기입니다. 모든 면에서 말이죠. 하지만 그렇게 발전되었다는 것은 그만큼 오염 물질도 많았다는 뜻입니다. 아무리 발달된 시대라지만 오염 물질을 완전히 처리하는 것은 불가능하죠. 어느 정도 오염은 되고 그렇게 오염된 대지에서 자라던 식물들이 있겠죠. 이것들요."

난 내 나름대로 열심히 설명했다. 뭐, 제대로 이해한 것 같지는 않지만.

"대마법사님의 말씀은 잘 들었습니다. 그런데 이런 의문이 듭니다. 전 마도 시대는 잘 모르지만 지금의 세계도 오염된 것은 많습니다. 그렇다면 이런 식물들이 그런 곳에서도 자라야 하지 않습니까?"

덴의 질문이었다. 그것도 맞는 말이었다. 하지만 여기 여섯 가지 식물은 어디까지나 마도 시대의 식물이라는 것이 문제다.

"덴의 말도 맞지만 아까 말했죠? 비록 제 생각이지만 멸종 단계일 거라고. 원칙적으로 이 식물들은 마도 시대가 끝남과 함께 없어진 것들입니다. 완전히 없어졌다고는 볼 수 없지만 그래도 마도 시대와 지금은 환경이 다릅니다. 환경이 바뀌면 식물들은 두 가지 길이 생기죠. 하나는 멸종, 또 하나는 진화. 당연한 일이지만 진화를 하면 그에 맞게 형질이 변합니다. 달라진 환경에 맞게 말이죠. 그런데 이것들처럼 특수한 환경에 더 적응을 잘했다면 그 변화를 좇지 못합니다. 그래서 멸종한 겁니다. 아니, 하고 있는 겁니다."

난 잠시 사람들 얼굴을 살폈다. …저 용병 출신들 빼고는 그럭저럭 알아듣는 눈치였다.

"지금의 세상도 오염된 곳은 있지만 그곳은 음… 덴 씨도 잘 아실 겁니다. 잘란트나 깍지각귀, 덤스프 같은 식물들 말입니다. 오염된 지역에는 그런 식물들이 자리를 잡고 있습니다. 케이톤? 로시름? 이런 것들은 못 자랍니다. 같은 오염된 지역이라도 그 수준과 차원이 다르다고 하면 말이 될까요? 오염시킨 물질도 다르죠. 진짜 큰 문제는 그렇게 이 마도 시대의 풀들이 못 자라는 이유들이 있는데도 여기서 이렇게 케이톤 같은 것들이 자랐다는 겁니다. 그건 이 지역이 마도 시대의 오염 지역과 같은 오염 환경을 가지고 있다는 겁니다."

사람들의 탄성 소리가 났다.

"그런데 뭐가 문제죠? 여기가 마도 시대와 같은 오… 아무튼 그런 환경이란 것으로 문제될 것이 있나요?"

음… 저 친구가 게인이란 녀석이었지?

"있습니다, 두 가지나. 우선 마도 시대는 지금보다 발달된 세상이었습니다. 발달이 될수록 오염 물질도 많이, 그리고 강한 것으로 배출이 됩니다. 따라서 이 지역은 다른 지역보다 오염이 심각하다는 뜻입니다. 두 번째로는 마도 시대에는 있었지만 지금은 없는 물질도 많습니다. 즉, 지금 이 시대에는 존재하지 않는 물질에 오염이 되었다는 소립니다. 이 시대에 존재하지 않는 물질이니 처리할 방법도 없겠죠?"

난 게인을 보고 웃고… 싶었지만 지금이 웃을 상황은 절대 아니었다.

"여러분들이 이 마을과 근방을 돌아다녔지만 오염되었을 만한 곳을 보셨나요? 못 보셨을 겁니다. 그건 오염이 안 돼서가 아니라 오염이 되었어도 알 수가 없기 때문입니다."

내 마지막 말을 듣고 다들 심각한 표정이었다. 이제야 사태의 심각함을 안 모양이었다. 문제가 있는 것은 아는데 아무런 조치할 방법이 없는 상황, 그리고 그 상황으로 인한 고민. 하긴 나도 그건 마찬가지지. 내가 아무리 마도 시대에 대해 많은 지식이 있다고 해도 이런 물질에 대해서까지 알 수는 없으니까.

"주인님."

우리가 이렇게 고민하고 있을 때 누군가 창문으로 날아 들어왔다.

"페디."

페디였다. 에나가 페디를 부르며 손을 뻗었다.

"어디 갔다 온 거니?"

"응… 이거요."

페디가 작고 낡은 단지를 하나 탁자에 올려놓았다. 마을을 둘러보며 흔히 봤던 버려진 단지. 하지만 난 무심코 단지를 들여다보고는 경악할 수밖에 없었다.

"이, 이건… 이드필!"

으헉! 놀라라… 이런 것이 어떻게… 페, 페디야, 나 심장 마비 걸리면 네 책임이다……

마도 시대에 바스딤이란 금속이 있었다. 금속인데도 유리같이 투명하고 빛을 받으면 보석같이 빛이 나는 그런 금속으로 상당히 무른 금속이었다. 하지만 장점도 있었는데 바스딤의 가장 큰 능력은 마나에 잘 반응한다는 것이었다. 그래서 오랜 연구 끝에 바스딤을 강하게 만드는 방법을 찾기는 했는데, 바스딤에 금을 섞어 제련하면 찬란히 빛나는 황금색의 강한 금속이 만들어진다는 것이었다. 그렇게 탄생한 금속을 바스디윰이라고 하는데 바스딤 고유의 성질을 그대로 가지고 있으면서도 미스릴이나 오리할콘을 능가하는 드래곤의 이빨 수준의 강한 강도를 지닌 금속이었다. 전해지는 말로는 아단티윰의 뒤를 이어 전 차원을 통틀어 가장 두 번째로 강한 금속이라고 했다. 하지만 문제는 바스딤 자체가 매우 적기 때문에 상당한 고가라는 것인데 미스릴보다 훨씬 비싼 금속이 바스딤이었다. 금도 비싼 금속인데다가 바스디윰을 만들기 위해 바스딤과 금을 섞으면 그 부피가 1/3로 줄기 때문에 단검을 만든다고 해도 일반 장검 만들 분량의 든과 바스딤이 들어가게 되기 때문이었다. 어쨌든 이 바스딤도 광물이기 때문에 쓰기 위해서는 광산에서 캐야 하는데 바스딤이 들어 있는 돌이 바로 이드였다. 바스딤은 벨로스트란 광물질 세균과 로딤이라는 무기질 함유량이 많은 식물성 효모가 땅속의 높은 열과 압력에 의해 녹아내려 하나가 되면서 만들어지는 금속이었다. 이드는 바스딤과 바스딤을 만들고 난 벨로스트와 로딤의 찌꺼기가 섞여서 존재하는 그런 상태의 돌이다. 그 이드에서 바스딤을 추출하고 남은 것이 바로 이드필이고, 그런 이드필이 지금 내 눈앞에 있었다. 그런데 이드는 마도 시대 이후 사람들에게 잊혀진 물질이었다. 그것은 바스딤을, 그리고 바스디윰을 아는 사람이 있다는 것은 날 무척 놀라게 했다. 처음 놀란 것은 이드필을 봐서지만 지금은 등에서 식은땀이 흐르는 것 같았다. 대체 누가, 누가 이런 지식을 가졌지? 어쩌면 마도 시대의 지식을 전부 가졌을지도 몰랐다. 그렇다면 그는 세상을 정복할 수 있는 능력을 지녔을지도 모른다는 소리였다.

"란셀? 왜 그래요?"

누군가 날 불렀다. 돌아보니 예나였다.

"이 흙덩이들이 문제가 있나요?"

난 예나의 질문 덕에 정신을 차릴 수가 있었다. 하지만 정신 차린 것까지는 좋았는데 그 다음이 문제였다.

이걸 뭐라고 설명하지? 이 이드필이 문제인 것 같은데… 차라리 확… 거짓말을 해버려?

그런데 그러자니 또 문제가 있었다. 솔직히 아이들이 계속 잠을 자는 이유가 정말 이드필 때문인지 아닌지 모르겠다는 것이다. 왜냐하면 이드필로 인한 피해 기록이 아직 없기 때문이었다. 물론 난 지금 이드필 때문이라고 확신하고 있다. 마도 시대야 잘 알던 물질이니 피해를 당하지 않기 때문에 기록이 없는 것이 분명했다. 물론 이건 내 심증이다. 아무튼 뭔가 있을 것이다. 우리가 놓쳐 버린 그 무언가가……

"란셀?"

"어… 엉?"

놀랐다. 예나야, 애 떨어질… 아니, 난 남자니까 간 떨어질 뻔했잖아.

"뭘 그리 생각하고 있냐니까요?"

흠… 또 내가 넋을 놓았던가? 난 일행들에게 이드필과 바스디윰에 대해 말해 주었었다. 그리고 우리가 그 문제에 대해 말하려 할 때 노크

소리가 들렸다.

"예, 들어오세요."

끼익.

"저 여기 멜리사 폰 케스님과 그 일행 분들이 계십니까?"

경비대원으로 보이는 사람이 들어왔다.

"무슨 일이죠?"

"아, 멜리사 케스님 되십니까? 전 유겐이라고 합니다. 경비대원이죠. 임시 시장님께서 저녁에 초대를 하셨습니다."

임시 시장이라… 여기서 잘만 하면 아예 정식 시장이 되겠지? 그래서 공작의 딸인 멜리사도 초대를 한 것일 테고 말야. 멜리사는 어떤 결정을 할까? 지금 멜리사는 비밀스런 일을 의뢰받고 행동하는 중이라 함부로 몸을 움직이기가 어려웠다.

"그래요? 그럼 고맙게 초대에 응하죠. 참, 그리고 제 이름은 멜리사 하헬이랍니다."

의외로 멜리사는 초대를 받아들였다.

"여러분, 가죠. 이번에 새로 오신 시장님은 제 작은아버지 되세요. 그분도 젊은 시절에 많은 곳을 여행 다니셔서 지식이 많으시답니다. 그분과 이야기를 나누면 도움이 될 말이 나올지도 몰라요."

아하! 그랬군.

유겐이란 경비대원은 우리를 안내하면서 아부가 아닌 것이 확실하지만 들어서 기분 좋을 말을 해왔다.

"그리고 감사합니다. 솔직히 저번 시장은 특별히 나쁜 짓을 하지는 않았지만 너무 무능했어요. 허풍만 센 사람이었지요. 그러니 도시 꼴은 엉망이죠. 그렇다고 쫓아낼 잘못은 저지르질 않았으니 쫓아낼 방법도 없죠. 미칠 지경이었다니까요. 게다가 우리 마을에 일이 생겼는데도… 아, 전 움토르 출신입니다. 아무튼 그 시장, 사람만 잡아가고 한 번 얼굴을 내비치지도 않았으니… 다행히 이번 시장님은 능력이 좋으시다니 기대가 돼요. 게다가 우리 마을에 직접 찾아와 주셨고요. 그런데 우리 마을에 생긴 이상한 병을 해결하려고 하신다고요? 감사합니다, 정말. 사실 제 동생도 계속 잠만 자고 있어요. 휴우… 빨리 깨어나야 할 텐데… 그나마 이렇게 해결하려고 하는 분들이 계시니 희망이 보입니다. 전 그저 손 놓고 지켜보고만 있을 줄 알았거든요."

유겐은 정말 고마운 듯했다. 이거 오히려 미안해지는데? 아직 한 일도 없는데… 난 손이 저절로 뒤통수에 가 긁으려는 것을 겨우 막았다.

"참, 시장님 댁에 가면 요리사에게 약을 안 먹었다고 말하세요."

"약이라뇨?"

난 어리둥절해서 유겐에게 물었다. 무슨 약? 여기 우리 일행 중에 아픈 사람 있나?

"아, 모르셨습니까? 하긴 마을이 엉망이니 아무도 말해 줄 경황이 없었나 보군. 이 동네는 물이 좀 안 좋답니다. 물에 안 좋은 성분이 많죠. 어떤 마법사님이 자세히 살핀 결과 여러 가지 물질이 녹아 있다고 했습니다. 그래서 물을 오래 먹으면 배가 아프다고 하죠. 음… 소… 소… 아! 소화기 계통과 그 외 내장에 안 좋다고 물은 반드시 끓여 마시라고 하셨답니다. 그나마 그렇게 하는 것이 약간이라도 방지를 한다나요? 그리고 약을 주셨지요. 물을 마시고 생긴 탈에 특효가 있는 약이었습니다. 사실 이 마을 사람 중 대부분이 배가 아픈 증세를 다 가지고 있었는데 그 약을 먹은 후부터 아픈 사람은 없어졌습니다. 그래서 지금도 그 약이 애용되고 있습니다. 여러분들도 미리 약을 드시는 것이 좋을 겁니다. 아직 약을 안 드셨죠? 아마 지금까지 머무시면서 계속 물을 드셨을 테니 꼭 약을 드셔야 할 겁니다. 물은 마셔야 하니까요."

거참. 여기 움토르는 그래도 산골 마을인데 물이 안 좋다니… 아니지, 어쩌면 산에서 나뭇잎 썩은 물이라도 내려왔으면……!

난 순간 머리 속이 환해지는 느낌이었다.

혹시?

"물이? 그렇다면……?"

"물이라고?"

나만 그런 생각을 한 것이 아닌 모양이었다. 다리온과 아츠인도 동시에 소리를 질렀다.

"이봐, 시장님께 밥은 다음에 같이 먹자고 전해주게."

아츠인이 먼저 유겐에게 말하고 발걸음을 들렸다. 나와 다리온도 그 뒤를 따랐고 다른 사람들도 우릴 따라왔다. 시장이 음식을 정성스럽게 차렸겠지만 우선순위란 것이 있으니 어쩔 수 없지.

우린 다시 고민에 빠졌다. 우선 물이 이드필과 무슨 반응을 일으킨 것으로 의심이 가는데 그걸 어떻게 증명하냐는 것이다. 그렇다고 사람에게 먹여? 그것도 어린애에게? 그랬다간 그 자비의 여신인 엘렌디아 여신이 당장에 벼락을 내리실 거다.

"그렇다면 말입니다."

우리가 이렇게 고민을 할 때 다리온이 입을 열었다.

"그때 아이들 혈액의 반응이 이상했다고 들었습니다. 그렇다면 이드필과 이곳의 물을 섞은 액체, 그리고 피를 섞은 후 가시 시약 반응을 보는 것이 어떨까요?"

난 다리온을 쳐다보았다. 오죽하면 저런 말을 했을까… 이건 사람이 먹었던 것이다. 그건 이미 사람의 몸 안에서 변화를 했다는 건데 내가 아는 다리온은 그것을 모를 리 없었다.

"쓸 방법은 전부 써보자는 말입니다."

이렇게 말하며 가볍게 웃는 다리온. 이런, 또 내 생각을 알아버렸군. 겁나는 인간······.

이렇게 우린 다리온의 말대로 실험을 했다 그리고······.

"흠··· 어른 피를 사용해서 그런가? 별다른 반응이 없네? 그렇게 생각 안 해요, 다리온?"

"아하하하하, 그, 그런 모양이군요, 란셀 씨. 하긴 꼭 뭘 바라고 실험한 건 아니지 않습니까?"

기대 많이 했는데요.

"처음부터 성공을 염두에 둔 것이 아니니까요."

그래도 혹시나 했다니까요.

"다른 방법을 찾읍시다."

그러자구요··· 에휴, 뭐가 안 되려니 참나.

끼익.

"저······."

문이 열렸다. 돌아보니 유겐이었다.

"유겐인가? 웬일이지?"

"예, 시장님께서 약을 가져다 드리라고 하셔서······."

유겐은 아츠인의 말에 황급히 대답했다.

"사실은 시장님께서 약을 가져다 드리라고 하셔서······."

약? 무슨 약? 아하! 그래, 그 약. 먹어야지. 안 먹으면 배 아프다는데······.

우린 유겐이 주는 약을 하나씩 받았다. 톡 쏘는 듯한 향기가 나는 분홍색의 알약. 약이라니까 약인 줄 알지 모르는 사람이 봤으면 고급 사탕으로 알 그런 약이었다.

"근데 이거 어떻게 먹나요? 그냥 삼키나요? 아니면 씹어서?"

예나가 알약을 보다가 물어보았다.

"글쎄요… 이 약을 준 마법사는 그냥 삼키라고 했다지만… 솔직히 그냥 삼키기에는 좀 크죠? 그래서 씹어 먹습니다. 효과는 그냥 삼키나 씹어 먹거나 같더라고요. 그리고 그 약은 향기도 좋고 맛도 좋아요. 그래서 더 씹어 먹게 되죠."

씹어 먹는다라… 솔직히 삼키려면 못 삼킬 건 아니지만 그래도 약간 크기는 했다. 그래서 씹어 먹는다? 그런데 한 가지 의문이……

"이봐, 유… 겐. 궁금한 것이 있는데 말야."

"예, 물어보세요."

"혹시 말야, 이 약 아무 때나 먹나? 특별히 지정해 준 기간이나 양은 없어? 보통 약을 먹을 때는 그런 일정한 복용 시간이 있잖아."

"글쎄요… 제가 듣기론 보름에 한 알씩 먹으라 했다고 들었지만… 하지만 아까 말한 대로 향도 좋고 맛도 좋아서 하루에 몇 알씩 먹는 사람도 많아요. 뭐, 그래도 이 약을 먹고 탈난 사람은 없었어요. 또 만드는 과정이 좀 까다롭지만 재료는 주위 산에서 쉽게 구할 수 있어서 많이 만들 수도 있고요. 그래서 우리 마을에서는 움토락 마을이랑 더불어 마을 주력 상품으로 개발하려 하고 있답니다."

그래? 그렇단 말야?

"그럼 한 가지 더 묻지. 혹시 만드는 과정을 좀 변형시키거나 단축시키거나 아니면 재료를 대체시킨다거나 하지는 않아?"

"에이, 어떻게 그렇게 해요. 이것도 약인데. 만드는 과정이야 까다롭기는 해도 숙달되면 어렵지 않고 아까 말했듯이 재료야 근처에 널렸으니 일부러 바꿀 이유는 없죠."

"그래?"

그건 다행이었다. 하지만 이것도 약? 이런 심각한 생각을 하다니… 약으로 인식한 것을 먹으라는 대로 안 먹고 마음대로 먹는단 말야? 예전 동방에 이런 말이 있다. '약 좋다고 남용 말고 약 모르고 오용 말자'. 정말 만고불변의 진리다. 처음 이 약을 만들어준 마법사가 먹는 방법과 시기를 알려주었으면 그건 이유가 있는 것이다. 기왕에 향도 좋고 맛있으면 씹어 먹는 게 삼키는 것보다 나을 것이다. 하지만 그렇게 맛이 좋아도 그냥 삼키라고 한 데는 이유가 있는 것이다.

약을 다시 살피니 약의 표면이 약간 미끌거렸다. 자세히 보면 얇은 기름막이 둘러져져 있었다. 분명 약을 만들고 그 표면에 기름을 발라 굳힌 것이 틀림없었다. 이건 단순히 삼키기 편하라고 한 것은 아닐 것이었다. 이 채로 그냥 뱃속으로 들어가야 하는 까닭이 있기 때문이었다. 그리고 보름마다 먹으라는 것은 약의 유효 기간이 보름 정도란 소리. 또 이 약의 크기는… 이건 정말 확실하다. 마을 사람들이 무식한 거다. 처음 약을 만들었을 때는 이 약의 크기가 적정량의 크기였을 것이다. 그렇다면 약이 커서 삼키기 힘들다면 한 개의 분량을 두 개로 만들면 되는 것이다. 하지만 그렇게 하지 않은 것은 마을 사람들이 무식해서였다. 아마 약이란 인식을 못하고 맛 좋다고 그냥 씹어 먹었으니 구태여 두 개로 나눌 필요가 없었겠지.

마을 사람들은 치명적인 실수 두 가지를 했다. 하나는 먹으라는 대로 안 먹고 마음대로 먹었다는 것이다. 삼키지 않고 씹어 먹음으로써

뱃속에 들어갈 약 성분이 변했을 가능성이 컸다. 우선 약은 침과 섞이면 변하는데 사람의 침은 여러 가지 물질로 이루어진 것이다. 또 위에 들어가 다시 소화가 되고 성분이 변했을 것이다. 약에 기름막을 친 것은 그 약이 장에서 직접 변해야 했기 때문일 것이다. 하지만 그렇게 하지 않고 씹어 먹음으로써 원래 가져야 할 효능이 변한 것이었다. 이럴 경우 심각한 부작용도 올 수가 있는 문제였다.

두 번째는 남용했다는 것이다. 좋은 약도 많이 먹으면 독이 되는 것은 기본 상식인데도 어긴 것이다.

이로써 난 이드필이 아닌 이 약에 의심을 품게 되었다. 사실 내 기억에도 또 배운 것에도 이드필이 무슨 해로운 물질이라고 한 기억은 없었다. 이건 분명히 약을 잘못 먹은 탓이다. 몸이 건강한 어른이야 상관없지만 몸이 약한 아이들은 그 영향을 받은 것일 것이다. 그나마 조제를 제대로 한 것이 다행인가?


"좀 말이 안 되는 부분이 있는데요?"

엥? 내 완벽한 이론 어디가 잘못이라는 거지?

난 내가 생각한 것을 말했다. 그 말을 듣고 모두 고개를 끄덕이며 수긍을 하는데 아츠인이 딴죽을 건 것이었다.

"란셀 씨 말은 모두 맞습니다. 단 한 가지만 빼면요. 란셀 씨는 몸이 건강한 사람은 상관없지만 약한 아이들은 영향을 받았다고 하셨는데 그렇게 보면 노인이나 병약자도 몸이 약합니다. 어떤 면에서는 아이들보다 더 약합니다. 하지만 그런 사람들은 아무런 이상이 없고 아이들만 저렇지 않습니까?"

"……."

"그러니 또 다른 무언가가 있을 겁니다."

이것이 아츠인이 내 말이 틀렸다고 하는 이유였나? 에잉, 난 또 겁먹었잖아. 간단한 것을 가지고 말야. 하지만 다시 말하지만 난 좀 사악한 구석이 있지.

"그런가요? 그럼 아츠인 씨는 그 다른 무엇이 무엇이라고 생각하십니까?"

흐흐흐, 이렇게 물으면 아마 대답을 못하겠지? 그럼 그때 내가 정답을 말해야지. 후훗.

"…글쎄요… 제 생각엔 아이들과 노인이나 병자들은 다 몸이 약하긴 하지만 한 가지 큰 차이점이 있다고 봅니다. 아이들은 자라는 몸이지만 노인들은 쇠퇴하는 몸이란 차이점이 말이죠. 자란다와 쇠퇴한다라는 것으로 몸의 구성이나 분비되는 물질 등이 약간 다를 수밖에 없어서가 아닐까요?"

뭐, 뭐야, 내 생각과 같잖아. 이, 이런 일이… 이런 뭣 같은 경우가… 그냥 내가 먼저 말할걸. 아니, 그런 생각까지 했다면 아츠인도 결국 내 생각과 같다는 소리잖아? 그런데 왜 물어보느냔 말야. 사악한 인간 같으니라고.

"제 생각이 틀린가요?"

"아, 아뇨. 맞아요……."

이 순간 왜 내 눈에 아츠인이 뿔 달리고 이빨 튀어나오고 뾰족한 꼬리를 가진 존재─뭐겠어. 악마지 뭐─로 보이지?

"아하하핫, 그럼 원인은 알았군요."

아츠인이 홀가분한 표정으로 말했다. 단세포 같으니라고.

"그래요? 그런 어떻게 치료하죠?"

난 좀 심드렁히 아츠인에게 물었고…

"예? 치료요? 하하… 하… 아…… 그, 그렇군요. 어떻게 치료하죠?"

내가 볼 때 이 아츠인이란 사람은 발로 뛰는 사람이 아니라 순전히 책만 파는 학자가 분명했다. 그러니 이런 반응이지.

"우선 약을 분석해 보죠. 재료가 뭔지, 어떻게 만드는지 그 과정도 알아야겠고… 음… 어떤 작용을 하는지도 알면 좋겠는데 말입니다."

약의 재료나 만드는 과정을 알아내기는 힘들었다. 뭐, 기밀 사항이라나? 하지만 그 기밀 사항도 때를 잘 만나야지 지금 같은 상황에서 안 알려주면 어쩌라고.

약의 재료는 모두 12가지였다. 도토리 속껍질, 이새나무 속껍질, 쑥, 파비온 뿌리 등이 쓰였는데 여기서 가장 중요한 것이 이새나무 속껍질과 파비온 뿌리였다. 아니, 사실은 파비온 뿌리가 가장 중요했다. 이새나무의 속껍질은 지금 사람들은 잘 모르지만 마도 시대에는 많이 쓰인 것으로, 원래 효능은 약을 만들 때 그 약들의 성분을 조화롭게 하고 강한 성질을 부드럽게 하는 것으로 실제로 사람에 영향을 미치는 것은 아니었다.

그리고 파비온은 사람 몸의 나쁜 성분을 비출하게 하고 몸을 보강하게 하는 등 사람 몸에 대한 효과가 좋은 약이었다. 다만 그 성분이 뿌리에 집중되어서 뿌리를 쓰는 것이었다.

재미있는 것은 마도 시대에는 귀한 약재였지만 지금은 많이 볼 수 있다는 것이었다. 이런 약재가 지금 쓰이지 않는 이유는 파비온은 원래 독초였기 때문이다. 단순한 독이면 지금도 많이 쓰이겠지만 파비온은 혼자 쓰이는 약재가 아니라 파비온으로 약을 만들 때 같이 섞는 재료에 따라 해독 방법이 달라지는 까다로운 약재였다. 한마디로 사람에게 무척 좋은 약이 되기도 했지만 반대로 사람에게 해로운 약도 되는 것이었다. 그래서 지금은 파비온이 많지만 오히려 쓰이지 않는 것이다. 그런데 이 약은 그 해독법을 안 모양이었다. 이새나무 속껍질이 그 해독 역할인 것 같았다.

그런데 재미있는 사실 하나. 내 스승인 카나이드에게 열심히—아, 아니, 가끔 좀 농땡이는 쳤지만…—배울 때 카나이드는 단순히 가르치기만 한 것은 아니었다. 여러 가지 많은 이야기들을 들려주었었다. 이것도 그 한 가지인데, 마도 시대에 한 나라가 있었다고 했다. 그런데 그 나라는 가리디아라는 종교가 국교였다고 한다. 엘렌디아를 모시는 신관 중 거의 광신도인 사람들이 만든 교인데 뭐 그 점만 빼면 사상이 나쁘지는 않은 종교였다. 보통 광신도들이 다른 신을 배척하는 것과 달리 다른 신도 인정은 했기 때문에 다른 사람들이 마나스나 엘레아나 같은 다른 신들을 섬기는 것을 비난하지는 않았다. 다만 가리디아 교인들은 일반 사람들이 사실상 복수의 신을 섬기는 것과 달리 다른 신을 절대로 섬기지 않고 오직 엘렌디아 여신만 섬길 뿐이었다.

그런데 엘렌디아 여신이 워낙에 자애의 여신인지라 그 나라는 무방비인 사람을 죽이는 일이 잔혹한 짓이라 해서 사형 제도가 없는 나라였다고 한다.

하지만 사람이 모여 살다 보면 죄를 짓는 사람도 나오고 그중에는 정말 용서받지 못할 죄를 저지르는 사람도 있었다. 그런데 사형 제도는 없지, 너무 죄가 커서 살려둘 수는 없지 어려운 상황에 한 가지 방법을 생각했는데 바로 이새나무 속껍질과 파비온 뿌리를 혼합하고 거기에 피해자나 그 가족의 침을 섞어서 죄인에게 먹였다고 했다. 그럼 그 죄인은 영원히 깨지 않는 잠을 잔다고 했다.

영원한 잠이라고 해서 죽는 것의 은유적 표현은 아니고 정말 잠이 들어 깨지 않는 것이다. 그렇게 사람도 죽이지 않고 사형과 같은 효과를 낼 수 있는 방법을 쓰게 된 것이다.

그러다 죽으면? 사람은 누구나 죽는다. 그것은 신의 뜻이니 따질 수가 없는 일이었다. 하지만 그런 제도는 곧 폐지되었는데 차라리 사람을 죽이고 말지 죽지도 살지도 않는 상태로 두는 것은 더 잔혹한 짓이라는 의견 때문이었다. 물론 그건 표면적인 이유고 실제 이유는 파비온이 귀하기 때문이었다. 뭐, 죽여도 시원찮은 죄인에게 그런 비싸고 귀한 약재를 쓸 수는 없는 일이었으니까.

이제 상황을 알 수가 있었다. 왜 아이들이 저렇게 잠을 자는 건지. 아이들은 지금 사형에 버금가는 벌을 받고 있는 셈이었다. 불쌍하게. 그리고 아이들만 그렇게 된 것은 아마 다른 약재들 때문일 것이다. 원래 이새나무 속껍질과 파비온 뿌리의 혼합물에 침을 섞은 것은 나이에 상관없이 효과를 내지만 파비온이 워낙 다른 요인들에 민감하게 반응하기 때문에 이런 결과가 나온 것이었다.

이제 내가 할 일은 그때 죄인을 다시 깨우던 약을 만드는 것이다. 아무래도 사람이 살다 보면 억울한 일을 당할 때도 있고 그로 인해 벌을 받는 경우도 있는데 그런 사람들을 구제하기 위한 약이었다. 좀 걱정은 되지만 효과는 틀림없는 약이었다.

"이새버섯과 얌다 뿌리혹. 토갈로 뿌리, 벵그로 씨앗, 도마뱀꼬리붙이. 이렇게 준비해 주세요."

모두들—물론 예나, 죠세프, 아르티닌, 이브른, 다리온. 그리고… 어? 없나? 없군—내 말에 따라 재료를 준비하기 시작했다. 아츠인과 다른 일당들?

"저… 대마법사님, 대체 그런 것 가지고 뭘 하시려는지……?"

날 대마법사로 알면서도 이런 질문이나 하는 덴. 그래도 이건 낫다.

"아니, 란셀 씨. 지금 뭐 하시는 겁니까? 아이들 일어나게 할 생각은 안 하시고 소꿉장난이나 하시려는 겁니까?"

이건 아츠인. 자기는 방법도 생각 못하면서 말이 많아. 참고로 말하자면 벵그로 씨앗은 아이들, 특히 여자 아이들이 소꿉장난을 할 때 많이 쓰이기는 했다. 도마뱀꼬리붙이도. 아무리 그래도 지금 같은 상황에 그런 생각을 하다니…….

"그리고 다른 건 알겠는데 토갈로 뿌리는 뭔가요?"

이건 멜리사의 질문이었다. 이건 지극히 정상적인 의문이었다. 왜냐하면 지금 시대의 식물도감에는 나와 있지 않은 것이기 때문이었다. 먼저 다른 것들부터 살피자면…….


이새버섯은 이새나무 뿌리에서 자라는 버섯이었다. 사람 몸의 상태를 조화롭게 하는 버섯으로 하얀 몸체에 은회색 무늬가 있는 버섯이다. 넓은 지역에 걸쳐 분포하는 버섯으로 지금도 약재와 식용으로 각광받는 버섯이었다.

얌다 뿌리혹은 얌다란 식물의 뿌리에서 기생하는 세균에 의해 생기는데 뇌를 자극하는 성분이 들어 있었다. 이걸 그냥 먹으면 사람의 성격이 변하게 되고 정신 분열을 일으키게 해 독초로 분류된 것이었다. 다만 뇌사 상태에 빠진 사람에게 먹이면 뇌가 자극받아 다시 활동하는 경우가 드물게 있어 뇌사 환자에게 최후의 약으로 쓰이기도 했고 전쟁 중에 목숨을 건 상황에서 쓰면 의외의 효과를 가끔 볼 경우도 있었다. 물론 그걸 쓴 사람은 십중팔구는 죽거나 기적적으로 산다고 해도 완전히 정신이 분열된 페인이 되지만.

벵그로 씨앗은 산과 들에 자생하는데 가을이면 단단한 열매가 열리고 거기에 여섯 개의 씨가 자란다. 씨가 크고 둥글납작해서 여자 아이들이 소꿉놀이할 때 자주 쓰곤 하는 씨앗이었다. 독은 없지만 약으로 별 쓰임새도 없고 맛도 향기도 영양 가치도 없는 것으로 알려졌다. 하지만 벵그로 씨앗은 복용하면 심장을 빨리 뛰게 하는 효능이 있었다. 생김새는 아주까리와 비슷하게 생겼다.

도마뱀꼬리붙이는 생긴 모양이 좀 떨어져서 정말 도마뱀 꼬리같이 생겼다. 잘 해체(?)해서 보면 가느다란 줄기에 잔털이 빽빽이 나 있고 그 잔털 끝에 작은 열매가 달리는데 좀 떨어져서 보면 그 열매가 마치 도마뱀 피부 같아 보였다.

이 도마뱀꼬리붙이가 말랐을 때 훑으면 작은 열매가 떨어지는데 그 열매를 역시 여자 아이들이 소꿉놀이용으로 사용했다. 이 도마뱀꼬리붙이야말로 별 영양 가치는 없지만 흉년이 들어 먹을 것이 없을 때 이 열매로 죽을 끓여 먹으면 굶주림은 면할 수 있었다. 또 먹으면 사람 몸이 데워지고 그로 인해 원기가 회복되는 효능이 있기도 했다. 물론 이 효능은 지금 사람들은 모르고 있는 것이었다.

마지막으로 토갈로 뿌리는 말 그대로 사람 몸의 세포 하나하나를 깨어나게 하는 청량감을 가진 식물이었다. 그래서 마도 시대에는 토갈로 뿌리 즙을 만성 피로 환자가 회복제로 먹었었다. 마도 시대에는 많았는데 지금은 별로 없으니 안타까운 일이었다. 이걸 팔면 돈 많이 벌 텐데… 쩝. 어쨌든 이 토갈로는 일반 사람들이 모르기 때문에 페디에게 부탁했다.

그런데 사람들은 페디를 보고 신기해했다.

"아니, 무슨 박쥐가 저렇죠? 저 돌기는 꼭 앞발 같아요."

이렇게 묻는 아츠인과…

"저건 박쥐가 아니라 키메라입니다. 뭐, 박쥐 키메라이니 박쥐가 맞는지도 모르죠."

라고 대답하는 덴. 제법 지식이 많은 이들이 이러니 다른 사람들이 알아보기는 쉽지 않을 것이다. 하지만 페어리 드래곤이라고는 말하기 싫었다. 왜냐고? 이런 호기심 많은 사람들에게 잘못 말하면 피곤해지는 건 우리다. 그래서 페디도 한숨만 쉬고는 토갈로를 찾으러 나갔다. 이것이 지금 멜리사 일행의 한계였다. 우리가 할 일은 따로 있었는데 페어리 드래곤조차 모르는 사람들과 함께하려니 나도 걱정이 앞섰다.

"그런데 과연 그런 약재들을 구할 수가 있을까요? 저도 처음 들어보는 생소한 것들도 있던데……."

아츠인은 좀 걱정이 되는 모양이었다.

"걱정 마세요. 이 약을 만들 재료가 저 산에 있었다면 제가 말한 것들도 있을 겁니다."

난 아츠인의 걱정을 덜어주었다. 사실 내 말대로 걱정할 필요는 없었다. 내가 말한 것들은 산과 들에서 많이 자생하는 것들이었다. 좀 걱정이 되는 것이 바로 토갈로였는데 다행히 파비온과 토갈로는 서식하는 지역이 비슷했다. 때문에 재료는 아마 쉽게 구할 수 있을 것이었다. 문제는 그 다음이었다. 어떻게 약을… 아니, 만들 줄은 아니까… 과연 내가 만든 약이 내가 생각하는 효과를 낼까? 하는 것. 솔직히 지금 이 상황을 나쁜 말로 하자면 애들 목숨 가지고 도박한다고 할 수도 있는 상황이었다.

"휴우……."

"왜 그러십니까, 란셀 씨?"

"아, 아닙니다. 부디 저 아이들이 일어나야 할 텐데……."

"저도 같은 생각입니다."

아츠인은 날 보며 웃었다.

"참! 들으니 멜리사와 일을 한다고요? 뭔가 이상스런 일이 일어난다고 멜리사가 말하던데… 그래서 저도 같이 하기로 했습니다."

참고로 아츠인과 멜리사는 사적으로 오빠 동생 하는 사이였다. 하지만 아츠인이 워낙 고지식한 면이 있어서 약간만 공적인 부분이 있는 자리면 그녀를 공작가의 딸이란 지위로 대해준다고 했다. 아, 아니, 이건 중요한 것이 아니지… 같이 간다고? 누가? 아츠인이? 하아… 나 두통약 먹을래…….


아이들에게 약을 먹이는 것은 어려웠다. 왜냐하면 이건 먹어야 하는 약인데 아이들은 잠을 자고 있었다. 최소한 입을 벌려야 약을 넣지. 물론 아이들 중에는 입맛을 다시는 아이, 뭐라그 중얼거리는 아이, 입술을 실룩거리는 아이들 등 입을 움직이는 아이들이 있었지만 그건 어쩌다 잠시만 그럴 뿐이었다. 그렇다면 방법은 하나였다.

"정말 괜찮겠습니까?"

아츠인이 걱정스러운 듯이 물었다.

"물론입니다. 그리고 좀 위험해도 다른 방법이 있습니까?"

"하지만… 그래도……."

"살기 위해서는 뼈도 깎는 법이랍니다."

난 만고불변의 진리를 아츠인에게 일러주며 나의 방법 외에는 없다는 것을 강조했다. 사실 좀 위험할 수도 있었다. 속이 빈 대롱을 목 안에 넣어서 약을 흘리는 방법이었기 때문이다. 방법은 매우 간단하고 단순한 것이었지만 아이들의 여린 살이 대롱에 상처날 수도 있었고 대롱을 식도가 아닌 기도로 밀어 넣을 가능성도 있었다. 아이들에게 그 사실을 알려줄 수 없는 상황이니 순전히 넣는 사람이 잘 넣어야 했다. 그래서 아츠인이 그렇게 걱정했던 것이다.

하지만 다른 방법은 없었고 아츠인도 그런 사실을 알고 있었다. 그래도 아이들이 다칠까 봐 계속 걱정하는 것이었다. 하긴 아츠인 자신이 그걸 해야 하니까. 나? 잘못되면 그 책임은 어쩌고? 난 책임질 일 하기 싫다. 다행히도 아츠인이란 사람, 책임감이 무지 강해서 내가 따로 설득할 필요가 없었다. 이 일은 아츠인만이 가능하다고 하니까 별말없이… 흠, 어쨌든 난 잘못없다. 솔직히 말해 별 희한한 지식만 있는 나와 실제 의학 지식과 경험이 있는 아츠인 둘 중 누가 이번 일을 해야 하는지는 뻔하잖아?

아츠인은 아이들에게 약을 먹였다. 다행히 아츠인의 실력은 제법 괜찮아서 제대로 먹일 수가 있었다.

"란셀 씨 말대로 약을 먹이긴 했지만 과연 효과가 날까요?"

아츠인의 '방법이 없어서 당신 말대로 했수다' 란 속뜻을 가진 듯한 말을 들으며 난 내 인상이 더럽지 못한 것에 비애를 느꼈다. 페린의 반만큼만 삭막하게 생겼어도 그냥 눈 한번 흘겼을 텐데…….

"예, 효과는 있을 겁니다. 약 자체는 부작용이 없는 것으로 아니까요."

분명 약 자체는 부작용이 없다는 것을 난 확신한다. 하지만 내가 걱정하는 것은 다른 것이었다. 내 약이 성공해서 애들이 깨어난다 해도 그 후의 일이 걱정되었다.

아이들이 먹은 약에는 파비온이 있었다. 파비온은 사람의 침과 만나면 뇌에 이상한 작용을 하는 것이다. 설명하면 길고 복잡하겠지만 쉽게 말하면 잠을 재우는 것이었다. 사람은 잠을 자면 꿈을 꾼다. 그런데 꿈이 너무 선명하면 현실과 혼동이 되는 경우가 종종 있었다.

그래서 가리디아를 국교로 삼던 사람들 중 사형을 받았다가 다시 해독약을 먹은 사람들은 현실과 자신이 꾸었던 꿈을 구별 못하는 경우도 있고 현실에 적응을 못하는 등 심각한 부작용도 있었다. 살인 누명을 쓰고 파비온을 먹었다가 해독된 다음 꿈과 현실을 혼동해 정말 살인을 저지른 일도 있었다고 한다. 그나마 다행인 것은 꿈이란 내면의 세계나 잠재의식을 나타낸 것이니 순수하고 세상을 적게 겪은 아이들은 그 후유증이 덜할 것이란 사실이었다. 물론 경우에 따라서는 그 순수함이 더 무섭기는 하지만.

"우우……."

"아하하암."

아이들이 깨어나기 시작했다. 아이들은 마을 회관에 모두 모아놓았었다. 그래야 약을 먹이기도 쉽기 때문이었다. 마을 회관 바닥에 뉘어놓았던 아이들이 하나둘 깨어나고 있었다. 난 아이들 부모들에게 눈짓을 했다. 보통 꿈꾸다 깨어난 아이들은 부모를 찾게 되기 때문이다. 특히 악몽이라면… 얘들아, 부디 좋은 꿈을 꿨었기를 바란다.

또 며칠씩 누워 있던 아이들은 몸의 근육이 모두 풀려 일어서지도 못할 테고 머리가 어지러울 수도 있었다. 게다가 오래 감겨 있던 눈으로 강한 빛이 들어가면 눈이 멀 수도 있었다.

"우웅, 엄마."

"엉? 내 과자 어디 갔어?"

"우앙~ 무서워~"

아이들이 말하는 가지각색의 말들. 꿈 이야기겠지. 아니, 아직도 꿈이라고 생각하고 있거나… 회관 안은 아이들의 소리들로 시끄러웠다. 우린 아이들 사이로 급히 돌아다녔다.

"죠세프, 거기 아이 눈 가려줘! 멜리사 씨, 그쪽의 아이들도요!"

"덴, 저쪽의 아이가 일어서는군요. 페린, 거기 애들 엄마 좀 떼어내세요. 애 숨 막히겠네."

"아울, 그 아이!"

"이브린 그쪽의 아이가 더 급해! 이봐요, 댁이 울면 어떡해? 애를 달래야지. 하여간 인간들이란…….''

우리가 할 일은 많았다. 아이들의 정신적 충격을 막기 위해 그 부모들을 불렀지만 역시 그 이상의 도움은 되지 못했다. 죽을 줄로만 알았던 아이들이 깨어나자 오히려 더 제정신이 아닌 듯했다. 그래서 우린 아이들 눈 가려주랴, 넘어지려는 아이들 잡아주랴, 개중에 너무 세게 껴안는 부모들을 아이들에게서 떼어놓으랴 정신이 없었다.

그날 저녁 아이들은 무사히 다 깨어났다. 난 아이들 부모들에게 주의할 점과 그들이 할 일을 자세히 알려주었다. 아이들이 겪었던 상황과 그로 인한 후유증. 그런 것을 치료하려면 주위 사람들의 역할이 절대적이기때문이었다. 물론 다리온과 아츠인도 도왔다. 도왔다라기보다는 나는 처음 말만 꺼내고 나머지는 둘이 다 말했지만—둘 다 나보다는 그런 건 더 잘 아니까—그래서인가? 왜 사람들이 다리온과 아츠인에게만 고맙다고 하지? 이봐요들. 아이들 고친 약은 내가 만들었다니까…….

"다 끝난 건가요?"

아츠인을 비롯한 일행들은 홀가분한 표정들이었다. 하지만 나도 나의 일행들도 이번 일이 다 끝난 것이 아니란 것은 눈치 채고 있었다. 다행히 아무 일 없이 넘어갔지만… 우선 이드필. 이건 중요한 일이긴 하지만 지금으로써는 생각할 아무런 단서도 없었다. 다만 고대의 지식을 가진 자라는 것, 그리고 별로 좋지 않을 사람이란 것 두 가지였다.

왜 별로 좋지 않은 사람이냐고 할지 모르지만 이유는 간단하다. 좋은 데 쓰려는 것이 아니니까. 왜냐하면 좋은 일에 쓰려면 이 마을 사람들도 이드필이란 것이 뭔지는 몰라도 무슨 대단한 광물을 캔다는 것 정도는 알 텐데 마을 사람 그 누구도 몰랐다고 한다. 그건 은밀히 일을 진행했다는 것을 뜻하고, 그건 바르지 않은 일을 하기 위한 것에 더 무게가 가기 때문이었다.

어쨌거나 그건 넘어가고… 사람들이 피해는 입지 않았지만 내가 발견한 여섯 가지 식물들, 그리고 질이 안 좋은 물. 뻔하디뻔한 뭔가가 있었다.

"이봐요, 유겐. 움토르의 물이 원래부터 나빴습니까?"

난 그나마 안면 튼 유겐을 잡고 물어보았다.

"글쎄요… 제가 이 마을 사람이긴 하지만 나이가 많은 것이 아니라서 저도 잘……."

그래, 유겐. 이젠 앞으로 볼 일이 없는 건가? 그래, 일 다 끝났다. 너와 난 이제 모르는 사이다.

"하지만 전에는 물이 매우 맑았다고 들었습니다."

누군가 유겐 대신 대답을 해주었다. 음, 저 사람은… 한번 본 적이…

아! 처음 아이를 보여주었던 그 사람이군. 이름이…….

"그런데 릭스 씨, 그럼 어째서 그렇게 된 거죠?"

아! 맞다! 릭스. 덴이 아니었으면 모를 뻔했네.

"저, 저도 모릅니다. 참, 그렇군요. 제가 10살 때까지 물이 그럭저럭 맑았던 것으로 기억해요. 그런데 그 후부터 수질이 급격히 나빠지더군요."

그럭저럭이라… 그럼 그때도 물이 별로였다는 말이네?

"그런데 어떻게 수질이 나빠지는 것을 알 수가 있었죠?"

난 한 가지 궁금한 것이 있어서 물어보았다.

"아, 그거요? 뭐랄까… 물맛이 달라졌다고 할까? 가끔 냄새가 날 때도 있었고… 뭐, 그런 미묘한 차이 때문에 알 수가 있었던 거죠."

"가끔 거품도 납니다. 비켜주세요."

누군가 우리 사이를 지나쳐 갔다. 여관 종업원인 어밍이었다.

"아, 미안. 그런데 뭐 하는 거지? 그렇게 커다란 자루를 지고?"

"뭐 하긴요. 쓰레기를 버려야죠."

어밍은 좀 퉁명스럽게 말했다. 하긴 누구는 무거운 걸 들고 가는데 어느 분이 길을 막고 물어보기까지 하니 힘들어서라도 그렇게 말이 나올 것이다.

"쓰레기? 그게 다 쓰레기야?"

화아! 난 처음 봤다. 여관에서 나오는 쓰레기의 양을. 여긴 그렇게 큰 마을도 아니고 따라서 큰 여관도 아닌데 저 정도라니… 그럼 더 큰 여관은 정말 엄청나겠다. 그나저나 저걸 다 처리하려면 힘들겠는걸? 도와줄까?

난 어밍을 도와주기로 마음먹고 죠세프를 불렀다. 왜 죠세프를 부르냐고? 옛말에 이런 말이 있다. 스승과 제자는 일심동체라는… 아, 아닌가? 그런 지금부터 이런 말이 있다. 스승과 제자는 일심동체라는… 흠흠, 어쨌든……

"죠세프."

"예?"

"어밍 좀 도와라."

"그러죠."

죠세프는 군말없이 어밍의 자루에 손을 댔다.

"죠세프, 기왕이면 완전히 태워 버려."

"예?"

"무슨……"

죠세프와 어밍이 동시에 난 바라보았다.

"어? 왜 그래? 쓰레기가 그렇게 많으니 처리가 힘든 거 아냐? 그래서 죠세프가 마법을 할 줄 아니까 태워주라는 거지. 그러면 확실히 처리가 되니까. 어차피 소각장 가져가서 태울 거 아냐?"

내 말에 죠세프는 이해하겠다는 표정으로 어밍의 자루를 받으려고 했다. 하지만 어밍이 죠세프를 말렸다.

"자, 잠깐만요. 태워요? 쓰레기를? 안 돼요. 그러면 얼마나 재가 날리는데. 움토르를 재로 뒤덮을 생각을 하는 것도 아닐 텐데. 뭣 하러 그런 힘든 일을 해요? 그냥 산에 버리면 될걸."

아, 그런 방법이… 잉? 뭐, 뭐라고?!

"자, 잠깐! 그럼 그 쓰레기를 그냥 산에다 버린다고?"

"그럼요. 어차피 썩을 텐데 산에 거름도 주고 좀 좋아요? 이건 우리 마을 관습이라고요."

어밍은 당연하다는 듯이 말했다.

"그럼 다른 사람들도 그렇게 해? 너만이 아니라? 쓰레기는 무조건 산에 버려? 모든 쓰레기를 다? 남김없이?"

"예. 근데 왜 그러시죠?"

아, 아니, 왜 그러냐고? 산에 함부로 물건을 버리다니… 아무리 썩는다지만 산도 쓰레기 수용 한계가 있고 썩는 것도 기간이 있다. 특히 사람의 손에 의해 만들어진 것은 썩는 속도가 느렸다. 각종 도자기에, 안료에, 기름들. 음식의 경우 많은 양념들… 또 모두 잘 썩는다고 하자. 그럼 그 썩은 물은 어디로 가지? 나무들이 모두 빨아들여? 대식가 나무라면 가능하겠지. 하지만 나무도 썩은 물을 흡수하면 죽는 것이다. 아무튼 이제 알 것 같았다. 왜 독초가 자랐고 물이 나빠졌는지.

"왜 그러긴, 중요한 문제 때문이지."

난 어밍에게 대충 설명을 하고—이해는 못한 것 같았다—시장과 이장에게 그 말을 전했다. 이건 중요한 문제였다. 이번같이 약의 부작용 따위가 아니라 이대로 이 마을의 행태를 놔두면 물은 독수로 변할 것이고 독초가 사람 사는 곳으로 침범하는 일이 벌어질 것이었다.

"지금은 단순히 몸에 안 좋은 물이지만 앞으로는 병을 부르는 물이 되고 더 나아가서는 그 자체로 독이 될 겁니다. 그리고 여기 여섯 가지 독초가 온 산을 지배할 때 여기는 더 이상 사람이 살 수 없는 죽음의 땅이 됩니다."

이것이 내 말의 결론이었다. 비록 이장을 설득하는 데는 실패했지만 시장은 내 말을 제대로 이해한 듯했다. 다행이었다. 시장이 이장보다 끗발이 더 센 거 확실하지?

"란셀 네르반 씨의 말, 잘 들었습니다. 사실 원래 이 풍습은 모노르

전체에 있습니다. 모노르 초기에는 산이 척박해서 나무도 별로 없었습니다. 들짐승도 없어서 사냥도 힘들었습니다. 그래서 나온 방법이 나무에게는 양분을 동물에게는 먹이를 주기로 하고 남는 음식을 소량 산에 양분으로 버리는 의식으로 시작된 겁니다. 그런데 지금 와서는 이렇게 변질되었군요. 쓰레기가 생기면 무조건 산에 버리는 쪽으로요. 지금은 그런 관습이 없어졌지만 아직 이렇게 남아 있는 곳도 많습니다. 산을 살리기 위한 일이 산을 죽이는 독이 되고 모노르에 해가 되는 일로 바뀌었다니…….”

“그때는 제대로 된 판단이었을 겁니다. 하지만 세상은 변합니다. 사람도 관습도.”

그런 거다. 세상은 변한다. 사람이 쓰는 물건도 변하고… 과거의 잣대를 현재에 재는 행동은 어릴 때 입었던 옷을 다 커서도 입으려는 것과 같은 것이다. 어쨌든 난 아츠인한테 사람들에게 그 사실을 말하게 했다. 사람들이 아츠인의 말은 신용하여 잘 듣기 때문이기도 했지만 다른 이유로 내 할 일이 있어서였다.

“페디는 이드필을 더 찾아보고 가능하면 이드도 찾아봐. 그리고 우린 독초를 찾아 없애죠.”

이것이었다. 아무래도 뭔가 찜찜한 일인 이드필. 바스디윰에 관련된 것을 알아봐야 했다. 그리고 지금 사람들은 헤모라스라던가 기로스탄 같은 독초를 제거할 능력, 아니, 방법이 없었다. 내가 방법을 알려주면 가능은 하겠지만 실수할 가능성이 높았다. 죠세프나 예나, 다리온 등의 우리 일행이야 비록 다른 경험이지만 그래도 그 경험을 바탕으로 보다 쉽게 할 수 있었다. 그리고 멜리사 일행도 멜리사를 제외하면 많은 경험을 쌓은 용병 출신이고 덴은 마법사라 독초도 제법 잘 다루고 조심성도 많아서 같이 할 수 있었다.

"자, 그 여섯 가지 독초의 모양을 아시죠? 우선 여기 소금을 넣은 장갑과 로브입니다. 에폴이란 열매로 담근 식초에 담가서 말린 소금이죠. 이걸 끼면 독에 중독이 안 될 겁니다. 뭐, 지금 쓰시고 보관했다가 필요할 때 또 쓰세요."

난 장갑과 로브를 나누어 주었다. 다들 장갑과 로브를 받으면서 의아한 표정이었다.

"아니, 란셀. 이런 것이 어디서 나왔죠?"

어디서 나오긴 만들었지.

난 한곳을 가리켰다. 내가 가리킨 곳에는 작은 나무가 있었고 보라색 열매가 열려 있었다.

"저 나무가 에폴 나무야. 각 나라나 지방마다 이름이 다르지만 마도 시대에는 에폴 나무라고 했지."

에폴 나무는 서방 대륙, 아니, 지금은 멸망했지만 동방 대륙에까지 두루 자라는 나무였다. 나무도 작고 열매는 독이 있었다. 열매가 보라색이지만 염료로도 쓸 수가 없고 하다못해 땔감으로 쓰려고 해도 화력이 약하고 연기만 많이 나와 쓸 수 없는, 한마디로 정말 쓸데없는 잡나무였다.

"그런데 저건 독초잖아요. 그걸로 식초를 만들어요?"

"죠세프, 식초를 꼭 먹어야 한다는 법이라도 있어?"

"예?"

"에폴은 산도가 강한 독을 가진 열매지. 그걸 발효시켜 식초를 만들면 독을 가진 식초가 돼. 당연히 먹을 수는 없어. 하지만 에폴 식초와 소금이 만나면 독을 막는 성질을 가지게 돼. 하지만 독을 막는 것이지

해독을 하는 것이 아니니까 먹으면 확실히 죽.는.다."

"잠깐만요, 대마법사님."

덴이 끼어들었다.

"정말 그렇다면 이걸 많이 만들면 좋지 않겠습니까? 만일 에폴 식초를 만들면 많은 사람들에게 상당한 도움이 되겠죠. 만드는 방법이 어렵습니까? 알려주시면 감사하겠습니다."

싫어. 요즘 금고도(?) 막혔고 돈도 안 벌리는데 나중에 이걸로 장사나 할래… 하면 내가 나쁜 놈이겠지?

"안 됩니다. 불가능해요. 이건 만드는 방법이 따로 있습니다. 일반 식초 만드는 방법으로는 만들 수가 없어요. 그런 눈으로 보지 마세요. 재료도 구하기 불가능합니다. 저야 다행히 즈금 가진 것이 있어서 만든 겁니다. 하지만 저도 이제 못 만들어요."

만일 에폴 식초를 쉽게 만들었으면 이미 상용화되었을 것이다. 하지만 에폴 나무도 그렇게 많은데 상용화되지 않았다는 것은 그만한 이유가 있는 것이었다.

"란셀, 전에 내 피를 뽑아간 것이 혹시 이거냐?"

눈치 챘는지 아르티닌이 조용히 물었다. 그럼 나도 조용히.

"응."

"그럼 에폴 식초를 만드는 데 드래곤 피가 필요해?"

"정확히 말하자면 에폴 자체에 무슨 능력이 있는 것이 아니라 드래곤의 피가 가진 능력을 꺼내는 거야. 에폴에 드래곤 피를 섞어서 발효시키면 드래곤 피가 활성화되는데, 거기에 소금을 넣으면 드래곤 피의 능력이 나오게 되지."

"아하! 그렇군. 그런데 난 왜 몰랐지?"

"그거야 드래곤들도 잘 모르는 지식이니까. 최소한 고룡쯤 돼야 아는 지식이랄까?"

아르티닌은 고개를 끄덕였다. 드래곤의 머리는 거대한 창고 같아서 모든 지식을 담고 있다가 나이를 먹어감에 따라 그 안에 있는 지식을 활용했다. 거기에 자신이 쌓은 지식이 보태지는 것이었다. 배우지 않아도 속된 말로 크면 아는 종족이 바로 드래곤이기 때문이다. 하지만 그것도 나이를 먹어야 하니까 아르티닌처럼 어린(?) 드래곤은 모르는 지식이다.

"그럼 에폴 식초 만들기는 의외로 쉽군."

"이론적으로는. 하지만 너 같으면 아무에게나 네 피를 주겠어?"

"물론 아니지."

내가 덴에게 불가능하다고 한 이유, 사람이 드래곤 피를 구하는 일이 절대로 쉽지는 않기 때문이었다.


우린 산에 있는 독초를 대부분 제거했다. 아니, 그렇게 믿었다. 보이는 대로 뽑아서 이젠 보이지 않으니까. 아직 적게 남았는지 많이 남았는지는 모르지만 이 정도만 뽑았어도 많이 제거한 것이다. 나머지는 사람들이 어떻게 산을 가꾸느냐에 달린 것이다. 여전히 산에 쓰레기를 버린다면 독초가 산을 뒤덮을 것이고 산을 잘 아끼고 가꿔서 깨끗하게 하면 독초는 자랄 땅을 잃게 되는 것이다.

그리고 내 마지막 할 일.

"아르티닌, 다른 건 몰라도 저 식물들 씨도 네 레어에 보관하자."

이 식물들은 비록 독초이긴 해도 여러모로 쓸모는 많았다. 특히 헤모라스의 경우는 마법 시약으로는 그만이기 때문에 씨앗만이 아니라 헤모라스까지 보존 마법을 걸어 보관하고 싶었다.

아르티닌은 내 말을 순순히 들어주었다. 다행히 아르티닌의 레어는 그 자체가 영구 보존 마법에 걸려 있다고 했다. 레어 전체에 마법진을 그린 것이었다. 덕분에 당장 상하기 쉬운 음식을 넣어도 신선한 채로 보관이 가능하다고 했다.

"그럼 덴, 모노르에서 은밀히 주었다는 임무를 수행하러 갈까요?"

우린 움토르를 떠나기 시작했다. 중요한 사항은 이미 시장에게 편지를 써서 보냈으니 그대로만 하면 뒷일은 제대로 처리될 테니 그냥 떠나기만 하면……

"잠깐만요! 같이 가요!"

누가 우리를 부르는 소리… 아츠인! 으… 저 인간 떼어놓으려고 이러는 건데 말야. 솔직히 아츠인은 좀 껄끄러웠다. 차라리 다른 사람처럼 모르던가 아니면 다리온처럼 내가 모르는 것들을 알던가 하면 편하겠는데 많이 알긴 하지만 제대로 알지 못하는 아츠인에게 설명하려면… 머리 아파. 독초를 제거할 때 마을 사람들을 동원하지 않고 힘들어도 우리끼리 한 이유가 이것이었다. 아츠인 떼어놓기 작전.

아츠인이 마을에 붙잡혀 있을 때 우린 재빨리 독초를 제거하고 떠난다… 였는데 완전 실패다. 에이, 잠 못 잔 거 너무 아깝군. 아츠인, 넌 무조건 대신 불침번이다!

어쨌든 아츠인까지 포함한 우리 14명(?)은 멜리사가 말한 모노르 정부에서 맡긴 은밀한 일을 처리하기 위해 길을 떠났다.

그런데 대체 무슨 일이 있을까?

외전
## 결혼식 날에

죠세프는 기분이 좋았다. 아름답고 사랑스럽던 여인. 그 여인과의 결혼식. 죠세프 생에 최고로 행복한 순간이었다.

"축하합니다, 죠세프! 라마비스 가문에 언제나 행복과 영광을!"

많은 하객 중의 한 사람이 소리쳤다. 그리고 다른 모든 사람들도 같이 외쳤다.

"라마비스 가문에 영광을! 죠세프에게 행복을, 신부에게 축복을!"

"감사합니다, 감사합니다."

죠세프는 웃으면서 답례를 했다. 지금 하객으로 온 손님들. 죠세프의 넓은 집이 좁을 정도로 많이 왔다. 그것이 죠세프의 인격과 인품을 말해 주는 것일 것이다.

"축하하네."

죠세프가 하객들 사이를 돌아다니며 인사를 할 때 누군가 죠세프의

어깨에 손을 올리면서 말했다. 죠세프는 뒤를 돌아보았고 곧 함박웃음
을 지었다. 거기에는 금발의 중년 남자가 서 있었다.

"하하핫, 오셨군요. 안 오시는 줄 알았습니다."

"하하, 안 올 수가 있나? 누구의 결혼인데. 좀 늦어서 미안하네."

"아닙니다, 아닙니다. 이렇게 오신 것만 해도 어딘데……."

죠세프는 정말 반가운 표정을 했다. 그도 그럴 것이 무척 기다린 손
님인 것이다.

"음… 그런데 결혼 상대는 그녀?"

"예, 그렇습니다."

"그래, 좀 걸리는 것이 있기는 하지만 자네라면… 그리고 자네의 후
손이라면……."


늦은 밤.

새신부에게는 미안했지만 죠세프는 귀한 손님을 그대로 돌려보낼
수는 없었다. 그래서 신부에게 양해를 구하고 지금 그와 지난 일들을
이야기하고 있었다.

"그렇지. 그래… 그때가 좋았지. 자네에게 가르칠 때가 재미있었어.
자넨 참 가르치는 재미를 느끼게 하는 제자였어."

"하핫, 선생님이 훌륭해서죠."

"그런가? 하하하."

잠시 웃고 그들은 다시 대화를 나누기 시작했다.

"그런데 그때 일은… 너무 아쉬워."

"후우, 저도 그렇습니다. 그때의 일만 생각하면 저도 가슴이 아립니
다. 하지만 방법은 그것만이었으니……."

죠세프도 상념에 잠긴 얼굴을 했다.

"그래도… 그 아이……."

"어쩔 수 없었습니다. 그래서 당신도 절 말리지 않은 것 아닙니까?"

"말리지 않은 것이 아니라 못한 것이지, 나도 그 방법 외에는 없었다는 것을 아니까."

둘은 잠시 서로 미소를 지어 보였다. 그리고…

"하지만 죠셉."

"죠세프. 죠세프 라마비스. 이것이 제 이름입니다. 당신에게 가르침을 받던 죠셉 라빈은 이제 없습니다, 카나이드님."

"그런가? 하긴 자네가 죽였지. 그래, 죠세프. 난 자네를 믿고 자네의 후손도 믿네. 하지만, 하지만 말일세……."

"압니다. 그렇지만 저도 어쩔 수가 없습니다. 그녀를 포기할 수는 없으니까요."

죠세프는 카나이드를 쳐다보았다.

"제 아내를 죽이면 모든 일이 해결되겠죠. 그 사악한 영체도 없어지겠죠. 하지만 그럴 수는 없습니다."

타나이드는 죠세프의 눈에서 강한 결의를 보았다. 그리고 웃었다. 자신이 좋아하던 죠세프의 모습이 저런 것이 아닌가? 카나이드는 잠시 옛일을 떠올렸다.

어느 날, 인간 세상을 여행할 때 만난… 그때 죠세프는 평민의 신분이었다. 죠셉 라빈. 가난한 구두 수선공의 아들. 하지만 카나이드가 죠세프를 보았을 때 그는 귀족 자제의 횡포에 당당히 맞서고 있었다. 그것이 마음에 들었다. 그래서 카나이드는 어린 죠셉을 가르치기로 결심했다. 그리고 죠셉을 가르칠 때 카나이드는 놀랐다.

죠셉, 그는 천재 중의 천재였던 것이다. 카나이드가 일만 년을 살았지만 정말 하나를 가르치면 열을 아는 천재는 처음이었다. 거기에 바른 마음과 굳은 결의. 보면 볼수록, 그리고 생각하면 생각할수록 미소를 짓게 하는 그런 사람이었다.

"후우… 내 첫 제자가 네 반의 반, 아니, 백 분의 일 만이라도 너를 닮았으면……."

"란셀… 을 말하시는 겁니까?"

"음… 그래, 란셀. 사실 그 아이에게 자네를 소개하고 싶었는데……."

카나이드는 쓴웃음을 지었다. 처음에는 란셀이 마음에 상처를 입을까 봐 죠세프를 소개시키지 못했다. 그리고 지금은 세리아의 일로 소개를, 아니, 안다는 말도 할 수가 없었던 것이다.

"저도 아쉽습니다. 그래도 제 사형인데……."


죠세프 라마비스, 아니, 죠셉 라빈은 그토록 뛰어난 천재였지만 야망은 없었다. 단 한 가지 사건이 일어나기 전에는.

마도 시대 때 봉인되었다던 사악한 영체가 풀려났었다. 그 영체가 풀려난 이유는 인간의 어리석음 때문이었는데 그 당시는 마녀 사냥이 한창 자행되고 있을 때였다. 그리고 그 마지막 무렵 억울하게 마녀의 누명을 쓴 여인 중에 한 여인이 있었다. 그 여인은 자신을 그렇게 비참히 죽음으로 몰아넣은 사람들을 저주했고 하필이면 그녀가 죽은 장소 지하에 그 영체가 봉인되어 있었던 것이다.

그 영체는 여인의 강한 사념에 힘을 얻어 봉인이 해제되었다. 그리고 영체가 한 일은 자신이 머무를 인간의 몸을 찾는 것이었다. 그것도 증오가 가득 찬 사람을. 영체에게는 다행히도 그런 사람들이 많았었다.

마녀로 지목받은 여인들. 억울한 누명으로 비참해진 그녀들이야말로 영체에게는 더할 나위 없는 안식처이자 육체였다. 그리고 영체에게 몸을 잠식당한 여인은 강한 마력을 지녔는데 그로 인해 인간들은 피의 살육이 벌어질 위기에 놓였었다.

하지만 그 사실을 카나이드에게 들은 죠셉은 자신이 나서야 하는 일임을 알았다. 카나이드에게서 받은 오리할콘으로 만든 성검 이툴리안을 들고 영체가 스민 여인들을 찾아 죽여야만 했다. 그것이 역사에 악명 높은 마녀 사냥꾼 죠셉 라빈의 출현이었다.

죠셉은 그런 자신의 운명이 괴로웠다. 특히 힘이 없는 억울한 누명을 쓴 여인을 죽일 때에는… 여인에게 영체가 스미고 그 힘을 발휘하게 되면 그때는 죠셉도 막을 방법이 없기 때문에 영체가 여인의 육체에서 힘을 쓰기 전에 죽여야 했기 때문에 더 괴로운 것이었다.

그 감정이 극에 달한 것은 영체가 어느 엘프의 아이에게 스몄을 때였다. 이툴리안에 계속 상처를 입고 죠셉에게 쫓긴 영체는 자신이 스며 있던 여인이 죠셉에게 죽었을 때 마지막임을 알아챘다. 아무리 강한 마력을 지닌 영체라도 육신이 있어야만 힘이 발휘되었던 것이다. 영체 본연의 상태로 성검 이툴리안에 스치기라도 하면 자신은 소멸하기 때문이다.

그런데 여인이 달아난 곳은 숲 속. 사람은 없었다. 하지만 다행히도 근처에 생명체가 있었다. 비록 엘프지만 아직 어린 엘프. 영체는 힘을 다해 그 엘프 아이 안으로 들어갔다. 그것을 본 죠셉. 그는 그 아이를 향해 칼을 휘둘렀다. 아이의 맑은 눈에 괴로움을 느끼며……

"세리아……."

세리아인가?

죠셉은 잠시 멍한 눈으로 자신이 찌른 아이를 보았다. 자그마한 엘프 아이, 그리고 좀 떨어진 곳에서 놀란 눈으로 자신과 세리아를 번갈아 보는 청년, 그리고 그 청년 옆에 있는 사람은… 카나이드님…….

이 아이는 카나이드님과 아는 아이일 것이다. 그런 생각을 하며 자신이 찌른 아이를 내려다보았다. 다시는… 다시는 이런 일이 되풀이되지 않게… 이 아이가 마지막이 되게 하는 마음으로…….

꿈틀.

세리아를 내려다보는 죠셉의 눈썹이 꿈틀거렸다. 없었다, 있어야 하는 영체가 없었다. 소멸된 것은 아니었다. 어디론가 옮겨간 것. 죠셉은 곧바로 몸을 돌려 숲을 뒤졌다. 그리고…


"그때가 제가 란셀을 처음이자 마지막으로 본 때죠."

"그래. 그러니 나도 서로 인사를 못 시켜주고 있지. 그나저나 그때 그 영체가 마지막으로 들어간 여인이 지금의 자네 아내라니 참… 세상은 묘해."

"그렇지요. 저도 그럴 줄은 몰랐습니다. 사실 전 일을 모두 끝내고 죽을 생각이었습니다만… 그녀가 있기에 지금까지 살아 있는 거죠."

카나이드는 죠세프의 말에 고개를 끄덕였다. 카나이드도 알고 있었다. 그녀가 죠세프에게 얼마나 중요한지를. 조금 많이 덜렁대고 조금 많이 푼수기는 있어도 무척 착하고 매력적인 아가씨였다. 죠세프의 마음의 상처를 치료할 정도의… 그래서 카나이드도 죠세프와 그녀의 결혼을 막지 못한 것이었다.

"그런데 한 가지 질문이 있네만……."

"예, 말씀하세요."

"왜 내가 안 올 거라고 생각했지?"

"하핫… 그야… 제가 세라나에게 칼을 박은 일 때문이죠. 전 알고 있습니다. 카나이드님, 세라나 좋아하시죠? 참 취미도 이상하십니다. 그런 어린아이를 사랑하시다니……."

"무, 무슨 말인가? 흠흠. 내, 내가 무슨…… 아, 아참, 나도 내 할 일을 해야지……."

"하핫, 전 그저 농담한 것인데 왜 그런 반응을… 혹시 정말……."

"시, 시끄럽다! 네 새신부에게나 안내하라."

"예?"

"흠… 그 영체, 그때 실수를 한 거야. 암만 어려도 감히 하이엘프의 몸에 들어가다니… 그것도 성검 이틀리안에 만신창이가 되어선……."

"그렇죠. 그것 때문에 제 아내도 아직까지……."

"아냐. 그 영체가 힘을 잃기는 했지만 나중에 힘을 회복한다. 그래서 난 죠세프, 자네의 결혼도 축하할 겸 영체도 소멸시킬 겸 온 거야."

카나이드는 죠세프에게 작별 인사를 하고 있었다.

"영체는 소멸했네. 하지만 영체의 사악한 힘 자체가 워낙 강해서 영체가 남긴 힘을 완전히 소멸시키진 못했네."

"그것만이라도 감사합니다."

"아니, 끝까지 듣게. 그 힘은 저주의 힘으로 남았는데 그저 힘이 저주로 변환된 것이야."

"그럼……."

"그렇지. 나중에 네 후손 중에 못난 후손이 나오면 그 후손에게 헬름 증후군이 생기겠지. 하지만 걱정은 말게. 만일 자네 후손에게 헬름 증후군이 생기면 내가 사람을 보내지."

죠세프는 미소를 지었다.

"란셀을 말하시는군요."

"그래. 하지만 그 아이는 지금 배우고 있는 중이야. 그러니 너무 일찍 헬름 증후군이 나타나면 곤란해. 내가 가줄 수도 있지만 내가 더 이상 영체의 일에 참견을 할 수가 없어서 말야. 이번 영체를 소멸시킨 것도 겨우 신에게 허락받은 거라 내가 직접은 곳하거든. 그러니 란셀이 다 배우기 전까지 헬름 증후군이 안 나타나게 자네가 후손 교육을 제대로 시켜야 할 거야."

"명심하겠습니다."

카나이드는 그런 죠세프를 보고 다시 미소를 지었다.

"그럼 난 가네."

"예, 안녕히……."

"참!"

막 가려던 카나이드는 죠세프에게 무언가를 던졌다.

"결혼 선물이네."

"이, 이건… 미르의 여의주?"

"하핫. 나에게는 필요가 없어서 말야."

카나이드는 죠세프의 환송을 받으며 사라졌다. 그런데 그 둘은 한 가지 이상한 기분이 들었다.

'음… 이거 분명 선물한 것 맞지? 그런데 왜 선물한 기분이 안 들까? 마치 물건을 맡겨놓은 기분이야.'

카니이드는 그런 생각을 하면서 레어로 돌아갔다. 빨리 가서 제자인 란셀에게 '골드 드래곤 일족의 위대하신 고룡 카나이드님' 이란 아침 인사를 받아야 하기 때문이었다.

'음… 이거 분명 선물받은 것 맞지? 그런데 왜 선물받은 기분이 안 들까? 마치 물건 맡아논 기분이네?'

죠세프는 그런 생각을 하며 집 안으로 들어갔다. 빨리 가서 새신부를 봐야 하기 때문이었다. 죠세프는 집으로 가면서 생각했다. '난 정말 행복한 사람이다'. 이상한 기분이 들긴 하지만 영체도 없어지고, 결혼도 했고, 평민에서 귀족도 되고, 가난뱅이에서 부자도 되고 더 이상 바랄 것이 없었다. 다만 지금 불만인 것은…

"여기가 어디더라? 음… 어디로 가야 하지? 이런, 또 미로에서 헤매는군."

한 가지였다.

〈3권 끝〉